월야환담

.
.

월야환담 채월야 ·· 외전

홍정훈 장편 소설

초판 1쇄 찍은 날 2015년 02월 23일
초판 1쇄 펴낸 날 2015년 03월 15일

지은이 홍정훈
펴낸이 서경석

편집장 권태완 | **편집책임** 박가연 | **디자인** 신현아

펴낸곳 도서출판 청어람
등록번호 제387-1999-000006호 | **등록일자** 1999. 5. 31
어람번호 제8-0043호

주소 경기도 부천시 원미구 부일로 483번길 40 서경B/D 3F (우) 420-822
전화 032-656-4452 | **팩스** 032-656-4453
http://www.chungeoram.com | **E-mail** chungeorambook@daum.net

ⓒ 홍정훈, 2015

ISBN 979-11-04-90102-7 04810
ISBN 979-11-04-90096-9 (SET)

※ 파본은 구입하신 서점에서 교환하여 드립니다.
※ 저자와 협의하여 인지를 붙이지 않습니다.
※ 이 책은 도서출판 청어람과 저작자의 계약에 의해 출판된 것이므로,
   무단 전재 및 유포·공유를 금합니다.

채월야 · 外傳

월야환담

홍정훈 장편 소설

도서출판 청어람

차례

백은의 도제(徒弟)‥007
파즈즈와 에아‥069

백은의 도제(徒弟)

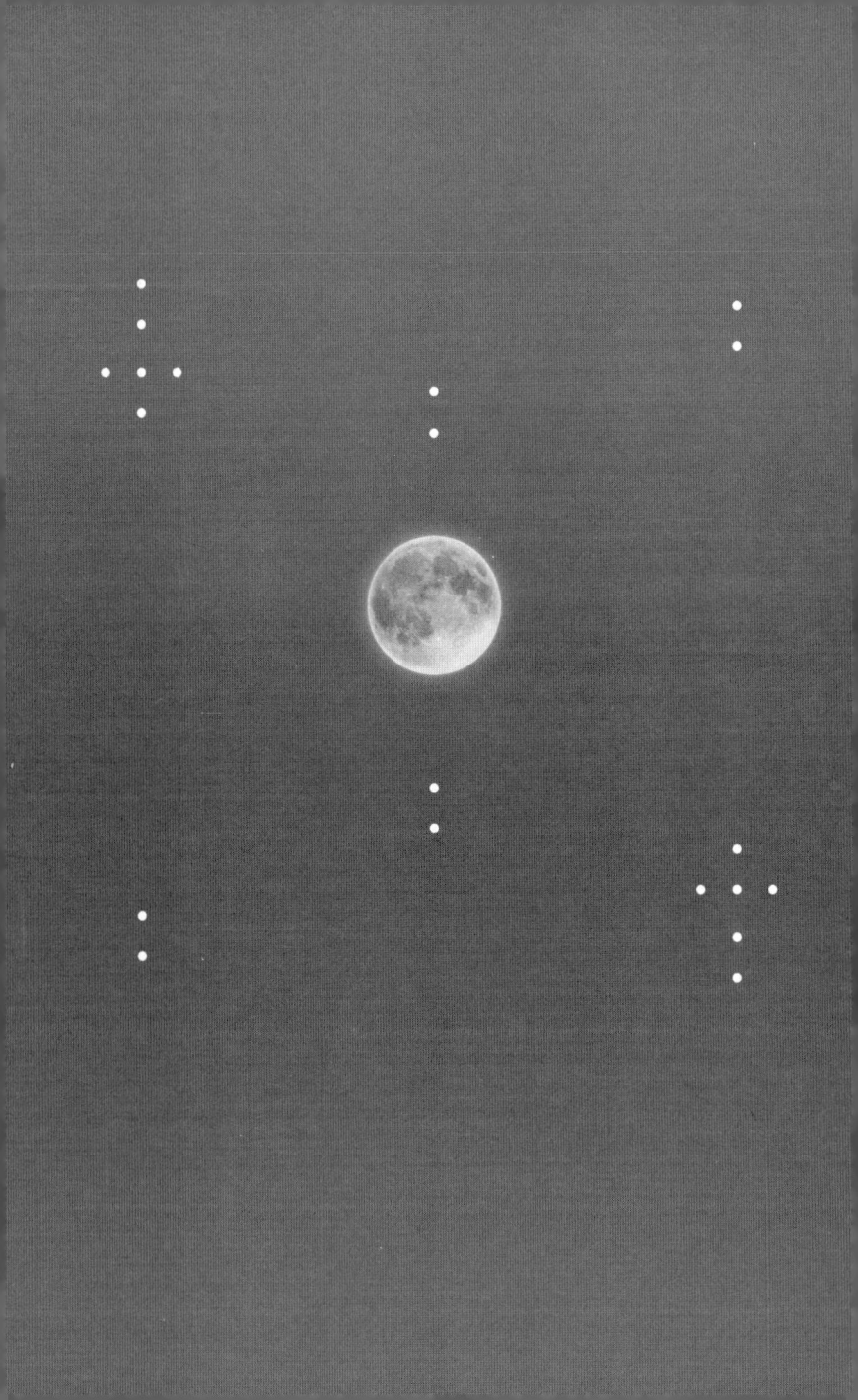

1

 텁텁한 지하 고문실의 공기는 피 냄새로 가득 차 있었다.
 "이봐요, 나는 당신들이 생각하는 그런 냉혈한이 아닙니다."
 실베스테르 신부는 텅 빈 고문실을 둘러보며 사람들이 없음을 확인하고 나서야 피고에게 다가가 귓속말을 했다. 그러자 피고는 천천히 고개를 들었다. 지금 자신이 들은 게 과연 환청인지 진실인지 알고 싶은 듯했다. 그도 그럴 것이 이단심문관인 자가, 그것도 자신을 이렇게까지 학대한 이가 이제 와서 냉혈한이 아니라고 수상하는 게 어이가 없었기 때문이었다.
 "나는 마녀나 마법사의 존재를 믿지 않아요. 흡혈귀니 악마니 늑대인간이니 하는 것도 믿지 않습니다. 다만 당신처럼 스스로 마법사라고 주장하며 사람들을 현혹시키는 자들을 내버려 둘 수 없는 거지요."

"그, 그건 교회의 공식 입장이오?"

남자의 입이 힘겹게 벌어졌다. 입술과 입술 사이를 메우고 있던 말라붙은 피가 뜯어지며 새로운 피가 흘러나왔다.

"공식적인 건 아무것도 없습니다. 나에게 뭘 바라는지 모르겠지만 내가 교회의 입장을 대변하는 게 아니니까요."

본디 정식 신부인 그가 이단 심문에 참여하는 것 자체가 비합법적이었다. 현재 이단 심문을 하고 있는 이는 트레버라는 정체를 알 수 없는 떠돌이였고 실베스테르 신부는 그러한 이단 심문의 행태를 살피기 위해서 파견된 입장이었다. 교회가 이단 심문을 부추기긴 하지만 이것에 대한 책임은 고스란히 그 떠돌이 이단 심문관이 지는 형태였다. 왜냐면 교회도 사실 마녀사냥과 마법사사냥이 비이성적이라는 것을 알고 있었기 때문이었다.

"다만 당신이 스스로 마법사라는 주장을 하지 않았던들, 이런 가혹한 꼴은 당하지 않았으리라는 거지요."

"신부님은 마법을 믿지 않는군요."

"전혀."

실베스테르 신부는 고개를 저었다.

"신의 기적도 믿지 않소?"

"주님의 기적은 믿지요."

"그렇다면 그와 유사한 마법은 왜 믿지 않는 것이오?"

"그건……."

실베스테르 신부는 눈살을 찌푸렸다. 이야기가 길어지는 건 사실 별로 원하지 않았다. 자신을 마법사라 주장하는 이 남자에게 말을 건 것은 어디까지나 호기심 때문이었지, 자신의 이야기를 구구절절 늘어놓을 생각은 없었다.

"성경에 의하면 분명히 귀신이 들리고 악령들이 나타나오. 그러한 그들의 힘 역시 마법이라면 마법이 존재하지 않을 리는 없잖소?"

"마법의 기원이 그러한 사악하고 망령된 것이라면 마법사를 자처하는 당신은 사형당할 수밖에 없습니다. 내가 궁금한 건 다른 이들은 숱한 고문 끝에 매질이 두려워 어쩔 수 없이 마법사란 오명을 썼는데 왜 당신은 스스로 마법사라고 처음부터 외쳤는지 그게 궁금하단 말입니다."

"그러나 나는 마법사요. 베난단티의 일원이요. 사실이니 어쩌란 말이오?"

"그러니까 나는 마법을 믿지 않는다고 말했잖습니까."

이래서야 이야기가 겉돌 뿐이다. 신부는 고개를 저었다.

"좋아요. 그럼 당신이 마법사라 칩시다. 그럼 당신은 왜 스스로 정체를 밝혀서 지금 여기에 잡혀 있는 거죠? 그건 정말 비합리적인 행동이라고요. 일단 잡힌 이상, 이제 마법사가 아니라든가 회개했다든가 무슨 변명을 댄다 하더라도 당신은 죽습니다. 대체 왜 그런 바보 같은 짓을 해서 귀중한 목숨을 버리는 겁니까?"

신부가 질문을 던지자 스스로 마법사라 칭하는 남자는 신부를 바라보더니 웃었다.

"당신은 참 선량한 사람이구려. 내 걱정을 그렇게나 해주다니."

"농담할 기분 아닙니다."

곧 이단 심문관 트레버가 이 자리에 오게 되면 이런 소리조차 못 하게 된다. 권위는 신부에게 있지만 이단 심문, 마녀 재판의 모든 권한은 심문관에게 있었다.

"내가 이 자리에 와 스스로 죽음을 맞이하게 되는 게 어떤 숭고한 사명 때문이라고 하면 어떻겠소."

"이를테면?"

"예수 그리스도가 십자가에 못 박혀 우리의 죄를 대속하였듯?"

불경스러운 말이다. 하지만 불경 이전에 호기심이 들었다. 십자가에 못 박혀 죄를 대속했다는 수준의 성경 이해는 이러한 지방 농민에 불과하던 남자에게는 꽤나 난해한 개념이었다. 그러나 자신을 예수 그리스도에 비유하다니 죽고 싶어서 작정한 남자가 아닌가? 실베스테르 신부는 당혹감마저 느꼈지만 그걸 표현하진 않았다.

어차피 이 남자는 죽는다. 그리고 마법사를 자처한 이상 내세에 대한 두려움도 없겠지. 지금까지의 고문에서도 초연한 태도를 보인 자였다. 마치 고통을 거세당한 것처럼 달군 쇠로 지져도, 가시 꼬챙이로 피부를 뚫어도, 감염된 상처에 소금을 뿌려도 무덤덤하게 그 고통을 견뎌낼 뿐이었다.

'젠장, 이래서야 더 호기심만 생길 뿐이잖아?'

실베스테르 신부는 이러면 안 된다는 것을 알면서도 말려들어 가고 있었다.

"보통 성직자라면 이쯤에서 불경하다느니 분개할 때라고 생각하지만… 그러지 않는 게 또 신기하구려."

"하고 싶은 말이 대체 뭐지요? 나를 도발해서 뭘 얻고자 하는 겁니까?"

그러나 그다음 말은 이어지지 않았다. 이단 심문관이 다시 자리로 돌아왔기 때문이었다. 이 텁텁한 고문실의 공기가 갑자기 뜨거워졌다.

'미친놈.'

실베스테르 신부는 이단 심문관을 바라볼 때면 혐오감을 감추지 않았다. 이 남자는 마녀와 마법사사냥에 미쳐 있었다. 글자도 제대로 읽을 줄 모르는 그는 그저 아무나 잡아다 범하고 죽이고 재산을 몰수해 그를 화형시키는 것을 낙으로 여기는 인물이었다. 그가 그렇게 행패를 부리면 부릴수록 사람들이 그를 두려워하고 존경하는 척하는 게 이 무식한 피혁공 출신의 남자에겐 어떤 정신적인 오르가즘이 되는 것 같았다. 그러는 주제에 실베스테르가 이렇게 노골적으로 경멸하는데도 그에 대해서는 별 반응이 없었다. 이게 그가 실베스테르의 불편한 심기를 알고도 그러는 것인지, 아니면 워낙 무식하고 한심한 인간이라 실베스테르의 심정을 알아채지 못하는 것인지 궁금했다.

실베스테르 신부는 더 이상 흥미를 보이지 않고 그 자리를 벗어났다. 아니, 벗어나려고 했다. 그러나 자칭 마법사인 남자는 이렇게 말했다.

"호기심을 갖는 건 좋은 거요. 당신에게 대학에서도 배우지 못한 것을 가르쳐 드리리다."

그 말이 끝나기가 무섭게 트레버는 고문을 재개했다. 이미 부러진 마법사의 손가락을 나무깍지에 끼우고 비틀어 부러진 손가락을 다시 으깨놓았다. 하지만 마법사는 실베스테르 신부를 바라보며 그저 작은 신음 소리만 낼 뿐이었다. 혼절할 만한 격통이었을 텐데도 그저 그렇게 자신을 절제할 수 있는 이를 보며 실베스테르는 가슴 한구석이 서늘해지는 것을 느꼈다.

그는 도주하듯 그 자리를 떠났다.

불황과 가뭄, 혼돈 속에서 마녀사냥이 유행하고 있었다. 정말 신의 자비와 광명정대함을 믿는다면 신이 악에게 승리하고 악은 감히 신의 자녀들을 위협할 리 없다고 믿어야 했지만 사람들은 행여 악령들이 승리하여 세계를 악의 구렁텅이로 빠뜨릴까 봐 두려워했다. 왜냐면 사람들의 신앙심을 부추기는 데 있어 지옥과 악마로 위협한 것은 바로 성직자였기 때문이었다. 게다가 마녀사냥은 사람들을 은연중에 위협하고 어르고 다스리는 데 효율적이었다. 마녀사냥꾼은 철저히 권력자의 편이었기 때문에 만약 권력자에게 위협을 주는 이들이 있으면 그들을 마녀로 지목해 버리면 그만이었다. 그리고 이러한 살육과 집단 광기를 겪고 나면 공동체 의식이 강해지는 경우도 있었고, 그래서 마녀사냥은 들불처럼 번지고 있었다.

하지만 이번의 경우는 그런 단순한 광기의 희생자라고는 여겨지지 않았다.

스스로 베난단티라고 주장하는 이는 많았다. 악한 마법사들과 마녀에게 대항하는 선량한 마법사 집단, 일종의 정령과 신령이라 할 베난단티는 농민들의 소박한 미신이었다. 미신이 지나쳐서 자신을 베난단티와 동일시 여기는 이가 대부분이었다.

그러나 지금 이 사람은 뭔가 달랐다. 베난단티를 자처하는 사람이라 하더라도 고문을 몇 번 하면 바로 울고불고하며 마녀사냥꾼의 의도대로 모든 것을 시인하는 이가 대부분이었다. 대부분 정도가 아니라 사실 이 남자를 빼곤 전무였다. 그런데 이 남자만은 고문에 대해서 무덤덤한 반응을 보였다.

실베스테르 신부는 책상에 앉아 흔들리는 촛불을 바라보

앉다.

덜컹덜컹.

밤바람 소리에 창문이 흔들린다. 문을 걸어 잠갔는데도 마치 누군가가 두들기기라도 하는 것처럼 요란한 소리를 낸다. 폭풍우가 오려는 것일까? 실베스테르 신부는 침대에서 일어나 양초를 잡았다.

그러나 마치 누가 놀리기라도 하듯 바람이 불어와 촛불이 꺼졌다. 창문이 닫혀 있는데 그 틈으로 바람이 들어와 꺼진 걸까?

"으음."

불씨를 찾아 불을 붙일까? 그런 생각이 들었지만 실베스테르 신부는 불현듯 무슨 소리를 들었다. 깜짝 놀란 그는 호기심을 이기지 못하고 창문을 살짝 열었다.

쉬이이익!

검은 안개가 밤하늘을 따라 마치 강처럼 흐르고 있었다. 그리고 포석이 깔린 길거리 한복판에는 은회색의 털가죽을 가진 늑대들이 배회하고 있었다. 달빛이 늑대들의 털에 부딪혀 부서지면서 새하얀 빛을 발하는 게 너무나도 기이하다. 실베스테르 신부는 자신이 꿈을 꾸는 게 아닌가 하는 생각이 들었다.

하지만 그는 잠들어 있는 게 아니고 저 늑대는 진짜였다. 실베스테르 신부는 등골이 오싹해지는 걸 느꼈다.

덜컹덜컹…….

강한 바람이 열린 창문을 흔들었다. 실베스테르 신부는 창문을 다시 닫았다. 행여 창문이 부딪히는 소리를 듣고 저 늑대들이 움직일까 봐 두려웠다. 실베스테르 신부는 만약의 사태에 대비해 침대 옆에 세워뒀던 총을 잡아 탄약을 채우고 총검을 벨트에 꽂았다.

"사, 사람 살려!"

그가 총을 장전할 때 창문 밖에서 비명 소리가 들려왔다. 그러자 곳곳에서 창문이 열리는 소리가 들렸다. 사람들이 놀라서 이제야 창문 밖을 내다보는 것이었다.

"꺄아아아아아악!"

비명 소리가 뒤를 이었다. 실베스테르 신부는 총을 완전히 장전하고 나서야 창문을 열었다. 과연 예상대로 길거리 위에는 야경꾼이 피를 흘리며 쓰러져 있고 그의 몸통 위에서는 늑대들이 피와 살점을 헤집어놓고 있었다.

실베스테르 신부는 창으로 총구를 내밀고 늑대의 머리통을 저격했다. 총성과 함께 늑대 한 마리의 머리통이 터지며 그대로 즉사했다. 다른 늑대들이 창을 올려다보았지만 일 층의 문이 굳게 닫혀 있는 이상 늑대들은 그를 어찌 해칠 수 없었다.

실베스테르 신부는 빠른 동작으로 다음 총알을 장전했다. 이대로라면 늑대들이 아무리 위협적이라 해도 그에게는 좋은 표적감에 지나지 않았다. 하지만 실베스테르 신부는 낙관할 수가 없었다. 왠지 오늘 밤의 위협은 늑대들만이 전부가 아닌 것 같았기 때문이었다.

바람의 방향이 바뀌었다. 마을에 갑자기 두터운 안개가 몰려들었다. 안개의 높이는 건물로 치면 일 층 정도여서 실베스테르 신부가 있는 이 층에서는 흡사 하얀 우윳빛 바다 위에 떠 있는 것같이 보였다. 달빛을 받아 반짝이는 우윳빛 안개 위로 청명한 밤바람이 흘렀다.

실베스테르 신부는 깜짝 놀랐다. 그 달을 등지고 한 사람이 서 있었기 때문이었다.

"음!"

실베스테르 신부는 총을 그에게 겨누었다. 빛을 등지고 있는 이를 자세히 살펴볼 수는 없었지만 그는 자신을 겨누는 총구를 보았는지 천천히 몸을 돌려 실베스테르 신부를 향했다.

"누구냐!"

실베스테르 신부는 총구를 겨누고 질문을 던졌다. 상대방이 뭔가 이 상황을 책임져야 할 그런 인물이라는 느낌이 강하게 들었지만 막무가내로 아무나 공격할 수는 없었다. 마녀사냥이라는 이름하에 무고한 사람을 희생시키고 있었지만 그래도 자신의 손으로 직접 무고한 사람을 쏠 수는 없었다. 그래서 상대방이 과연 무고한지 아닌지 확인할 필요가 있었다.

"후후후후후."

상대는 비웃었다. 요사스럽기까지 한 여성의 목소리가 안개가 잔뜩 낀 밤에 울려 퍼졌다. 미신을 믿고 말고 간에 모골이 송연해질 만한 소리였다. 실베스테르 신부는 반사적으로 방아쇠를 당겼다.

탕!

정확한 사격이었다. 하지만 상대방은 더 빨랐다. 방아쇠를 당기는 그 순간, 마치 허깨비처럼 옆으로 흐르며 총격을 피해 버린 것이다. 너무 빠르다. 발판도 확보할 수 없는 낡은 건물들 위에 서 있던 자가 저렇게 빨리 움직이다니 흡사 유령 같다. 아니, 지금 상황에서는 아무리 비과학적인 걸 믿지 않는 실베스테르 신부라 하더라도 유령이라고밖에는 생각할 수 없었다.

실베스테르 신부는 즉시 총을 들고 창문에서 물러나 방문을 열었다. 저 유령 같은 자가 등 뒤에서 노려보고 있는 듯하다. 목덜미의 털이 곤두서는데도 신부는 침착하게 문을 열고 복도로 나온 뒤 방문을 닫았다. 그리고 문에 기대어 허리에 꽂았던 총검을 총구에 끼웠다.

"신부님!"

마녀사냥꾼은 허겁지겁 자신의 방에서 나오고 있었다. 열린 방문 안쪽에서는 아직 옷을 제대로 걸치지 않은 하녀가 침대에서 일어나 입기도 힘든 옷을 주심주심 걸치고 있었다. 그 꼴을 보는 순간 실베스테르 신부는 혐오감이 치밀어 올라 견디기 힘들었다. 지금 당장에라도 총검으로 이 돼지의 배를 후벼 팠으면 좋겠다는 충동을 억눌러야 했다. 교회 입장에서는 마녀재판에 대한 책임을 대신 짊어져 줄 희생양이니 이용할 수 있을 때까지 이용해야 한다. 아무리 품격이 떨어지는 미친 놈이라 해도 쓸모가 있는 동안은 써먹어야지, 도중에 죽여선 곤란하다.

"이게 무슨 일입니까?"

"진짜 마녀나 마법사가 나타난 것 같으니까 어디 한번 실력을 보여줘 보시죠, 마녀사냥꾼 양반!"

"아, 아니, 저기."

허둥대는 마녀사냥꾼을 벽으로 밀어붙이고 실베스테르 신부는 복도를 달렸다. 그때 벽이 부서졌다.

콰직!

검은 그림자가 벽을 뚫고 뛰쳐나왔다. 깜짝 놀란 실베스테르 신부는 몸을 앞으로 굴리며 반사적으로 품에서 권총을 꺼냈다.

"헉!"

눈앞에 보이는 장면이 너무도 충격적이라 방아쇠를 당기는 것조차 잊었다. 한껏 펄럭이는 망토를 걸친 여자가 마녀사냥꾼 트레버를 한 손으로 번쩍 집어 들고 있었다. 그녀의 손톱이 트레버의 목줄기를 찢어서 피가 줄줄 흘러나오고 있었는데, 새하얗다 못해 투명한 피부를 가진 그녀의 팔에 피가 감겨서 흐른다.

치이이이익!

수증기가 피어오른다. 창백한 피부의 그녀는 마치 피어나는 꽃봉오리처럼 순식간에 장밋빛으로 물든다. 정말 생명이 약동하고 피어나는 장면을 보는 것 같다. 실베스테르 신부는 그런 그녀의 모습에 시선을 빼앗겼다. 붉은색이 감도는 금발의 여성은 트레버의 혈관을 찢고 쏟아지는 피를 마음껏 빨아들였다.

탕!

실베스테르 신부가 방아쇠를 당겼다. 이번에는 좁은 복도 안이라 상대도 피할 수 없었다. 피를 빨아들이며 생기가 돌던 여성의 머리통을 해머로 강타한 것처럼 그녀의 몸이 옆으로 붕 떠올랐다.

실베스테르 신부는 그녀가 쓰러진 것을 확인하고 총을 거뒀다. 바닥에 쓰러져 움찔거리는 트레버는 이미 살릴 가망이 없어 보였고 사실 살리고 싶은 마음도 없었다. 그보다는 이 여자에 대한 호기심이 앞섰다. 대체 이 여자는 뭘까? 실베스테르 신부는 쓰러진 그녀를 살펴보았다. 눈을 감고 있는 이 여자의 몸에서 혈기가 금세 빠져나가 시체처럼 창백한 모습으로 변해갔다.

실베스테르 신부는 그녀의 죽음을 확인하기 위해 소심스럽게 다가갔다. 그러나 그때 뒤에서 누군가가 외쳤다.

"접근하지 마시오!"

그가 말하자마자 그녀가 마리오네트의 끈을 당긴 것처럼 벌떡 일어났다. 머리를 총으로 쏘았는데도 살아났다! 그렇지만 놀랍지는 않았다. 실베스테르 신부는 자신이 그녀의 머리를 뚫어놓고도 확신할 수가 없었다. 왠지 그녀는 죽지 않았을 것 같다는 막연한 느낌이 있었기에 누군지도 모르는 뒷사람의 충고에 응한 것이다.

실베스테르 신부는 즉시 뒤로 물러나 옆의 계단으로 몸을 던졌다. 제대로 착지하지 못해서 늑골이 바닥에 떨어져 숨이 막혔지만 그는 신음 소리도 내지 않고 벌떡 일어나 다시 계단으로 몸을 미끄러뜨려 일 층에 내려섰다.

"신부님답지 않게 날렵하군."

스스로 마법사라 칭하던 남자가 실베스테르 신부의 뒤에 내려서 그를 일으켜 세웠다. 실베스테르 신부는 그의 손을 맞잡고 깜짝 놀랐다. 고문으로 이미 손가락이 부러지고 인대가 끊어진 이가 이렇게 자유롭게 움직일 수 있을 리가 없다. 게다가 분명히 밧줄에 묶여 감옥에 갇혀 있었을 텐데 어떻게 탈출했단 말인가?

"당신! 어떻게 감옥에서 나왔죠?"

"이제 내가 베난단티라는 걸 믿겠소?"

감옥에서 탈출한 걸 가지고 베난단티니 뭐니 할 것은 아니지만, 지금 이 상황에서는 뭐라도 믿어야 할 것 같았다. 총으로 머리를 날려도 살아나는 피를 빠는 여자를 봤는데 마법사라고 못 믿을 이유가 없다. 실베스테르 신부는 심각한 인지부조화에 시달리며 고개를 끄덕였다.

"알겠으니까 저 아가씨나 좀 어떻게 해보시죠, 마법사 양반!"

"그러잖아도 어찌 해보려고 했소. 그런데 이거 너무 고문을 당해서 잘되려나 모르겠군."

그는 이미 기능을 잃어버린 살 토막 같은 팔을 들어 실베스테르 신부의 목에 걸려 있던 묵주를 빼 들었다.

"이것 좀 빌리지."

"마음대로 하세요!"

실베스테르 신부는 들썩거리는 문을 등으로 밀고 손이 닿는 데 위치한 가구를 끌어모아 창문과 문에 밀어놓았다. 밖에서 살려달라고 외치는 사람들의 비명이 들렸지만 지금 그가 가지고 있는 것으로는 그들을 구할 수 없었다. 문이 열렸다간 그저 사이좋게 같이 죽을 뿐.

'물론 같이 죽어주는 게 양심의 가책을 덜기에는 더 좋겠지만.'

그렇다고 같이 죽어줄 수도 없는 일, 실베스테르 신부는 총검을 단단히 잡고 재장전을 시도했다. 하지만 손이 덜덜 떨려서 화약이 마룻바닥 위로 떨어지기만 하지, 좀체 총 안에 장진되는 것 같지 않았다.

삐걱거리는 계단 소리가 들린다. 마녀사냥꾼을 살해한 여자는 천천히 계단을 내려오고 있었다.

"아하하하!"

여자는 미치광이처럼 웃으며 흐느적흐느적 계단을 걸어 내려왔다. 자칭 베난단티라고 하는 남자는 부서진 육신을 가지고 묵주를 쥔 손을 마치 활시위를 당기듯 뒤로 당겼다.

실베스테르 신부는 미친 짓이라고 생각하면서도 그의 모습을 가만히 지켜보았다. 아무것도 없이 그저 빈손을 당긴 것이지만 마치 팽팽한 활시위를 당기는 것 같은 긴장감이 감돌았다. 실제로 남자는 식은땀을 비 오듯 흘리고 있었다.

여자의 모습이 계단에서 나타났다. 그 순간 남자가 시위를 놓았다.

쾅!

무시무시한 폭음과 함께 계단이 폭발했다. 흙먼지가 피어오르고 사방으로 산탄처럼 묵주의 사슬이 튀었다. 황동에 은을 입힌 사슬이 하나하나가 총탄처럼 사방으로 비산된 것이다. 그 결과 묵주에 관통당한 여자는 온통 산산조각 난 몸을 하고 바닥에 쓰러져 버렸다.

"아… 아아아아아아아아!"

여자는 비명을 지르며 허우적거리다 이내 잦아들었다. 베난단티는 그 모습을 보며 손을 거두었다.

실베스테르 신부는 경악했다. 그가 알고 있던 세계가 완전히 박살 나고 말았다. 그가 세상의 전부라고 생각했던 것은 사실 겉보기뿐이었고 그 내면에는 그가 모르는 다른 지식들,

보다 심연에 가라앉은 깊숙한 비밀들이 있었다. 그리고 지금, 그 비밀이 잠깐 손을 뻗은 것만으로 실베스테르 신부를 에워싼 우주 전체가 뒤바뀌었다.

순간 그는… 법열을 느꼈다.

지식에 대한 욕망, 비의에 대한 갈구가 마치 신의 손길처럼 그의 영혼을 고양시킨다. 흥분된 가슴을 진정시키고 실베스테르 신부는 일어났다.

그가 일어나자 마법사가 바닥에 쓰러졌다. 실베스테르 신부는 즉시 달려가 그를 부축했다. 마법사를 자처하던 남자, 아니, 이제는 마법사임에 확실한 그 남자는 기침을 하며 피를 토했다. 아마도 이제야 고문의 효과가 나타나기 시작한 것 같았다.

"당신, 괜찮습니까?"

"괜찮아 보이나?"

"아니……."

실베스테르 신부는 뭐라고 말하려다가 입을 다물었다. 사람들이 아우성치는 소리가 곳곳에서 들려왔다. 실베스테르는 쓰러진 그를 부축해서 일으켜 세웠다.

"갑시다. 어떻게 풀려났는지 모르지만 다시 잡히면 이번엔 죽을 거요."

실베스테르 신부는 자신이 이 자리를 벗어나면 안 된다는 걸 잘 알고 있었다. 또한 이 남자를 따라가서는 안 된다는 것도. 그것은 지금까지 쌓아온 모든 것을 그의 손으로 파괴하는 행위였다.

하지만 자신을 에워싼 세계가 산산조각 난 지금, 그를 새로운 지식으로 인도해 줄 수 있는 이는 현재 이 남자뿐이었다.

"어차피 나는 죽네. 그렇지 않으면 내가 왜 잡혀서 이런 모진 수모를 스스로 겪었겠나."

"일단 이런 꼴을 들켜서 좋을 건 없으니 갑시다. 죽을 때 죽더라도 이 자리는 피하고 보지요."

실베스테르 신부는 벽장에서 옷을 꺼내 쓰러진 남자의 몸을 둘둘 말았다. 고문으로 인해 찢어진 상처 환부에서 고름이 흘러나오고 있었다. 그리고 몸에도 열이 올랐다. 확실히 이런 상태로는 얼마 더 살지 못할 것이다. 갑자기 짜증이 밀려왔다. 그를 에워싼 모든 세계를 부정하고 새로운 세계를 보여준 뒤 자신은 죽어서 퇴장하겠다니, 그의 알고자 하는 욕구에 불을 질러놓고 이런 식으로 무책임하게 빠져 버리면 곤란하다.

"아!"

하지만 실베스테르 신부는 자신의 얼굴을 살펴보는 남자의 표정을 보고 그가 자신의 마음을 꿰뚫어 보고 있음을 깨달았다. 사탕에 현혹된 어린아이를 보는 것처럼 그는 빙글빙글 기분 나쁘게 웃고 있었다. 실베스테르 신부는 잠겨 있던 정문을 열고 밖으로 나왔다. 거리는 들쑤셔 놓은 잿불처럼 들썩이고 있었다.

"안심하게. 허망하게 먼저 죽는 일은 없을 테니까. 저쪽으로……."

마법사는 실베스테르 신부에게 어딘가를 가리켰다. 그 남자가 체포될 당시 있었던 집, 마을의 북쪽에 서 있는 언덕이었다.

숨이 목까지 차오른다. 실베스테르 신부는 부상 입은 마법사를 부축하고 마침내 언덕 위에 올라섰다. 언덕 위에는 아주 옛날에 허물어진 낡은 탑의 잔해가 있었고 그 탑 주위로 허름한 오두막이 연이어 늘어서 있었다. 언덕 위에서 내려다본 거리는 이제 조용해진 듯하다. 지금쯤 사람들이 실베스테르 신부를 찾고 있을 텐데 그는 여기에 와 있다.

이 수상한 남자의 한마디에 따라서 여기까지 와버린 것이다.

"저… 돌무더기를 치워보게."

남자는 죽어가고 있었다. 그는 신음 소리를 내며 힘겹게 팔을 들어 탑 옆에 쌓인 잔해를 가리켰다. 실베스테르 신부가 다가가 돌무더기를 치워보니 안에는 작은 돌림쇠가 달려 있었다. 탑의 폐허 옆에 단단하게 다듬은 나무봉이 기대어 있어서 실베스테르 신부는 그 나무봉을 끼우고 돌림쇠를 돌렸다.

그르르르르.

낮은 소리와 함께 무너진 탑의 폐허 안에서 뭔가가 움직이는 소리가 났다.

백은의 도제(徒弟)

"이건?"

"안에 들어가 보게."

마법사는 손을 떨어뜨리며 말했다. 실베스테르 신부는 탑의 폐허를 살펴보았다. 달빛을 받아서 반짝이는 탑과 반대로 탑이 드리우는 그림자는 더더욱 짙어 보였다. 빛과 그림자의 대비가 뚜렷해서 어둠은 더더욱 어둠답게 보였다. 그 안에서 무언가가 실베스테르 신부에게 오라고 손짓하고 있었다.

실베스테르 신부는 뭔가에 홀린 것처럼 안으로 걸어 들어갔다. 지하를 향해 난 돌계단이 있어서 그는 천 조각을 나무에 감아 불을 붙였다.

지하실 안에는 낡은 책 한 권이 서대에 펼쳐진 채로 그를 맞이하고 있었다. 사람 한 명이 겨우 들어갈까 말까 한 좁은 지하실이지만 습기는 차지 않고 건조했다. 그리고 그 서대가 바라보고 있는 것은 돌로 만들어진 작은 욕조였다.

욕조로 다가가자 그 안의 무언가가 보였다. 어둠 속에서도 은은하게 은색의 빛을 발하는 무언가가 욕조 안에 있었다.

실베스테르 신부가 가까이 다가갈수록, 그가 손에 쥐고 있는 횃불이 실내를 더더욱 밝게 비추었다. 차곡차곡 쌓인 책들과 좀처럼 구하기 힘든 유리로 만들어진 실험 기구들, 그리고 투명한 유리병 안에 담긴 무수한 인간의 신체 조각들, 팔과 다리, 내장 등이 횃불의 희미한 빛을 받아 기묘한 상을 그려내었다. 하지만 실베스테르 신부는 욕조에 시선을 빼앗기고 있었다.

 욕조에는 전라의 소년이 죽은 듯이 누워 있었다. 투명하고 창백한 몸을 긴 은발이 감싸고 있는 이 소년이 인간이 아니라는 것을, 누가 말해주지 않아도 그는 느낄 수 있었다.

 실베스테르 신부가 눈앞의 모든 것에 경악할 때, 돌로 만들어진 욕조 안에서 소년의 손이 움직였다. 소년은 천천히 손을 들어… 욕조 밖으로 손을 내뻗었다.

 실베스테르 신부는 두려움과 호기심에 눌려 소년에게 다가갔다. 조금 전의 여성, 피를 빨고 덤벼들던 그 괴물 같은 여성을 생각하면 이 소년도 왠지 그러한 부류 같아서 두려웠지만 그럼에도 불구하고 그는 호기심을 강하게 느꼈다.

 그리고 자신을 인도해 줄 마법사가 죽은 지금, 그를 새로운 지평으로 이끌어줄 수 있는 것은 이 소년과 여기 서고에 꽂힌 책들뿐이었다.

 "아아아아아."

 소년이 입을 열었다. 사람의 말인지 아니면 짐승의 포효인지 모를 탄성을 내지른다. 실베스테르 신부가 미처 반응하기도 전에 소년은 실베스테르 신부의 손목을 잡았다.

 우드드득!

 심상한 압력이 실베스테르 신부의 손목을 자극했다. 마치 강철 집게에 물린 것처럼 고통스러워 실베스테르 신부는 비명을 질렀다.

"누구지?"

소년은 대뜸 물어보았다. 그는 강하게 쥐고 있던 손을 풀고 몸을 일으켜 실베스테르 신부를 바라보았다. 길게 자란 은발이 정말 은을 가늘게 뽑은 것처럼 반짝이고 있고 차디찬 눈동자에는 어떤 감정의 동요나 흔들림도 보이지 않았다. 마치 조각상처럼 보이는 소년은 싸늘한 시선으로 실베스테르 신부를 꿰뚫어 보았다.

"실베스테르……."

신부는 자신의 이름을 말했다.

2

사람의 키를 훌쩍 넘는 거대한 책장들이 좌우에서 압박해 온다. 숨 쉴 틈도 주지 않는 이 압박감 속에서 낡은 책과 서류들이 기묘한 냄새를 풍기며 썩어간다. 햇빛이 들지 않는 그늘 속에서 책과 서류가 공기를 더럽힌다. 오래된 납골당과 같다.

이단과 금기에 대한 기록들. 그것은 라테라노 궁의 서류 보관함에 보관되어 있었다. 교황청 기밀문서고가 아닌 이곳에 보관된 것들은 당대에 이단과 금기를 저질러 처벌받은 이들에 대한 기록으로, 그 기록의 생명은 이제 끝났다. 누구도 이단으로 처벌받은 이들의 사건을 다시 돌이켜 보고 싶어 하지 않는다. 그들은 햇빛이 들지 않아 책벌레가 넘쳐 나는 이 음습한 석벽들 사이에서 기록들이 썩어 들어가 이윽고 사라질 때까지 방치할 것이다.

하지만 그러한 기록의 망해들 사이로 눈부시게 밝은 은색의 머리칼을 한 청년이 걷고 있었다. 그는 잊힌 기록의 잔해들을 뒤지며 조금씩 정보를 축적해 갔다. 마치 꽃과 꽃 사이를 옮겨 다니는 나비처럼 몇 권의 책을 뽑고 서류를 뒤적이다 흥미를 잃게 되면 책장에 서류를 돌려놓고 다시금 이동했다.

그런 그가 문득 멈춰 섰다. 그의 발걸음 말고도 또 누군가의 발소리가 들린다. 이 어두운 서고 안에 그 말고 다른 사람이 무슨 일로 들어왔을까?

"여기에서 뭐하고 있는 건가, 실베스테르?"

금발의 고위 수도사가 은발 청년을 발견했다. 은발 청년은 잠깐 놀란 듯했지만 이내 무심한 표정으로 돌아왔다. 도시 전체를 불살라 버린다 하더라도 이 은발 청년의 얼굴에 다른 감정을 나타내게 하긴 힘들 것이다.

"서류를 좀 보고 있습니다."

이유 따윈 말할 필요가 없다. 이곳의 서류를 열람할 수 있는 것은 그의 권한, 굳이 설명해야 할 이유가 없다는 태도다.

"그런가. 뭔가 재미있는 거라도 있나?"

"재미있는 게 있다면 뭔가 손에 들고 열심히 읽거나 필사라도 하겠지요. 별로 재미있는 건 없군요."

"흠. 하지만 오늘 밤은 좀 재미가 있을 걸세. 팔레르모에서 기이한 살인사건이 일어났어. 아마도 괴물들의 짓으로 여겨지는군."

고위 수도사는 실베스테르에게 편지를 건네주었다. 실베스테르는 그 편지를 받아 들고 눈썹을 찡그렸다. 늘 차가운 그의 표정에 일순 파문이 일었다.

"재미있겠군요. 제게 떨어진 일입니까?"

"그렇지. 잘 조사하고, 혹시 필요하다면 제거하고 오게. 하지만 주의하는 게 좋아. 검사성성은 자네를 매우 심하게 의심하고 있으니까. 자네는……."

그가 길게 자란 실베스테르의 은발에 손을 가져다 대었다.

"너무 눈에 띄어."

"명심하지요."

실베스테르는 그를 스쳐 지나갔다.

참혹한 습격이 있던 그날, 실베스테르 신부는 완전히 사람이 변했다.

볼로냐 대학 신학과를 졸업하고 유수한 성직자들과 부자들의 후원을 얻어 장래가 촉망되던 그는 신학대학의 강사 자리 요청을 거절하고 비인 교외의 성직자로 남기로 결심했다.

볼로냐 대학을 졸업한 재원이 대학에 오지 않고 작은 교구에 정착하겠다는 고집은 이례적이어서 많은 이가 해괴하게 여겼지만 아무도 그를 설득할 수 없었다. 마법에 접촉하고 그 신비에 마음을 빼앗긴 그를 이제 와서 되돌릴 수 있는 이는 아무도 없었던 것이다.

결국 그의 후원자들조차 그를 포기하고 말았다. 실베스테르 신부는 늑대들의 습격이 있던 참사의 날 찾아낸 은발의 소년에게 세례를 주고 그와 함께 교구의 전임 신부가 되었다.

이 은발의 소년은 작은 실베스테르라고 불리며 그 일대 사람들의 경외의 대상이 되었다. 미신에 지배받는 사람들이 보기에 이 소년은 확실히 인간 같지 않은 모습을 하고 있었고 소년의 뛰어난 오성 역시 그러한 사람들의 믿음을 뒷받침해 주었다.

게다가 이 소년, 작은 실베스테르는 놀라운 일들을 달성하면서도 항상 무심한 표정으로 자신에게 쏟아지는 사람들의 관심이나 경탄을 무색하게 했다. 당연한 일을 해냈을 뿐인데 왜들 이렇게 호들갑인지 모르겠다는 투로 바라보면 사람들은 역시 그는 인간이 아니라고, 요정이 인간의 모습을 빌어서 변한 것이거나 베난단티일 것이라고 수군거렸다.

한편 실베스테르 신부는 사람들의 이목이 작은 실베스테르에게 집중되는 사이에 베난단티를 자저하던 남자에게 물려받은 마법서의 지식을 흡수했다. 스승도 없이 오직 책과 연구 자료만이 있을 뿐이지만 우수한 재원이던 그는 어렵지 않게 마법을 이해하고 그 힘을 흡수하여 마법사로 거듭났다. 성직자가 마법을 배우는 것은 매우 위험한 금기 사항이었지만 이미 마법을 접한 그는 아랑곳하지 않았다. 마법의 지식에 중독되었다고 해도 과언이 아니리라. 그러던 와중 그는 결국 폐허에 남겨져 있던 서고의 모든 책을 완전히 터득하고 말았다. 마법에 굶주린 그는 더 많은 지식, 더 많은 정보를 원했지만 마법과 그에 관련된 지식을 구하기엔 이미 글렀다. 그러던 차에 교황청 내 검사성성에서 어떤 조직을 결성한다는 이야기가 들려왔다.

악마와 마법사, 이단자와 흡혈귀들, 그러한 진짜 능력자들을 상대하기 위한 비밀 조직. 교리를 수호하고 이단자들을 단죄하기 위해 검사성성 내에 특수 전투조직이 창설된다는 것이었다. 마법과 이단자들에 대해서 고지식한 반응을 보이던 교황청에 무슨 바람이 불었는지 비공식적이나마 그들의 존재를 인정하고 싸우겠다는 의지를 보인 것이다.

그런 조직에 지원할 만한 젊고 무예가 뛰어난 이들을 모은다는 이야기를 들은 실베스테르 신부는 자신의 제자인 작은 실베스테르를 보내기로 결심했다. 마법과 싸우는 최전선에 세우면 그를 통해서 마법에 대한 정보와 지식을 얻을 수 있을 터였다.

문제는 그의 정체 자체가 마법과 관련이 깊다는 것이다. 작은 실베스테르의 정체가 인간이 아님을 마법에 관여하는 사람들은 단숨에 알아볼 터, 그런 이들에게 작은 실베스테르를 보낼 경우 이는 끔찍한 자충수가 될 수 있었다. 하나 마법의 갈망에 취한 신부는 이미 마음을 굳혔다.

출발하기 전에 실베스테르는 예배당에 앉아서 기도를 올렸다.

"신을 믿는가?"

그의 뒤에서 다른 누군가가 물어보았다. 실베스테르는 고개를 돌리지도 않고 그가 누군지 알 수 있었다.

검사성성 고위 심문관인 장 로모. 그는 항상 실베스테르에게 의심의 눈길을 보냈다. 실베스테르와 그가 속한 집단이 검사성성에 배속되어 있긴 하지만 검사성성의 고위 심문관인 그도 실베스테르와 그들 집단이 무슨 일을 하는지 알 수 없었다. 이들은 교황청 내에 들어와 교황청의 예산과 권력, 정보망을 활용하며 활동하고 있긴 하지만 그 내역이 알려져 있지 않은 숨은 조직이었다.

그러니 그가 실베스테르를 눈엣가시로 여기는 것도 당연하다. 자기 조직의 예산을 갉아먹는데 무슨 짓을 하는지, 어디서 굴러왔는지도 알지 못할 놈들이라니. 밉보이는 게 당연하겠지.

"성직자인 이상 당연한 질문이군요. 제가 지금 뭘 하고 있는 걸로 보이십니까?"

"자네는 마법과 이단을 많이 접하고 있어. 그런데도 신에 대한 그 신앙과 믿음이 변함이 없단 말인가?"

그는 의심했다. 많은 성직자가 마법과 그러한 힘을 목격하고 나면 신앙을 버리고 마법에 대하여 추종하고 만다. 그래서 그는 동료 성직자들을 항상 의심했다. 그들이 걸친 법복이 주는 권위, 그것들이 악의 손에 떨어진다면 더욱더 끔찍한 사고를 일으킬 수 있으니까. 실제로 몇 년 전만 해도 타락한 성직자 한 명이 소년 성가대원들을 모아 계간하고 살해한 일이 있었다. 그것은 마법과 이단에 관여하여 발생한 일은 아니지만 성직자의 권력이 그의 범죄를 더욱더 쉽게 해주었다는 건 분명하다.

"성서에서도 기적을 말하고 있습니다. 마법과 이단을 접한다고 해서 믿음이 퇴색한다면… 아니, 그만두죠. 내가 뭐라고 말한다 해도 당신에게는 그저 변명으로만 들릴 테니까. 당신은 그저 내 입에서 당신이 원하는 답을 듣고 싶은 것뿐이겠지."

실베스테르는 자리에서 일어났다. 분명한 적의로 그를 괴롭히고 있는 사람을 대할 때도, 그의 표정에는 전혀 변화가 없었다. 이승의 모든 것에게 관심이 없어 보이는 그 모습이 장 로모의 성질을 긁어서였을까? 그는 실베스테르의 앞길을 막았다.

"내가 장님으로 보이나? 자네나 자네 패거리는 모두 정상적인 인간이 아니야! 조금만 이상한 수작을 부려봐라. 괴물

놈들, 네놈들을 바로……."

그는 실베스테르의 앞을 막아서고 뭐라고 말하려 했다. 그러나 그 순간 실베스테르가 그의 어깨를 손으로 짚고 훌쩍 뛰어넘어 버렸다. 장 로모가 깜짝 놀라 뒤돌아서려 했지만 그 순간 다리가 힘없이 풀려 버렸다. 그는 바닥에 쓰러져 허우적거렸다. 마치 늪에 빨려들어 간 것처럼 몸이 무겁고 꼼짝할 수가 없었다. 그런 그를 이 은발의 괴물은 냉혹한 표정으로 내려다보고 있었다.

"한마디만 해두자면, 이 세상에… 나보다 더 절실히 신을 갈망하는 자는 없어! 당신이 성직자로서 얼마나 경건하게 신을 숭앙하는지 몰라도 나의 갈망에 비하면 당신의 신앙 따위 어린애가 칭얼거리는 수준에 불과해."

실베스테르는 오만하게 단언했다. 그는 장 로모 신부를 바라보지도 않았다. 실베스테르의 시선은 장 로모를 넘어서 그보다 더 멀리, 시선이 닿지 않는 곳에 향해 있었다. 장 로모는 다시 그의 손아귀에서 벗어나고자 안간힘을 썼지만 꼼짝도 할 수 없었다. 만약 실베스테르가 그를 해치고자 한다면 작은 나뭇가지를 부러뜨리는 것보다 더 쉽게 목을 분지를 수 있으리라. 하지만 실베스테르는 장 로모에게서 손을 뗐다.

"네, 네놈! 이러고도 무사힐 거라고 생각하니?"

"관심 없어. 어디 한번 질질 짜봐. 내가 널 폭행했다고 교황님 옷자락이라도 붙들고 질질 짜면 효과 만점이겠군."

고위 심문관에 대해서는 믿어지지 않을 정도의 폭언이다. 그러나 실베스테르가 말하는 것도 사실이다. 증인도 없고 폭행의 흔적도 없다. 사람들과 함께 움직일 때의 실베스테르는 언제나 공손했기 때문에, 독대했을 때 그에게 폭언을 가했다고 말해도 입증할 방법이 없다. 장 로모는 이를 부득부득 갈면서 몸을 일으키려고 했다. 무슨 짓을 한 건지 모르지만 몸에서 힘이 쏙 빠져나가 완전히 무력해졌다. 그저 놀라서 힘이 풀린 것일 수도 있다. 근육이 놀라서 마비가 온 것일 수도 있지.

'그런 게 아냐! 아니고말고! 저 마귀 놈이 뭔가 수를 쓴 거야!'

이건 그런 것 따위가 아니다. 저놈이 뭔가 힘을 써서 그를 이렇게 만든 것이다. 그의 능력과 그의 의지로! 인간에게는 불가능한 수단으로 목적을 달성하다니, 얼마나 두려운 존재란 말인가? 장 로모는 바닥에 쓰러져 오한에 몸을 떨었다.

"그럼, 저는 가보겠습니다."

실베스테르는 이제 와서 예의와 격식을 차려 말한다. 그의 급작스러운 태도 변화가 어떤 욕설과 경멸보다도 더욱더 치욕을 준다. 그는 자신보다 훨씬 더 신분이 높은 상위의 수도사를 능멸하고도 태연히 등을 돌렸다.

신을 믿는다. 실베스테르는 그 점에 있어서는 자신을 믿어 의심치 않았다. 다른 인간들과 달리 그에겐 뭔가가 심각하게 결여되어 있었고 그것은 마치 나무판 한복판에 자리한 썩은 옹이처럼 점차 커져 간다. 언젠가 그 옹이가 나무판 전체를 집어삼키고 영혼을 파멸시킬 때 그의 생명은 끝날 것이다. 물론 일반적인 인간보다는 더욱더 긴 삶이고 실베스테르는 자신의 생에 그렇게 크게 집착하지 않았다.

그렇지만……

그에게 있어서 죽음이란 인간의 죽음과는 그 의미가 달랐다. 기계장치의 태엽이 다하듯 닳아 없어져 언젠가는 사라지는 영혼. 자신의 영혼이 파손되어 가는 것을 직접 지켜봐야 하는 그 고통은, 뭐랄까, 물론 노화를 겪는 인간의 그것과 같겠지만 노화를 겪는 인간들은 다들 정명하다. 그들의 존재는 신이 보장한 것이고 자연에 합치되며 그 영혼은 온전하다.

그들의 영혼을 흉내 내어 만들어진 실베스테르로서는 너무나도 부럽고 또한 괴로운 것이었다. 보기만 해도 실베스테르는 인간들과 자신의 차이, 그 영혼의 차이를 느낄 수 있었다. 흡혈귀나 라이칸스로프 같은 마물들조차 그에 비하면 온전한 영혼을 가지고 있었다.

이러한 영혼의 결핍을 해소할 수 있는 길은 오로지 신에게 있다. 그러므로 실베스테르는 신을 갈망한다. 주린 자가 음식을 갈망하듯, 목마른 사자가 물을 갈망하듯, 영혼이 결핍된 자는 그 영혼을 채워줄 신을 갈망한다.

그러니 실베스테르야말로 가장 뛰어난 광신도일 수밖에 없었다.

팔레르모에는 이미 다른 이단 심문관들이 기다리고 있었다. 검사성성 내 특수 이단 심문관들, 단죄의 검이라 불리는 그들은 마법, 그리고 이적들과 싸우기 위해 특수한 훈련을 받은 이들이었다. 그들을 이끄는 금발의 고위 수도사 앙리는 말 위에 올라탄 채로 실베스테르를 기다리고 있었다.
"먼저 와계셨군요."
실베스테르는 말에서 내리며 주위를 둘러보았다. 로마에서 팔레르모까지 쉼 없이 왔지만 전혀 피로한 기색이 없었다. 하지만 다른 이단 심문관들은 지친 기색이 역력해 보였다.
"이렇게 많이 올 필요가 있는 일인가요?"
"훈련도 겸하고 있으니까."
앙리는 그리 대답했다. 이 금발의 고위 수도사는 쭈글쭈글한 피부와 거칠게 자란 눈썹으로 마치 오래된 고목나무와 같아 보였다. 그렇지만 그 금발만은 마치 금을 녹여내 뽑아낸 금사처럼 환하게 빛나서 뭔가 이상해 보였다. 자신도 이상해 보이긴 마찬가지니 남 말 할 처지는 아니다. 하지만 이자 역시 뭔가 숨기고 있다는 걸 느낄 수 있어서 실베스테르는 그를 별로 신뢰하지 않았다. 자신의 직속 상관임에도 불구하고.
아마 그것은 그와의 첫 대면에서 받은 인상이 크게 작용할 것이다.

"자네는 어둠을 본 적이 있나?"

금발의 고위 수도사는 은발의 청년에게 그렇게 질문을 던졌다. 은발의 청년, 작은 실베스테르는 교황 기마근위병들이 수호하고 있는 낡은 옛 궁전의 지하실에서 무뚝뚝한 성직자들과 함께 그를 대면하고 있었다.

검사성성의 내부자가 된다는 것은 꽤나 권위 있는 일이므로 그것을 근본도 없는 성직자가 오직 실력만으로 차지하기란 쉬운 일이 아니다. 아마도 이러한 면접은 바로 작은 실베스테르가 과연 그만한 가치가 있는지 없는지 알아보는 일종의 시험이겠지. 작은 실베스테르는 그리 생각하면서 그를 바라보았다.

"어둠?"

"마법과 이적, 그리고 교리에 어긋난 해괴한 것들 말이네."

남겨진 것은 선택이다. 거짓을 말할 것인가, 진실을 말할 것인가. 질문이 명확하긴 하지만 질문자의 의도를 모르겠다. 실베스테르는 잠시 망설였다. 어느 쪽을 선택하는 게 좋을까?

"어둠을 보기 위해서 나는 지금 여기에 있습니다."

"그런가? 그렇다면 자네는 제대로 온 것일세. 하지만 우리가 어둠을 들여다보면 어둠 역시 우리를 들여다보지. 그때 자네는 어둠에 맞서 싸울 것인가?"

"지금 이 자리에서 대답하는 건 의미가 없지요. 어둠에 내가 쓰러진다면 그때 당신들이 나를 죽이면 될 것 아닙니까? 나 역시 남들에게 마음속의 신앙을 유지하라고 강요하지 않겠습니다. 다만 쓰러지면 그의 목을 벨 뿐."

"후후후. 솔직한 이단 심문관이군. 좋아."

금발의 수도사는 실베스테르의 다소 무례한 대답을 높이 샀다. 하지만 실베스테르는 자신을 높이 평가하는 이 금발의 수도사에게서 불길한 기운을 느꼈다. 그게 무엇인지는 잘 모르겠지만 이 남자야말로 그를 바라보는 '어둠', 그 자체 같았다. 실베스테르가 다른 이들의 영혼을 꿰뚫어 보듯 그는 실베스테르의 영혼, 그 결핍을 꿰뚫어 보는 것 같았다.

"자, 그러면 출발하게."

금발의 수도사는 실베스테르와 젊은 이단 심문관들을 재촉했다. 그들의 앞에 기다리고 있는 것은 해안 절벽 위에 세워진 오래된 저택. 스산한 분위기를 풍기는 그 저택을 보고 교황청 기마대에서 뽑힌 군인 출신의 성직자들은 들떠 있었다.

하지만 실베스테르는 공기에서 느껴지는 심상치 않은 기운을 읽고 있었다. 이번에는 정말 장난이 아니다. 어설프게 마법서를 보고 배우는 자가 아니라 정말 악마나 흡혈귀에 관여된 무언가가 저 저택에 도사리고 있었다.

"먼저 가지!"

새로운 조직에 선발되어 성직자의 직위를 얻은 젊은이들은 의욕이 넘쳤다. 예상치 못하게 얻은 신분 상승이 그들을 고양시키고 있었다. 하지만 세상에 공짜는 없는 법, 그들을 사지로 몰아넣는 데 금화를 지불하기는 싫으니 대신 주는 감투에 불과하다는 걸 왜 모르는 걸까?

실베스테르는 냉소를 머금었다.

그가 비웃고는 있지만 이들의 자신감에는 나름 근거가 있었다.

그들은 이미 마법과 사소한 악마 들림 등에 대해서 몇 번의 승리를 거뒀다. 어설픈 승리는 통한의 패배보다 더 치명적인 독이 되는 법, 해괴한 책 몇 줄에 현혹되어 어린아이들의 목을 베고 피를 받는 노인 수도사 등을 상대하던 이들에게 오늘은 아마 색다른 하루가 될 것이다. 실베스테르는 그리 생각하고 그들보다 앞서 나갔다. 그나마 그가 앞에 있어야 피해를 줄일 수 있으리라.

하지만 그건 오산이었다. 입구에 들어선 순간 실베스테르는 자신들이 호랑이 굴에 알몸으로 뛰어든 원시인과 다를 바 없다는 걸 깨달았다.

헝클어진 정원이 입을 쩍 벌리고 그들을 맞이하고 있었다. 실베스테르가 선두에 섰지만 공기 전체에 퍼져 있는 사악한 기운은 진후좌우, 어디에서 적이 나타날지 예측할 수가 없었다. 실베스테르는 촉각을 곤두세우고 천천히 걸어 들어갔지만 이 한심한 대원들은 뭐가 그리 자신만만한지 거침없이 들어갔다.

"이봐……."

보다 못한 실베스테르가 말문을 연 순간 주위의 공기가 일변했다. 충분히 함정으로 끌어들였다고 생각했는지 마물들이 공격을 가하기 시작한 것이다.

촤아아악!

정원의 야트막한 관목들 틈에서 거대한 가시덩굴이 뻗어나와 부주의하게 앞서 나간 대원들을 덮쳤다. 미늘창을 들고 있던 대원이 덩굴에 명중해 옆으로 내던져졌다. 강철 갑옷을 입고 있어 중상은 면했지만 상황이 좋지 않다.

"아아악!"

비명 소리가 대열 곳곳에서 울려 퍼졌다. 땅에서부터 덩굴이 솟아올라 그들을 공격한 것이다. 실베스테르는 즉시 성유를 검에 붓고 대천사 가브리엘의 이름을 읊으며 그의 힘을 초환했다. 지금 그들을 공격하는 덩굴은 마물들이 깃들어 형질이 변화한 식물에 불과하다. 하지만 본격적으로 악마들이 활동하기 쉬워진, 타락한 이곳에서는 마물들의 힘이 사람을 죽일 만큼 강력하다. 이런 상황에 익숙하지 않은 이단 심문관들이 당황해서 비명을 지르고 그 비명이 다시금 혼란을 불러일으킨다.

실베스테르는 검을 휘둘러 덩굴들을 베고 이단 심문관들을 구해냈다. 그들은 강철 갑옷으로 몸을 감싸고 성자들의 이름을 아로새긴 타바드(갑옷 위에 입는 겉옷)를 걸쳤으면서도 겁에 질려 있었다. 본격적인 악령들과의 싸움에는 익숙하지 않은 듯했다.

"모두 진정! 내가 앞서갈 테니 뒤에서 엄호하도록!"

실베스테르가 명령했다. 이제까지 이들은 그의 말을 무시했지만 위기 상황이 오자 실베스테르에게 굴복했다. 뭔가 통쾌함이라도 느낄 법한 상황이었지만 지금은 그런 걸 만끽할 여유가 없었다.

실베스테르는 이단 심문관을 뒤에 남기고 먼저 저택 안으로 뛰어들었다.

사악한 마법이 지배하고 있는 공간에서 숨어 있던 악령들이 실베스테르를 공격해 왔다. 하지만 실베스테르는 검을 휘두르며 악귀들을 베고 그들을 지나쳤다. 이단 심문관들을 뒤에 남긴 실베스테르는 저택의 밑에서 그를 기다리고 있을 존재에게 접근했다. 그 미지의 존재에 가까워지면 가까워질수록, 냉정하던 실베스테르의 표정에 화색이 돌았다.

마법. 그의 스승, 실베스테르 신부가 미칠 듯이 바라던 마법의 힘이 느껴진다.

은발의 실베스테르가 스승의 무리한 요구를 들어서 교황청 휘하의 이단 심문관이 된 것은 그 역시 마법과 그 제반 지식에 대한 갈증을 느끼고 있었기 때문이다. 악마와 마법, 흡혈귀에 대항해 싸우는 최전선에 설 수 있다면 그에 대한 지식을 얻기도 쉬울 터. 실베스테르는 그러한 불순한 마음으로 교황청에 왔다. 장 로모 수사가 그를 불쾌하게 여기는 건 나름 일리가 있는 행동이었다.

지금 이곳에는 실베스테르의 갈증을 해소시켜 줄 만한 새로운 마법과 마의 지식이 있을 것이다. 실베스테르가 다른 누구보다 먼저 그 마법과 지식에 접촉할 수 있다면 다른 이들의 감시를 피해 지식을 습득할 수 있을 것이다. 실베스테르는 그런 예상을 하고 지하실의 문을 열었다.

"아?"

평상시 항상 굳은 표정을 지어서 인형이 아닐까 하는 의심을 사던 실베스테르의 얼굴에 당혹감이 떠올랐다. 지하실 한가운데에는 무수한 촛불이 밝혀져 있고 그 촛불들 가운데에는 관이 하나 놓여 있었다. 관 안에는 노인이 한 명 누워 있었는데, 그의 얼굴에는 온통 칼로 그은 듯한 흉터가 지렁이처럼 꿈틀거리고 있었다. 그것까지는 좋다. 충분히 있을 법한 일이었고 실베스테르도 이미 많이 보아온 장면이다. 이 노인은 흡혈귀, 마법을 사용할 줄 아는 흡혈귀다.

거기까지는 흔했다. 문제는, 그 노인 흡혈귀의 관 너머에는 투명한 유리병이 있었고 유리병 안쪽에 실베스테르와 비슷한 은발을 가진 여성이 있었기 때문이다. 실베스테르는 그녀를 본 순간 가슴이 답답해지는 걸 느꼈다.

'저들이 오게 해서는 안 된다.'

뒤에 남겨둔 이단 심문관들이 이 장면을 봐선 안 된다. 실베스테르는 이를 악물었다. 이단 심문관 전원을 전멸시키더라도 그 자신의 정체는 지켜야 한다. 그리고 이 흡혈귀에게서 이 마법, 저 유리관 안에 잠든 여성의 정체에 대해서 들어야 했다.

"놀랍군."

흡혈귀가 먼저 입을 열었다. 실베스테르는 그에게 달려들어 검을 휘둘렀다.

콰직!

메마른 팔이 단칼에 잘려 나간다. 흡혈귀는 몸을 움직여 실베스테르가 휘두른 칼을 잡았다.

탕!

실베스테르는 칼을 잡고 흡혈귀와 실랑이하는 대신 왼손으로 허리춤의 권총을 뽑아 쏘았다.

흡혈귀의 머리가 부서지고 몸이 뒤로 넘어간다. 마법적인 지식으로 자신의 영역을 오염시키고 악령들을 불러 사물에 깃들게 한 자치고는 시시한 반응이다. 흡혈귀로서의 그의 운동 능력은 대수롭지 않다. 실베스테르로서는 접시 위에 놓인 고기 조각을 자르는 것처럼 시시한 일이었다. 그렇지만 실베스테르는 칼을 휘두르지 않았다.

"대답해 봐, 흡혈귀. 저건 뭐지?"

"내가 왜 너의 질문에 답해야 하나?"

실베스테르는 칼을 휘둘러 흡혈귀의 목을 쳤다. 그리고 흡혈귀의 허리띠를 손으로 잡아 번쩍 들어 뒤로 집어 던졌다.

"이······."

뭐라고 말해야 할지 모르겠지만 실베스테르는 이 모습을 다른 이들에게 보일 경우 자신이 파멸할 것이라는 걸 알았다. 저 은발의 여성, 유리관 안에 잠겨 있는 여성은 실베스테르에 비하면 조잡하지만 그와 똑같은 방법으로 만들어진 존재였다. 그렇다면 그는 뭐지?

'나는 대체 뭐야?!'

평상시에는 항상 무심한 표정을 짓고 있었다. 그에게 세상의 이치라는 것은 너무나도 단순하고 간단한 일들이었다. 인간들이 만들어낸 문명, 그들의 교류와 사랑, 그 모든 것을 먼 발치에서 바라보면서 거시적으로 상황을 파악했다. 그것은 마치 개미들이 꼬물거리는 걸 흐릿한 눈빛으로 보는 것과 같다. 디테일이 죽은 세계는 무감각하다. 그래서 실베스테르는 무심하게 그 모든 것에서 초연할 수 있었다. 하지만 자신의 문제라면 다르다.

실베스테르는 자신을 모른다. 자신이 무엇인지도 모른다. 그의 스승인 실베스테르 신부도 그의 정체는 알지 못했다. 자신을 알지 못하는데 세상의 세세함에 신경 쓸 틈은 없었다.

"으아아악!"

밖에서는 비명 소리가 들린다. 실베스테르가 방 밖으로 집어 던진 흡혈귀가 도망치며 이단 심문관들을 공격하고 있었다. 목을 잘라 버렸음에도 불구하고 흡혈귀는 완전히 죽지 않고 갑옷으로 무장한 인간들을 살육하고 있었다. 하지만 실베스테르는 지금 그들의 생존에 별 관심이 없었다. 방금 전까지 그들을 구하기 위해 앞장섰던 그였지만 지금은 그저 이 유리관 안의 존재에만 관심이 있었다.

실베스테르는 유리관을 바라보다 검을 휘둘러 깼다. 안의 액체가 밖으로 쏟아지며 유리관 안에 있던 여성의 모습이 허물어지기 시작했다. 마치 카드를 쌓아서 만든 성이 바람에 무너지듯이 너무나도 손쉽게 붕괴되고 썩어간다.

실베스테르는 망연자실 서 있었다.

"그래."

문득 뒤에서 목소리가 들렸다.

"자네는 어둠을 본 적이 있는가?"

익숙한 남자의 목소리가 실베스테르의 귓가를 간질였다. 마치 지옥에서 악마가 속삭이듯, 은근한 그 목소리는 공포를 모르던 실베스테르의 등골을 오싹하게 했다.

3

검은 법복을 걸친 실베스테르는 배에서 말을 끌어내리고 여행에 지친 말의 잔등에 마구와 짐을 올렸다. 작은 항구에는 그 말고도 많은 사람이 있었지만 그는 그들에게 눈길도 주지 않았다. 그 자신에게 고민거리가 너무 많아서 세상에 대해서 관심을 기울일 틈이 없다.

실베스테르는 가슴에 매단 묵주를 강하게 움켜쥐었다. 은 대신 강철로 만든 묵주가 실베스테르의 손아귀 안에서 파르르 떨렸다.

팔레르모의 사건 이후 정식으로 검사성성의 이단 심문관이 된 실베스테르는 그날 이후 심각한 고민에 빠졌다. 아니, 그날 이후라고 딱 집어 말할 수는 없을 것이다. 그전부터 실베스테르는 자신의 정체에 대해서, 자신의 영혼에 대해서 고민하고 있었으니까. 그렇지만 그날, 자신과 닮은 다른 존재를 보았을 때 그는 충격을 받았다.

인간이 아니라는 것쯤은 알고 있었다. 그것을 모를 정도로 바보는 아니다. 실베스테르는 벽에 박힌 못을 맨손으로 뽑을 수 있고 인간의 두개골을 악력만으로 으깰 수 있었다. 날아오는 화살을 맨손으로 받을 수도 있고 총도 겨누는 순간 보기만 한다면, 아니, 보지 않고도 피할 수 있다. 그 능력은 어중간한 흡혈귀보다 더 뛰어나서 실베스테르의 엑소시즘은 언제나 성공적이었다.

이런 능력이 인간의 것이 아니라는 것쯤은 실베스테르 자신이 더 잘 알고 있었다. 장 로모 신부도 그것을 알고 있기에 실베스테르의 존재를 의심하고 집요하게 몰아붙여 왔다. 하나 팔레르모에서 '그것'을 보기 전까지 그는 자신이 인간이 아니라 하더라도 별로 큰 문제는 아니라고 생각했다.

그러나 지금, 실베스테르의 뇌리에는 그때 보았던 모습이 뇌리에 박혀 떠나지 않았다. 게다가 그러한 상황을 보고도 아무런 말 없이 그에게 명령을 내리는 금발의 수도사, 앙리. 그는 실베스테르가 인간이 아니고 오히려 괴물에 더 가까운 존재라는 것을 알고 있을 텐데도 아무런 말 없이 묵묵하게 명령을 하달했다.

실베스테르로서는 언제 무너질지 모르는 낡은 건물 안에 드러누운 기분이었다.

그러던 차에 그가 명령 하나를 하달했다.

"후우."

실베스테르는 한숨을 내쉬고 움켜쥐고 있던 로자리오를 놓았다. 그는 마구를 점검하고 말을 끌고 걸어갔다. 마구와 그 안장 가방에는 바티칸의 서고, 비밀 장서실과 이단 사적실에서 빼낸 몇 가지 마법 문서, 그리고 흡혈귀가 연구하고 있던 마법의 도구가 가득 담겨 있었다.

실베스테르의 스승, 실베스테르 신부가 그들 바티칸에 파견한 것은 바로 이러한 것들을 얻기 위해서였다. 마법에 굶주린 타락한 성직자에게 이것은 매우 훌륭한 만찬이 될 것이다.

금지된 지식의 성찬이라고 할 수 있으리라.

은발의 실베스테르는 말을 이끌고 산길을 오른다. 화사한 봄의 햇살이 산등성이를 따라 반사되고 길가에 피어나는 풀꽃들이 싱그러운 향기를 풍기는 봄, 그러나 이 은발의 여행객은 겨울의 눈보라를 뚫고 지나가는 것처럼 차디찬 표정을 짓고 있었다.

그는 한 손으로 로자리오를 으스러질 듯 붙잡고 입으로 기도문을 외며 말을 끈다. 무심코 로자리오를 부수지 못하도록 그의 로자리오는 강철로 주조되었다. 그래도 인간을 초월한 그의 힘은 종종 로자리오를 휘어버리곤 했다. 하지만 그것은 성상을 파괴하는 무례함이 아니라 그만큼이나 간절한 소망이었다. 이렇게나 간절한 소망이 있기에 그는 마법의 아들이면서 성직자가 될 수 있었다. 검사성성의 장 로모에게 던진 말은 결코 치장이나 허세가 아니었다. 그는 정말로 인간들과는 비교할 수 없을 만큼 격렬한 신앙심을 가지고 있었다.

얼마나 걸었을까? 그가 어린 시절을 보냈던 목조 건축물, 낡은 교회가 점차 눈에 들어온다. 인근 마을에서 약간 떨어져 홀로 서 있는 이 목조 건축물은 낡았지만 그래도 아직 신의 집다운 위엄을 갖추고 있었다. 실베스테르가 떠난 뒤에도 관리는 잘된 모양이다.

실베스테르는 근처에 말을 매어두고 스승인 또 한 명의

실베스테르, 이 교구의 신부를 찾아보았지만 그는 교회에 없었다.

"거긴가."

그렇다면 아마도 마법 연구실에 있을 것이다. 마법을 통해서 자신이 알던 세계를 한 번 파괴당한 남자는 역으로 마법에 집착을 보여 세상에서 자신을 격리시키고 있었다. 그에게 접근했다던 마법사가 대체 무엇을 바라고 접근했었는지는 모르지만 그 결과만은 매우 파격적이었다.

실베스테르는 자신이 잠에서 깨어났던 마법 서고로 발걸음을 옮겼다. 그가 깨어난 곳, 그의 기억이 시작된 곳을 향해 걷는 발걸음이 무겁다.

"오오! 돌아왔는가!"

실베스테르 신부는 예상대로 헐어버린 옛 마법 서고에 있었다. 그는 마법사들이 빼앗긴 압수 도서들, 그중에서 진본 마법서와 그에 관련된 지식들을 가져와 달라고 실베스테르에게 부탁했다. 마법의 지식을 얻기 위해 자신의 제자를 로마로 보낸 이 남자는 제자가 그의 부탁을 들어주어 지식을 가져왔음을 믿어 의심치 않는 모양이었다.

"그래, 로마는 어떻던가? 새미있는 일이 많이 있었겠지? 나도 그 시절에는……."

그는 말을 멈췄다. 그가 키우다시피 한 청년, 작은 실베스테르가 그에게 권총을 겨누고 있었기 때문이다. 피할 수도 없다. 작은 실베스테르가 이 거리에서 사람을 못 맞출 리가 없다.

"스승님, 당신은 파문입니다."

"그래?"

실베스테르 신부는 자신에게 사형선고나 다름없는 말을 전하는 제자를 바라보며 씨익 웃었다. 이단의 기적을 쫓아 성직자의 신분을 이용했으니 어찌 죽임을 당해도 할 말 없는 것, 그걸 관리하는 게 바로 검사성성의 임무이니 그의 제자가 그에게 총을 겨눈다 해도 이상할 것은 없다. 하지만 어떻게 알았을까? 그들은 어떻게 이런 시골에 처박혀 있는 실베스테르 신부가 이단자임을 알아차렸단 말인가? 그것은 작은 실베스테르가 스승을 팔았거나, 그게 아니면 작은 실베스테르의 정체가 교단에 밝혀졌기 때문일 것이다.

"아마도, 네 정체가 들통 난 모양이로구나."

은발의 실베스테르는 굳은 표정의 스승을 바라보았다. 스승과 어떤 인간적인 교류가 있었던 것은 아니다. 그는 실베스테르를 철저히 마법 그 자체와 같이 대했다. 그것은 경외감과 탐욕이 공존하는 기묘한 감각으로, 결코 인간적인 감정이 아니었다.

탕!

총성과 함께 늙은 신부, 아니, 마법사는 쓰러졌다. 은발의 실베스테르는 가차 없이 자신의 스승이자 아버지였던 실베스테르 신부를 쏴버렸다. 실베스테르 신부의 늙은 몸이 바닥에 쓰러지고 피가 흘러나온다.

"아……."

분명히 인간적인 교류는 없었지만 실베스테르는 피 흘리며 쓰러지는 자신의 스승에게서 고통을 느꼈다. 전혀 기대하지 않은 감정이 실베스테르의 가슴을 가득 메웠다.

하지만 이미 그의 스승은 죽었다. 단 일격에 머리를 관통당한 그는 누가 어떤 수를 쓰더라도 살려내지 못하리라. 실베스테르의 손에서 권총이 떨어져 바닥을 굴렀다. 마치 학질에 걸린 것처럼 손이 부들부들 떨린다. 실베스테르는 왼손으로 오른손의 손목을 붙잡았지만 떨림은 손에서 몸 전체로 퍼져 나갈 뿐, 도저히 막을 수가 없었다.

실베스테르는 떨리는 손으로 강철제 로자리오를 움켜쥐었다.

"제기랄!"

휘어진 로자리오, 십자가에 매달린 예수 그리스도의 조상이 휘어지고 구부러진다. 실베스테르는 로자리오를 바닥에 내던지고 그 자리에 주저앉았다.

실베스테르는 바닥에 주저앉은 채 망연자실 성호를 그었다. 바닥에 흐르는 피, 살해당한 그의 스승의 시신 위로 희미한 빛이 스며들어 와 빛의 십사가를 만들어내있다.

"그래, 이번 임무도 잘 완수했군. 잘했네."

라테라노 궁에서 사건의 결과를 보고했을 때 그는 담담하게 대답했다. 실베스테르는 그런 그의 태도에 왠지 기분이 상했다. 아니, 기분이 상했다 정도의 문제가 아니다. 이대로라면 그의 스승이 아니라 그보다 더한 이도 저자가 죽이라면 죽여야 할 것이다. 아무리 실베스테르가 마법에 의해 만들어진 일종의 인조인간이라 하더라도 저 남자에게 이용당해도 좋은 것은 아니다.

"정말 그게 정식적인 교황청의 뜻이었습니까?"

"뭐 말인가?"

"제 스승에 대한 제재 말입니다."

"왜 그걸 궁금하게 여기지?"

"지금 성직에 있는 자라면 이단자라는 증거를 제시해야 하고 또 당사자에게도 변호의 기회가 주어지는 게 일반적일 테니까요."

"의문을 가지는 건 좋은 태도지. 하지만 쓸데없는 의문은 곤란해. 이미 스스로 해답을 구할 수 있으면서 왜 나에게 확인을 요구하지? 나는 자네의 의문에 확인 도장을 찍어주는 사람이 아니야."

"그렇다는 건 제 생각이 맞았다는 거군요."

실베스테르는 전혀 부인하지 않는 금발의 수사, 앙리에게 이를 갈았다. 이 남자는 지금 그를 이용해 스승을 죽인 게 어디까지나 사적인 제재였음을 시인하고 있었다.

그것도 그냥 사적인 제재가 아니다. 그는 늙은 실베스테르 신부 따위엔 관심이 없었다. 그저 지금의 실베스테르, 그에게 죄를 짓게 해 그의 영혼을 보다 일찍 파괴시키기 위해서였다.

 죄는 죽음에 이르는 병, 죄의식은 그 첨병이다. 실베스테르가 스승을 자신의 손으로 살해하게 함으로써 그는 실베스테르의 영혼에 심각한 타격을 입혔다.

 "왜 그게 이제 와서 문제가 되나? 자네는 틀림없이 처음부터 알고 있었어. 그럼에도 불구하고 자기 자신을 지키기 위해 아무런 거리낌 없이 스승을 죽여 버렸지. 그런데 이제 와서 나에게 화풀이하는 것도 좀 웃기지 않나? 자네는 자신의 정체를 지키기 위해서, 자신의 신분을 지키기 위해서 내 명령에 암묵적으로 동의한 거야."

 너무나도 뻔뻔하다. 더 이상 말해봐야 뻔뻔한 소리로 속이나 뒤집어놓을 것이라 판단한 실베스테르는 대답 대신 총과 검을 빼 들었다. 그가 아닌 다른 이들이었다면 죄를 짓게 함으로써 더욱더 다루기 쉬운 꼭두각시로 변했겠지만 실베스테르는 누르면 오히려 반발하는 자였다. 비록 그 조악하게 조작된 영혼은 넝마가 되었지만 넝마 속에도 요철처럼 날카롭고 예리한 부분은 남아 있었다. 앙리가 그를 이용한 덕분에 그는 각오를 굳혔다.

 "궤변은 좀 잘 늘어놓는 것 같은데. 어디 실력은 어떤가 보고 싶군."

실베스테르는 라테라노 궁 안 한복판에서 권총을 빼 들어 앙리를 쏴버렸다.

"……!"

그러나 놀랍게도 앙리는 머리를 움직여 그 찰나에 실베스테르의 총격을 피했다. 인간의 움직임이 아니다. 실베스테르의 총격은 어지간한 흡혈귀나 악령 들린 자들도 쉽게 피할 수 있는 게 아니었는데 그는 그 찰나, 이렇게 가까운 거리에서 공격을 피해낸 것이다.

"역시 당신도… 인간이 아니군!"

예측은 하고 있었지만 이제는 확신이 든다.

"뭐라고 생각해도 좋지만, 실베스테르 신부. 감히 교황 성하께서 직접 검사성성 특무대를 맡긴 나에게 총질을 가하다니, 각오는 되어 있겠지?"

푹!

앙리는 실베스테르에게 으름장을 놓았지만 꼴이 우습게 되고 말았다. 그가 뭐라고 지껄이든 간에 실베스테르가 대번에 검을 빼 들어 그의 가슴을 꿰뚫은 것이다. 앙리는 얼른 손을 들어 그의 검을 맞잡았다.

"각오야 당연히 되어 있지. 이런 짓을 할 정도로."

"이, 이 녀석이! 고작해야 장난감 주제에!"

앙리는 가슴에 검을 맞고도 살아 있었다. 아니, 실베스테르도 그가 이런 일격에 죽어주리라 기대하지 않았다. 모든 정황 증거가 앙리가 인간이 아닌, 보다 막강한 어떤 괴물임을 알려주었다. 그런 그가 이제 와서 칼 한 번 맞고 쓰러져 죽어주길 바란다면 꿈이 너무 지나친 것이다.

앙리는 허리춤에 차고 있던 백은의 검을 빼 들어 휘둘렀다. 좁은 라테라노 궁의 벽지가 잘려 나가고 가구들이 일제히 동강 나 쓰러졌다. 얇은 세검으로 이런 위력을 발휘하다니 앙리의 손놀림 역시 예사롭지 않았다. 그러나 실베스테르는 이미 검에서 손을 놓고 몸을 뒤로 빼 그 자리에서 빠져나왔다.

"고작해야 장난감 주제에 감히 날 희롱해?!"

"그렇게 말하는 걸 보면 네놈은 날 알고 있는 것 같군. 기왕 말하는 김에 알려주지그래?"

"아아, 알고 싶은가? 알아봐야 별수 없을 거야. 네놈도 이미 스스로 알고 있을 텐데? 태초의 근원을 재현하고자 하는 마법사들의 실패작이지. 이 정도만 하면 너도 잘 알 것이다."

실베스테르도 마법에 몸을 담고 있는 자, 그가 뭘 말하는지 잘 알 수 있었다. 마법사 중에 비의에 심취한 자는 태초의 존재인 '아담 카드몬'을 실험을 통해 직접 만들고자 했다. 그를 통해 '신성'을 창조함으로써 마법사도 신과 같은 존재가 될 수 있다는 믿음이 여기저기 퍼져 있었다. 그렇다면 아마도 실베스테르는 아담 카드몬을 만들기 위해 만들어진 무수한 실험체 중 하나일 것이다.

"……"

예상은 했지만 그건 참 씁쓸한 결말이었다. 신에게 도전하기 위해 인간이 쌓아 올린 바벨탑, 실베스테르의 존재는 바로 그 잔해가 아닌가? 이런 자가 신을 갈망하고 구원을 꿈꾼다는 것은, 그 자체가 불손한 것일까?

"고작 그런 장난감 주제에 교황청 안에서 나를 공격하다니. 네놈은 파문이다!"

앙리는 격노했다. 그로서는 실베스테르가 자신에게 이빨을 들이민 것이 참을 수 없는 치욕인 것 같았다. 평상시는 잔잔하던 그가 이제는 격랑으로 변해 요동치고 있었다. 그 격랑의 원인이 단지 자존심의 상처뿐이라니 놀랍다.

"파문? 당신이 나를? 그것도 웃기는군."

실베스테르는 쓴웃음을 지었다. 지금까지 많은 이를 보아 왔지만 자신보다 더 신을 갈망하는 자는 본 적이 없었다. 교단에는 정상적인 자들, 교세를 이용해 자신의 배를 불리려는 위선자도 있었지만 광신자도 있었다.

하지만 실베스테르는 그러한 광신자들보다 자신이 오히려 더한 광신자라고 믿어 의심치 않았다. 대부분의 광신자가 보이는 광신은 오히려 신을 믿지 못하기 때문에 생겨난 것뿐이다. 신을 믿지 못하니까 불안하고, 불안함을 달래기 위해 신을 믿는다는 증거를 보이려 자신의 몸을 학대하고 고행을 반복하는 것이다.

인간에 의해서 만들어져, 그 영혼의 존재를 오직 신에게 의

존할 수밖에 없는 실베스테르는 그런 면에서 인간과는 완전히 다르다. 그의 결핍을 채워줄 수 있는 이는 오로지 온전한 신이기에 그는 순수하게 신을 열망한다.

"무슨 일입니까!"

밖이 소란스러워졌다. 교황의 거처인 라테라노 궁 안에서 총성이 울려 퍼졌으니 당연한 일이다. 대립교황 문제로 어수선한 지금 시대에 교황에 대한 암살 시도는 꾸준히 있어왔다. 그래서 교황청을 수호하는 기병대와 의장병들이 라테라노 궁에 함께 주둔하고 있었는데 그 한복판에서 총을 쏴버린 것이다.

물론 이건 다 실베스테르의 노림수였다.

앙리의 가슴에 검이 관통한 모습을 호위병들에게 보이기만 하면 그가 인간이 아니라는 것은 충분히 알릴 수 있을 테고 그 뒤는 알아서 처리될 것이다. 실베스테르가 인간이 아니란 증거는 앙리가 쥐고 있겠지만 앙리가 인간이 아니란 증거는 이로 인해 만천하에 드러날 테니까.

"네놈!"

앙리의 공격을 피해 실베스테르는 창문 밖으로 몸을 던졌다. 그는 어둠 속의 라테라노 궁을 빠져나와 정신없이 달렸다. 앙리의 가슴에 검을 박아 넣긴 했지만 그가 그렇게 호락호락한 상대가 아니라는 건 이미 예측하고 있었다. 그는 마법사 입장에서는 오합지졸이나 다름없던 검사성성의 퇴마사들을 단련시킨 장본인이고 실베스테르에게 있어서도 어떤 면에

선 스승이었다. 각종 마법의 비법들, 검술과 전투법 등을 훈련시킨 그가 검을 맞아도 죽지 않는 괴물이라면 교황청 안에서는 무슨 일이 있어도 그를 이길 수 없다.

실베스테르는 그날 밤, 교황청을 버리고 도망쳤다.

앙리는 그날 이후 교단을 떠났지만 앙리가 사라졌음에도 불구하고 실베스테르는 파문당하고 말았다.

앙리는 이미 교단 내에 자신의 사람을 많이 심어서 설사 그가 없어진다 하더라도 교단 내에 항상 영향력을 행사할 수 있었다. 결국 신을 섬기는 자들의 한복판에서도 그들은 마물의 손아귀에서 춤추는 꼭두각시일 뿐이다. 권력을 쫓고 이미 의미를 상실한 고서의 가르침에 따라 자신의 영혼을 속박하고 있는 자들은 마물들의 손바닥 위에서 춤추는 꼭두각시에 불과하다.

4

실베스테르 신부는 엘리베이터의 벽면에 비치는 자신의 모습을 바라보았다. 은발의 청년이 거울 같은 엘리베이터의 금속면을 통해 그를 바라보고 있었다.

그가 태어난 지도 300년이 흘렀다. 이제 그의 영혼, 인간에 의해 만들어진 조악한 영혼에는 씻을 수 없는 상처들이 남아

너덜너덜해져 있었다. 세상에 무심하게, 흐르는 듯이 살아왔음에도 불구하고 그의 영혼은 온통 상처투성이였다. 부실한 육체가 고통을 주듯, 그는 살아가는 것 자체가 고통이었고 고해였다.

인간에 의해 만들어진 조악한 영혼의 자동인형, 실베스테르는 신을 섬기는 자들에 의해서 파문을 당한 뒤에도 신과 영혼의 섭리를 찾아 이 세계를 헤매었다.

엘리베이터의 문이 열리고 그는 최상층, 펜트하우스에 내려섰다. 도시가 한눈에 내려다보이는 이 펜트하우스의 정중앙에는 개인용 사우나 시설로 보일 법한 커다란 기계장치들이 있었다. 그 기계장치의 양옆으로는 투명한 유리병에 담긴 인간의 신체 일부가 진열되어 있었다. 팔과 다리, 내장과 피부, 근육과 안구, 그 모든 것을 스쳐 지나가며 실베스테르 신부는 서대 앞에 섰다.

"왔어요?"

그런 그를 맞이하는 건 젊은 동양인 여성이었다. 그녀는 고서들을 스캔하고 있다가 실베스테르 신부가 오자 쓰고 있던 안경을 벗었다. 실베스테르 신부는 그녀를 바라보지 않고 앞으로 걸어 나갔다.

서대에는 낡은 고서 한 권이 펼쳐져 있었다. 책을 보존하기 위해서 진공 유리 케이스가 씌워진 서대 앞에는 페이지를 넘기는 버튼이 붙어 있었다. 버튼을 넘기면 기계가 조심스럽게, 책의 손상 없이 페이지를 넘길 수 있도록 되어 있었다. 그리고 그 앞에는 작은 욕조가 놓여 있었다.

  욕조의 안에는 실베스테르 신부를 너무나도 닮은 은발의 소년이 누워 있었다.

  실베스테르 신부는 고서의 페이지를 넘기며 욕조와 고서를 번갈아 바라보았다. 욕조 안의 소년은 천천히 생기를 잃어가고 있었다. 욕조에 연결된 투명한 섬유관에서 피가 흘러나온다.

  욕조 안의 소년은 이윽고 생기 없는 고깃덩이가 되어갔다.

  "역시 흡혈귀의 눈물 없이는 안 되는 건가."

  실베스테르 신부는 아랫입술을 깨물었다. 그는 진공 케이스에 보관된 서대에 손을 짚고 욕조를 바라보았다.

  "흡혈귀의 안구를 보호하는 윤활액 정도로는 역시 눈물이라는 조건에 부합되지 않는 모양이군요. 인간이라면 그게 곧 눈물인데 말이죠. 그래, 이 정도인데도 계속할 건가요?"

  그녀는 실베스테르 신부에게 물어보았다. 뭐, 물어보나 마나 한 소리였다. 이미 300년 이상 살아온 이 마인에게는 자신의 정체를 알아내는 것이야말로 최고의 숙제였다. 숙제가 있기에 그는 300년간 지루해할 틈도 없이 흡혈귀를 사냥하며 살아왔다. 그러나 그렇게 살아오면서 지치지 않았다면 그것도 거짓말이다.

  게다가 놀랍게도 그는 정말 신실한 신자였다. 신부라는 별

칭은 거짓이 아니다. 그만큼 신의 자비를 갈구하고 신을 갈망하는 자가 없다. 그런 그가 하고 있는 지금 이 행동만큼 신을 모욕하는 게 없는데도.

"당신이라면 포기할 건가?"

"아담 카드몬에 대한 연구를 포기할 마법사는 어디에도 없지요. 하지만 당신에겐 이제 시간이 얼마 남지 않았을 텐데요?"

그녀의 대답은 간결했다.

실베스테르의 정체, 마법사들이 만드는 인간형, 그것은 지금에 와서는 별로 어렵지 않은 문제였다. 마법사들이 만드는 생명체는 크게 두 가지로 나뉜다. 호문클루스와 같이 사역마로 쓰기 위한 것, 그게 아니면 그 자체가 마법 추구의 대상인 것. 실베스테르는 바로 그 후자다.

마법사들이 만들어내고자 하는 인간을 닮은 존재, 원인간 아담 카드몬. 태초의 인간이며 신의 신체라고 칭해지는 이 아담 카드몬은 신비주의자들에게 있어서 궁극의 추구점이기도 했다. 남녀로 나뉜 인간, 흡혈귀, 라이칸스로프, 그리고 존재하는 모든 것으로부터 그 근원을 거슬러 올라가면 신의 영성을 지닌 원인간, 아담 카드몬에 이르게 되리라는 게 마법사들의 추측이었고 그들은 그런 지식을 토대로 비의에 접근하기 위해 인간을 만든다. 실베스테르가 마법사나 흡혈귀늘에게 이에 대해 물어보았을 때 그들이 함구한 것은 귀중한 정보를 알려주기 싫어서가 아니었다. 마법에 종사하는 자들에게 있어서는 해가 동쪽에서 뜨는 것이나 다름없는 뻔하고 당연한 이치를 캐묻는 실베스테르를 비웃은 것이었다.

그리고 이제는 실베스테르 그 자신이 아담 카드몬을 추구한다. 인간이 감히 신에게 도전해 만들어진 조악한 위조품인 실베스테르는 언제 붕괴되어도 이상하지 않은 위태로운 상태였다. 그러한 실베스테르의 영혼을 구제하기 위해서는 아담 카드몬의 연구가 진전되어야 한다.

"영혼을 구한다라."

실베스테르를 보조하는 여성 마법사는 홀로 중얼거렸다.

"왜? 우스운가?"

"아니, 나는 속물이라서 신이든 아담 카드몬이든 관계없이 잘살거든요. 실베스테르 당신처럼 영혼에 관심을 기울여 본 적이 없어서."

"난 그러지 못해. 육신은 그저 기계장치야. 양분을 주고 신호를 주면 움직이는 근육덩어리에 불과해. 그보다 더 중요한 건 영혼이지. 인간을 인간이게 하는 것, 나를 나이게 하는 것, 생각을 생각이게 하는 것."

실베스테르처럼 부서지는 육신을 교체하고 다시 고쳐 나간다면 물론, 육신은 그저 기계장치처럼 보일 것이다. 그런 선택지가 없는 인간에게는 육신도 충분히 의미를 가질 테지만. 그러나 그녀는 그 생각을 입에 올려 실베스테르의 말에 반박하지 않았다.

"구원. 당신에게 그게 무슨 의미가 있는지 모르겠군요. 나는 속물이라 그런 것 없이도 잘살 수 있는데."

그녀는 이미 녹아서 사라진 실험체의 흔적을 보며 쓴웃음을 지었다. 실베스테르는 실험체를 뒤로하고 기도를 올린다. 자신이 할 수 있는 최대한의 불경과, 자신이 할 수 있는 최대한의 경배를 동시에 올리는 이율배반적인 존재. 마법이 만들어낸 가장 뛰어난 광신자는 스스로의 몸을 신에게 던진다. 그 경건한 신앙은 그가 진심으로 신을 섬기고 사랑하고 갈망하고 있음을 증명한다. 그 순수한 광신을 보면 속세의 물을 먹을 대로 먹은 노련한 마법사인 그녀도 오한이 들 정도다.

"그러면… 다시 가볼까."

구원을 갈망하는 순수한 흡혈귀의 눈물, 아담 카드몬의 마지막 재료. 그리고 실베스테르를 위한 구원의 열쇠를 얻기 위해 그는 다시금 밤을 향해 나아간다. 아마도 그는 그가 원하는 걸 얻지 못하리라.

그 생명과 영혼이 다 닳아 없어질 때까지도.

파즈즈와 에아

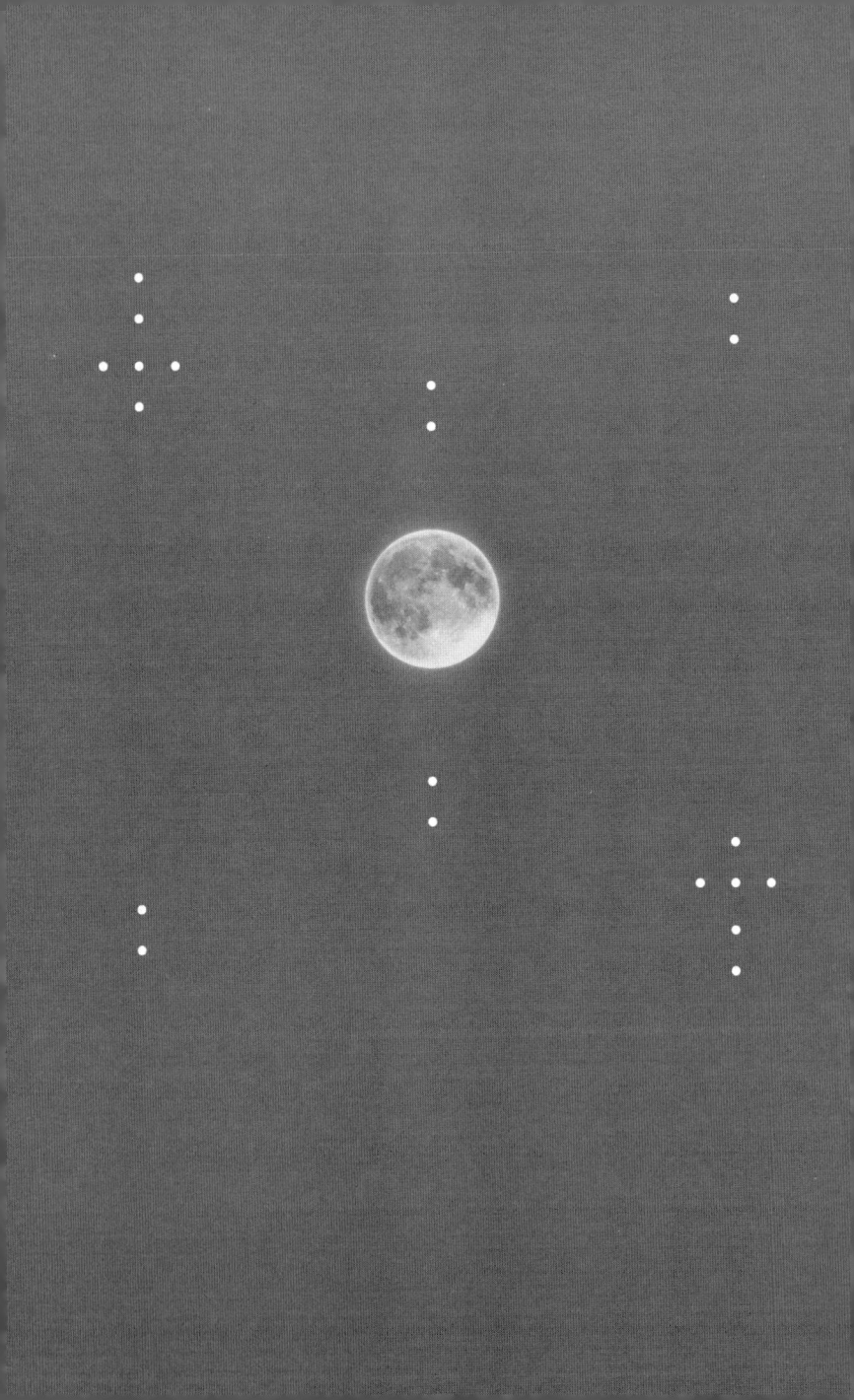

· 의식 ·

 제단 위에는 나신의 여성이 묶여 있었다. 식은땀으로 번들거리는 몸이 촛불을 반사해 뱀의 비늘처럼 꿈틀거린다. 어두운 토굴 안에서 촛불 몇 개만이 음산하고 스산한 빛을 뿌리고 있었다.
 제단을 물들인 검붉은 핏자국은 그녀를 기다리고 있는 운명을 말해주고 있었다.
 소년은 그런 그녀를 마주하고 있었다. 그녀는 몸부림치면서 소년에게 자신을 살려달라고 말하고 있었지만 소년은 그 애원을 무시했다. 그녀의 애원을 들어주게 되면 그다음에는 소년의 목숨이 없어질 판이다. 싸구려 자비심으로 자신의 목숨을 위태롭게 할 수는 없었다.

이윽고 사람들이 찾아왔다. 긴 법복을 두른 이국의 사내들은 진한 갈색 피부를 가지고 있었다. 그들은 예리하게 번뜩이는 단검을 빼 들고 꿈틀거리는 여성에게 다가와 그녀의 자궁이 위치한 하복부에 피로 문양을 그렸다.

그리고 강간한다. 인간 남성에 의한 강간은 전쟁 후 여기저기서 흔히 볼 수 있는 풍경이었지만, 그들의 행위는 달랐다. 자신의 쾌락을 위해서라기보다는 오로지 여성의 몸 안에 씨를 남기기 위한, 보다 빨리 씨를 뿌리기 위한 고행이었다. 이미 수음을 해서 바로 준비한 남자들은 마치 정액을 옮겨 넣는 몽마처럼 순식간에 그녀의 몸 안에 정액을 남긴다. 그리고 그들의 뒤를 이어 이번에는 짐승들의 차례다.

주술적인 문양으로 온몸을 물들인 소와 말, 그리고 짐승들이 차례차례 제단으로 다가온다. 여성은 이미 계속되는 난행에 의해 실신했다. 차라리 다행일 것이다. 제정신으로 이후 그녀에게 벌어지는 일들을 감당하라는 건 너무나도 끔찍한 고문이었다.

소년은 차가운 동굴의 한기를 견디기 위해 후드를 눌러썼다. 어둠이 그의 표정을 덮어주었지만 입만은 감추지 못했다. 불만 가득한 표정으로 일그러진 소년의 잇새로 아니꼬운 콧소리가 나왔다.

법복의 남자들이 단검을 들고 다가와 주문을 외우고 그녀의 몸통을 칼로 찌름으로써 의식은 끝난다. 제단 밑으로부터 끔찍한 검은 그림자가 올라와 단검에 찔린 그녀의 몸을 빼앗는다.

콰드드득!

검은 팔뚝에 달린 면도날 같은 손톱이 그녀의 살점을 찢는다. 가느다란 목이 찢겨져 나가고 검은 그림자가 그녀의 잘려진 목 단면으로 스며들어 간다.

날카로운 송곳들이 일렬로 늘어선 듯한 이빨이 그녀의 다리를 잘라낸다. 그리고 그 상처와 단면 사이로 역시 검은 그림자가 흘러들어 간다. 그러한 모든 과정을 거쳤을 때… 이윽고 제단 위에 남은 것은 상처는커녕 난행의 흔적 하나 없는 젊고 아름다운 검은 여신이었다.

그녀는 제단 위에 가부좌를 틀고 앉아 양손으로 수인을 맺었다. 멀리 이국의 신상에서나 볼 법한 의미심장한 그녀의 손짓은, 보는 이들의 정신을 빼놓았다. 소년은 다른 숭배자들 사이에 서서 넋을 잃고 그녀의 손짓을 바라보았다. 손짓을 보고 있는 것만으로 누군가가 마치 마음속에 매달려 귓속말을 하듯 말이 가슴에서 울려 나왔다.

모든 이가 똑같이 듣고 있는 그 말은 바로 그녀의 전언이다.

검은 여신은 그들에게 예언을 해주었다.

그리고 자궁에서 신의 아이를 꺼내어 사람들에게 전해준다. 법의를 걸친 자가 그날 선택받은 자를 제단으로 인도하면 그는 신의 아이를 받아 들어 칼로 쪼갠다. 검고 꾸물거리는

신의 아이는 단검으로 쪼갠다 하여도 살아서 꿈틀거리며 이
윽고 칼을 타고 오르기까지 한다. 그 끈적거리는 것을 많은
이가 나누어 먹는다. 신의 영성이 그들 안에 깃들고 그들을
마법사로 만들어줄 것을 믿으면서.

소년은 그런 사람들 틈에 서서 지켜보기만 할 뿐, 신의 성
체를 먹진 않았다. 그러한 소년의 행동은 이들 사이에서 이질
적이었는데, 소년을 제외한 다른 이들은 성체의 일부나마 얻
기 위해 짐승처럼 달려들고 있었기 때문이다. 성체에 대한 집
착을 보이지 않아도 사람들은 소년의 정체성을 의심하기보다
는 그저 경쟁자 한 명이 더 줄어든 것을 기뻐할 뿐이다. 그들
은 소년 따위는 공기라도 되는 양 무시하고, 다시금 검은 신
체를 향해 달려든다.

소년은 의식이 빨리 끝나기를 빌며 못 박힌 것처럼 그 자리
를 지키고 서 있었다. 그때… 그는 누군가가 자신을 유심히
바라보고 있다는 걸 깨달았다.

"응?"

무수한 광기의 인간들 사이에, 소년처럼 정신을 차리고 있
는 몇 안 되는 사람이 있었다. 한 소년과… 젊은 여성. 그들은
소년을 유심히 살펴보고 있었다. 깜짝 놀란 소년은 그제야 주
섬주섬 옷자락을 양손으로 잡고 사람들 사이로 뛰어들어 성
체를 얻고자 하는 시늉을 했지만 이미 성체는 다 먹어 없어진
뒤였다.

성체가 그렇게 사라진 것을 본 검은 여신은 그제야 안도의 한숨을 내쉬고 제단에 드러누웠다. 그녀가 드러누우며 엉덩이를 하늘로 들어 올리고, 영체를 낳는 생명의 근원, 검은 음부와 자궁구를 드러내고 피를 흘리면…….

제단을 감싸고 있던 어둠의 힘은 사라지고 그 자리에는 산산조각 난 여인의 시체만이 남을 뿐이다. 그러면 그들은 그 여인의 시체를 들고 가 늘 처리하던 방식대로 찢어발긴다.

소년은 여성의 몸이 찢겨지는 걸 무표정하게 지켜보며 주먹을 불끈 쥐었다.

• 사법사(邪法使) •

인간은 기적을 믿고 있었다. 그 기적을 술사가 일으킨다고 하면 그것은 마법이 되고, 신이 일으킨다고 하면 신앙이 될 뿐, 본질적으로 인간은 기적이란 것에 홀리게 마련이었다. 태고로부터, 인류가 불을 발견하고 문명 생활을 시작한 이래부디 인간들은 기적에 홀려 있었다. 그들 사이에는 많은 불합리한 믿음이 상존해 있었다. 인간의 심장을 내어 먹으면 용맹한 힘을 가진다든가, 사람을 제물로 바친 밭에는 풍년이 든다든가 하는, 누군가를 희생시켜야 하는 기적의 단편들이 남아 있었다. 그러한 단편들을 함부로 시행할 경우 많은 사람이 죽는다. 이건 공동체 전체에 있어서 바람직한 일이 아니었다. 문명이 거대해지면서 더 이상 무분별하게 사적으로 '기적'을 바라는 일은 금지되었다.

이제는 신의 이름으로, 거대한 신전에서 신관을 통해서만 이 기적을 바라는 게 가능해졌다.

사법사는 그러한 신앙에 대해서 반발해서 나온 이들이었다. 그들은 신앙이 기적을 독점하는 것을 용납하지 않았다. 그래서 그들은 스스로의 힘으로 마법을 연구했고 그 결과 그들은 이름을 논할 수 없는 존재를 만나게 되었다.

검은 신들, 그들을 통해서 기적의 사역자가 된 그들은 강력한 마법과 기적의 힘을 행사하게 되었다.

하지만 소년은 기적에 현혹되지 않았다. 아니, 그는 오히려 눈앞에서 벌어지는 검은 신들의 기적을 보며 치를 떨었다.

"왜 신체를 먹지 않았지?"

늙은 남자 한 명이 소년에게 다가왔다. 그는 사법사들의 왕이라 불리는 남자다. 그의 허리에는 이번에 제물로 바쳐진 여성의 피부가 벗겨져 아직도 피 냄새를 뿌리며 덜렁거리고 있었다. 인간의 피부를 벗겨 삼마끈으로 엮은 그것에는 현재까지 검은 신들이 그들에게 전수한 마법의 비밀이 있다고 한다. 마법을 갖고 싶어 하는 누구라도 탐을 낼 만한 것이지만 소년은 일순 그것에 증오의 눈길을 보냈다.

이번에 희생된 여성은 바로 소년의 이모였다. 아무리 기적을 갈망하는 자라 하더라도 혈육의 죽음, 그것도 이렇게 끔찍한 희생양으로서의 죽음은 받아들이기 힘들 것이었다.

소년도 언제 희생양으로 선택되어 죽임을 당할지 모른다. 이들은 노예로 잡혀 온 켈트인이기 때문이었다.

원래 이 소년도 노예로서 죽임을 당할 운명에 있었다. 다만 의식이 진행되던 도중 검은 신들이 소년을 지목했다.

'그는 수천 년을 넘어 밤의 왕으로서 살아가리라. 어둠의 비의를 잇기에 합당한 자로다.'

그러한 예언 덕분에 이들은 소년을 죽이지 않고 살려두었다. 그들은 소년에게 마법을 전수하였는데 과연 예언이 있을 만큼 엄청난 소질을 보여주었다.

신체를 먹거나, 마물과 몸을 융합하지 않고도 마법을 쓸 수 있는 몇 안 되는 인물이었다.

"먹을 필요가 없잖습니까, 스승님? 저에겐 필요 없는 것이니 필요한 이들이 먹게 놓아두는 게 좋겠지요."

"그랬나. 그렇다면 다행이지만."

검은 신을 섬기는 마법사들의 대스승인 암마르는 소년의 행동을 미심쩍어 했지만 그 이상 묻지는 않았다. 소년이 검은 신에게 선택받았을 때, 켈트인으로서 살던 기억을 지워 버렸었다. 그런데 소년의 행동은 기억이 지워졌음에도 불구하고 이따금… 과거에 영향을 받았다고밖에 볼 수 없는 행동 양식을 보여주었다.

"크윽."

소년은 입술을 깨물고 회당을 지나갔다. 낡은 토굴을 계속 이어 파서 만들어진 지하 은신처, 이곳이 바로 검은 신의 지식을 갈구하는 마법사들의 비밀 조직이었다.

물론 소년은 기억이 남아 있었다. 그들은 기억을 지웠다고 생각했지만 소년은 사악한 마법에 저항했고 기억을 남길 수 있었다. 그래서 그는 이들이 자신의 가족을 차례차례 살해하고 잡아먹는 끔찍한 모습을 보아야 했다. 그걸 보면서도 모르는 척, 애써 태연한 척하면서 있어야 했다.

그것뿐만이 아니다.

이들 사법사에게는 가혹한 길이 기다리고 있었다. 그들은 먹고살기 위해 밭을 일궈야 했고 어린아이들은 어린 시절부터 암살 훈련을 받아야 했다. 예언 덕분에 제물 신세를 면한 소년이었지만 그렇다고 다른 이들과 다른 취급을 받을 수는 없었다. 그는 다른 이들과 마찬가지로 똑같이 암살 훈련을 받고, 살인 기술을 터득해야 했다. 권투와 레슬링, 판크라티온과 검술, 그 모든 것을 수련한 뒤 밭일을 하고, 그러고 나서 회당으로 들어와 공부를 하려고 하면 다들 꾸벅꾸벅 졸게 마련이다. 그러나 그렇게 졸게 되면 또 가혹한 매질이 기다리고 있었다.

그런 팍팍한 하루의 일정 속에서 소년은 점점 그들에게 길들여져 가고 있었다. 그런 의미에서는 오늘, 마지막 남은 그의 가족이 살해당한 것은 차라리 잘된 일이었다. 그녀의 죽음이 숫돌이 되어 무뎌지는 복수심과 증오를 다시 예리하게 만들어주었으니까.

하지만 어찌해야 좋을지… 소년은 알 수가 없었다. 복수를 하고 싶지만 그는 너무 약하다. 모든 교육에서 소년은 또래의 다른 아이들을 능가했다. 오직 한 명, 그와 같은 금발의 소년만이 대등한 실력을 지니고 있었다.

소년은 이 피곤한 일상 속에 지쳐 쓰러져 가고 있었다.

자신의 가족을 납치하고 살해한 악당, 악마라고 할 수 있는 놈들 사이에서 살아가는 것은 보통 각오가 필요한 게 아니다. 그러나 물리적으로 계속 가중되는 피로 속에선 다른 생각을 할 수가 없었다. 학습에 뒤떨어지면 바로 매질이 날아왔기 때문에 그 매를 피하기 위해서 열심히 학습에 집중하고 다른 때에는 정신을 놓고 살 수밖에 없었다. 매를 맞으면 피로가 더 쌓이는 악순환에 빠져들 뿐이다. 그 부분에 대해서 오기가 솟기도 했지만 쓸데없는 고집을 부려봤자 악순환에 빠져들 뿐이라는 걸 깨달은 뒤로 소년은 저항도 하지 못했다. 그저 언젠가 다가올 기회를 노릴 뿐이었다.

· 검은 기적 ·

 소년은 뜨거운 여름의 햇살을 피해 그늘에 걸터앉았다. 이제 소년에게 주어지는 훈련은 슬슬 끝에 달하는 기분이었다. 더 이상 그를 가르칠 만큼 뛰어난 선생도 존재하지 않았다. 적어도 암살에 있어서는 그러했다. 그것은 곧 졸업이 다가온다는 이야기이기도 하다.

 혹독한 수업을 견딜 때에는 이 수업이 얼른 끝나기를 바랐었다. 그러나 지금은 그렇지 않다. 암살자의 수업이 끝나고 졸업한다는 것은 곧 실전에 투입된다는 뜻이었다. 인간을 죽이고 검은 신과 융합하고, 마물을 몸 안에 받아들이는 자들 속에서 살던 소년에게 살인에 대한 거부감 따위 있을 리가 없었다.

 '사람의 목숨 따위 하찮은 것이다.'

 세계 전부가 그렇게 소리치고 있는 게 아닐까 싶을 정도로, 여기선 목숨이 하찮다. 그리고 이제 암살자로서의 임무를 수행하러 떠나야 한다면, 소년은 자신의 목숨의 하찮음을 뼈저리게 느끼게 될 것이다.

 "여어."

 소년의 앞에는… 금발의 다른 소년이 있었다. 그와 비슷한 또래의 이 소년은 소년과 같은 경지에 올라 있었다. 그는 소년과 달리 어머니가 사법사들의 사회에서 일정 지위를 터득한 마녀인 듯했지만 암살자 훈련을 받는 자들에겐 예외가 없었다.

그도 소년과 마찬가지로 곧 암살 작업에 투입될 것이다.

"그동안 늘 함께 지내왔는데, 이야기도 제대로 나눌 수 없었지? 나는 앙리라고 해."

금발을 가진 이 소년은 자신이 로만 프랑크의 혼혈아라는 사실을 밝혔다. 소년은 자신의 이름을 밝혔다. 이곳에서 살면서 정말 오래간만에 불러보는 자신의 이름이었다.

"고프리."

"켈트인치곤 특이한 이름이군."

앙리는 고프리를 살펴보며 손을 내밀었다.

"요새는 휴식 시간을 많이 주는 편이지? 이렇게 이야기도 나눌 수 있고 말야."

"그게 뭘 의미하는지는······."

"물론 알고 있지. 하지만 보라고. 이 여유의 의미를 아는 자가 몇이나 될까."

앙리가 말한 대로 대부분의 아이는 계속되는 혹독한 훈련에 지쳐 자신을 잃어버리고 있었다. 너무나 고된 훈련이 오히려 역효과를 초래할 수 있다는 걸 이해하는 자가 없든가, 아니면 일부러 이러한 것을 원하고 그들을 몰아쳤으리라. 그러한 혹독한 훈련 속에서 그나마 정기를 유지하고 살아남은 이는 고프리와 앙리, 두 명뿐이었다.

"곧 실전에 대비해서 예행연습을 하고 난 뒤에는… 파견될 거야, 고프리."

"그래."

고프리는 자신에게 다가와 말을 거는 앙리를 경계했다. 그도 누군가와 이야기는 하고 싶었다. 그동안 자신이 말을 할 수 있는 생물이라는 것조차 잊어먹을 만큼 과묵하게 지내왔기 때문에 이제 와서 누군가와 이렇게 몇 마디 말을 나누는 것만으로도 즐거워서 견딜 수가 없었다. 그렇지만 그렇다고 해서 말에 홀려 일을 망칠 수는 없었다.

만약 그를 암살에 투입한다면 그때야말로 자유를 찾을 절호의 기회였다. 아마도 이들은 로마의 유력자를 암살하기 위해 그를 보낼 테고… 그렇다면 이들 마법사들을 피해서 로마에 몸을 던질 수 있으리라.

"미리 말하지만 고프리, 나는 이미 한 번 이 암살을 해봤어. 그러니 혹시 도망갈 수 있지 않을까 하는 허황된 마음은 먹지 말라고."

"무슨 소리를 하는 거야."

고프리는 자신의 마음을 읽은 듯 말하는 앙리에게 놀랐지만 내색하지 않았다. 어쩌면 그저 찔러보기 위해서 하는 말일지도 몰랐다.

그러나 앙리는 고개를 가로저었다.

"그들은 사람의 몸 안에 무언가를 기생시킬 수 있어. 그래서 만약 자신들의 말을 듣지 않으면 어렵지 않게 그를 죽일 수 있지. 어디로 도망치더라도, 자신의 몸 안에 있는 단검에게서는 도망칠 수 없잖아?"

"……."

고프리는 앙리를 바라보았다. 그가 거짓을 말하는 건지 어떤지는 알 수 없다. 앙리는 도무지 속을 알 수 없는 깊은 심계를 가진 자로 보인다. 이런 자에게 함부로 뭔가 정보를 건네주면 그것만으로도 그에게 조종당할 수 있다.

"똑똑하군. 침묵해야 할 타이밍을 잘 알고 있어."

앙리는 마치 고프리를 시험하듯, 그의 침묵에 기뻐했다. 고프리는 그런 앙리에게 물어보았다.

"그렇다면 네 몸에도 그것이 있나?"

"아니. 저들은 그 마법을 그렇게 마음껏 쓸 수 없어. 한 번 쓰고 난 뒤는 회수해서 다른 이들에게 써야 하지. 귀중한 마법이거든."

앙리는 쓴웃음을 지었다.

"그렇지만 이번 임무에 투입될 때 다시 주입되겠지."

"만약 내가 말힌 대로 니도 그길 한 번밖에 경험하지 않았다면… 어떻게 저항할 경우 죽임을 당한다는 걸 알지? 확인해 보지도 않았잖아?"

"확인시켜 준다. 노예를 이용해서."

"그렇겠군."

"그렇게 말하는 걸 보니 탈출하고 싶은 마음이 있는 모양이네?"

"아니."

고프리는 진심을 드러내지 않았다. 여기까지 이야기했다고 해서 아직 앙리를 믿을 수 있는 게 아니다.

"그렇다면 왜 너는 여기에 남고 싶은 거지?"

"어딜 간다 하더라도… 마법을, 진정한 힘을 얻을 수 있는 곳은 흔치 않겠지. 이곳이 척박한 환경이긴 하지만… 그래도 나는 마법을 추구하고 싶어."

고프리는 앙리를 납득시키기 위해서 그런 말을 했다. 그러나 이 말은 앙리에게도 의외였는지, 마치 주먹으로 뒤통수를 맞은 듯 눈을 크게 떴다.

"그, 그래? 대단히 적극적이군. 나만 그런 생각을 하는 줄 알았어."

"뭐?"

그럼 그는 정말 그런 생각을 하고 이곳에서 그 혹독한 훈련을 견뎌내며 살아간단 말인가? 고프리는 앙리라는 놈을 보며 내심 혀를 찼다. 이런 곳에서 미치지 않는 것도 이상하지만 이놈은 미친 게 틀림없다.

"이거, 이거. 참 훌륭한 경쟁자로군. 능력 면에서나 야망 면에서나… 너는 주의하지 않으면 안 되겠어. 그렇지만 그건 나중의 일로 하고, 협력하지 않을래?"

"협력?"

"이놈들은 바로 그 살해 장치를 믿고 우리의 감시를 허술히 하고 있잖아? 나는 이들에게서 검은 마법의 비의를 배우고 싶지만 그렇다고 언제까지 이렇게 끌려 다니고 싶진 않아. 노예 신세는 짜증 난다고."

"그렇지만 너는 나와는 입장이 다르잖아? 나야 노예였지만 넌 이곳에 네 부모도 고스란히 남아 있지 않나."

그리고 이 앙리란 소년의 부모는 꽤나 상위에 속하는 사법사로 보였다. 그렇지만 앙리의 반응은 자다가 봉창 두들기는 소리라도 들은 듯했다.

"아앙? 지금 무슨 소리를 하는 거야? 그들에게 혈족의 정이 있다고 보나? 검은 신이 제물로 나를 요구한다면 그들은 기꺼이 나를 제물로 집어 던지고 신과 융합한 내 살점을 어렵지 않게 씹어 먹겠지. 자신들의 부족한 재능으로도 어떻게든 기적의 파편이나마 얻고 싶어서 말야."

그는 고프리의 어깨에 손을 얹었다.

"오히려 입장이 좋은 건 너라고. 검은 신들이 너를 위해서 에시까시 해줬잖아? 노예는 무슨. 너나 나나… 아니, 오히려 나보다 입장이 좋은 건 너야."

이렇게까지 말하는 걸 보면 확실히 그는 사법사들의 명령을 받고 의도적으로 고프리를 떠보기 위해 접근하는 것 같지는 않았다.

'위험한 놈인 건 변함없지만.'

이 와중에도 검은 신들이 주는 기적의 힘을 노리는 얼토당토않은 야망을 가진 소년 앙리, 그는 확실히 위험한 존재였다. 그러나 고프리는 냉정하고 침착하게 생각해 보았다. 만약… 정말 그들의 몸에 무언가를 융합시켜서 절대 배신할 수 없게 만든다면 지금까지의 준비는 다 수포가 되고 만다. 하지만 앙리는 그럼에도 불구하고 뭔가 계략이 있는 것 같았다. 그리고 그게 아니더라도… 누군가와 말을 나눌 수 있는 것만으로도 이렇게 기쁠 줄은 예전엔 미처 몰랐다.

고프리는 이러면 안 되는 걸 알면서도 심정적으로 앙리에게 기울고 말았다.

"그래서, 어쩌자는 거지?"

"생존을 위해서… 팀을 이루자는 거지."

"그래, 그건 알겠어."

일단 탈출과 도주가 불가능하다면, 암살 임무에서 성공하기 위해 팀을 짜는 게 좋다. 앙리처럼 똑똑하고 유능한 자와 손을 잡는 건 홀로 임무에 투입되는 것보다는 훨씬 나았다. 물론 앙리가 그를 이용하고 버리기 위해서 의도적으로 접근하는 게 아니라면 말이다.

'아니, 그럴 가능성이 농후하지만… 주의해야겠지.'

고프리가 만약 앙리에게 허점을 보이면 그는 바로 그 허점을 찔러올 것이다. 냉정하고 잔혹하고 야망에 불타오르는 그가 어떻게 나올지는 불을 보듯 뻔하다. 항상 그에게 마음을 놓지 않고, 대등한 존재로 있어야 서로 주고받는 동업자 관계가 유지될 것이다.

사법사들은 아프리카 북부, 누미디아에 모여 있었다. 누미디아는 이제 로마의 속주가 되어 사라졌지만 그래도 여전히 로마의 권력이 와 닿지 않는 사각지대로 있었다. 말하자면 로마의 등잔 밑이라고 할 수 있다.

로마는 각 종교나 사술에 대해서도 관대한 곳이었다. 다른 종교나 신앙을 박해하지만 않으면 기본적으로 어떤 종교든 간에 크게 상관하지 않았다. 그러나 아무리 관대한 로마라 해도 인신 공양을 서슴없이 저지르는 사법사들은 제거해야 할 대상이었다. 그래서 사법사들은 누미디아에 모여 로마의 눈을 피하면서 역으로 로마의 요인들을 암살하고 마법으로 사람들을 조종하며 자신들이 원하는 바를 추구하고 있었다.

고프리와 앙리, 그리고 다른 소년들에게 암살 훈련을 시킨 것도 바로 그러한 그들의 정치적 활동을 위한 사전 작업이었다.

"로마의 등잔 밑이란 자리를 포기하면 될걸, 이곳을 고집하느라 암살까지 하다니. 참 번거롭네."

앙리는 투덜거리며 단검을 갈았다. 암살 훈련이 끝난 지금, 실제 임무를 위한 예비 훈련도 어렵지 않게 끝났다. 그들은 이번의 표적을 모사한 흉상을 보고 또 그 흉상의 인물이 살고 있는 저택의 설계도를 입수한 뒤 몇 번의 예행연습을 거쳤다. 누미디아에 있는 부호들의 집에 들락날락하는 훈련도 이미 몇 번이나 끝마친 뒤여서 다들 자신감에 가득 차 있었다.

그리고 마침내 그날이 왔다.

사법사들은 검은 기적의 일부를 들고 어두운 동굴 안에서 그들을 기다리고 있었다. 암살자로 선발된 소년들은 차례차례 옷을 벗고 가슴의 살을 파먹고 파고드는 검은 기적을 바라보아야 했다. 신기하게도 흉곽의 살을 파먹고 자신이 그 자리에 들어가 몸을 대체하는 그 검은 기적을 보면서 아프지도 가렵지도 않았다. 겉보기가 끔찍해 소름이 돋는 것은 어쩔 수 없지만 그것에 물려서 파먹히는 와중에는 전혀 아픔을 몰랐다.

"너희는 이제… 사법사로서의 재능을 시험받는 첫 번째 단계에 이르게 되었다. 이번 시험에서 통과하는 자만이 세계의 진실된 모습을 알 자격이 생기는 것이다. 우리는 뛰어난 능력과 자질을 가진 이를 필요로 하지, 아무렇게나 굴러다니다 발에 채이는 돌과 같은 범인(凡人)을 원하지 않는다. 그러니 살아라. 능력을 증명해서 진실한 기적의 계승자가 되어라."

그들은 감동하려야 감동할 수 없는 내용의 연설을 끝마치고 노예 한 명을 끌고 왔다. 소아시아의 유목민으로 보이는 남자는 기골이 장대했는데 가슴에 거무스름한 점이 하나 남아 있었다.

"우리의 말을 거역하고 도주할 생각은 꿈에도 꾸지 않기를 바란다. 우리에게서 도주하거나 행여 우리의 정체를 외부에 발설할 경우, 너희는 반드시 죽는다."

그 순간 노예의 가슴에서 검은 기적이 일어났다. 지금 모두의 가슴을 파고 들어간 것과 비슷한 것이 갑자기 부들부들 몸을 떨더니 순식간에 폭발하면서 튀어나온 것이다. 그와 동시에 건장한 소아시아인 남자 노예의 몸통이 폭발했다.

애초에 사지만 덩그러니 놓여 있던 것처럼… 남자의 몸통 그 자체가 증발해 버린 것이다. 그리고 검은 기적은 다시 원래의 꾸물텅거리는 검은 광택의 가죽 조각 같은 모습으로 돌아왔다. 물론 발밑에 처참한 인간 시체를 남겨두고서였다.

"확실히……"

이 모습을 보고 나니 자신의 목숨을 걸고 함부로 도주할 엄두가 나지 않았다. 물론 이들이 보인 이 무력시위에 대해서는 의문점이 아직 많았다만… 그 의문점을 확인해 볼 때마다 목숨을 걸어야 하는 것이다. 만약 노인이나 다른 이를 희생시켜가며 의문점을 확인해 본다면 도주의 실마리를 잡을 수 있을지도 모르지만, 앙리와 고프리는 도주 그 자체를 포기했다.

그들은 도주 대신 최대한 자신들의 생존율을 높이기로 결심한 것이다.

 어차피 사법사들에게서 무사히 도망칠 수 없다면 그들의 안에서 정점에 오르겠다. 그것이 앙리와 고프리의 목적이었다. 사법사들은 막강한 힘을 휘두르고 있지만 불로불사의 존재는 아니었고, 그것이 바로 그들에게 희망을 주었다.

 "그러면 가볼까?"

 고프리와 앙리는 가슴에 검은 기적을 이식받고 배에 올라탔다.

· 암살 마법사 ·

 첫 암살에서 성공하고 탈주할 때 여섯 명의 소년이 죽었다. 앙리와 고프리는 뒤도 돌아보지 않고 달렸기 때문에 다른 동료들이 어떻게 죽었는지는 알 수 없었지만 어두운 밤, 길을 따라 되돌아온 '검은 기적'을 보고 동료들이 죽었음을 알 수 있었다. 암살자들을 통솔하는 사법사가 회색의 도자기 단지를 들어 검은 기적들을 회수하는 것을 보고 그들은 다시 사법사들의 소굴로 돌아갔다.

 검은 기적은 일단 사람의 몸에 들어가면 확실히 그 임무를 수행한다. 그것이 몸에 남아 있는 이상 배반이란 꿈도 꾸지 못할 일이다. 하지만 검은 기적 역시 마법의 일부, 마법을 공부하고 그 힘을 사역함으로써 해법은 반드시 보일 것이다.

고프리와 앙리는 그 후로도 몇 차례나 암살 임무에 투입되었다. 사법사들의 위치가 드러나거나 그들이 벌인 일에 대해서 로마가 파견한 조사관을 해치거나, 그게 아니면 지방 유지들에게 거금을 받고 의뢰받은 사적인 살인이었다. 쉬운 임무도 있었지만 대부분은 끔찍하게 어려운 것으로 성공한다 해도 살아 돌아오길 보장하기 힘들었다. 그런 절망적인 임무에서 앙리와 고프리는 그들 둘 외에 신참들을 적극적으로 활용해 모든 임무에서 반드시 생환했다. 그들 둘은 다른 소년들과 달리 정신적으로 굉장히 강했고 카리스마가 있었다. 새로이 임무에 투입된 소년들에게 자신들의 작전에 따르게 하는 것은 그리 어려운 일이 아니었다. 다들 워낙 혹독한 일정에 시달려 생각이 없어진 터라 누군가 계획을 세우고 방향을 지시해 주면 별 저항 없이 따랐기 때문이다.

그러길 여섯 차례가 되자 조직에서도 고프리와 앙리를 무시할 수 없게 되었다. 이제는 소년의 티를 벗고 청년으로 성장한 둘은 더 이상 소모품으로 쓸 수가 없었다.

고프리와 앙리는 암살사들의 스승이 되어 있었다.

• 다가온 의식 •

 각지에서 잡혀 온 소년소녀들이 암살자로서 키워졌다. 고프리는 최대한 성심성의껏 훈련을 시켰다. 이들의 능력이 뛰어나면 뛰어날수록 고프리와 앙리의 힘은 커진다. 이들은 고프리와 앙리를 신뢰할 수밖에 없다. 마법사들의 무리에서 떨어져 나와 암살자로서 교육받을 때 그들은 완전히 혼자로 남게 된다. 그때 그들에게 신뢰를 심어두면 고프리와 앙리를 성실히 추종하게 된다.
 그러한 고프리의 교육 방침은 지금까지 암살자를 키우던 다른 이들의 방침과 많이 달랐다. 몇몇 마법사는 그러한 고프리를 눈엣가시로 여겼지만 앙리는 고프리의 방침에 찬성했다.
 '그래, 어리석은 놈들의 가슴에 숭배를 심어두는 건 좋은 일이지.'
 앙리는 신뢰라는 단어를 말하지 않는다. 고프리에 대해서 그가 보이는 존중과 존경은 얼핏 보면 신뢰에 닮아 있었지만 앙리는 신뢰라는 걸 증오하는 것 같았다. 앙리는 워낙 뛰어난 재능을 타고난 덕분에 다른 인간들에게 쉽게 절망해 버리고 만다. 그래서 그는 제자들에게 신경을 쓰는 고프리를 이해하지 못했다. 그렇지만 고프리의 방침에는 동조하는 그였기에 제자들 사이에서는 앙리 역시 인기가 있었다.

그렇지만… 이전의 암살자들 교육과 너무 달랐던 터일까?

소녀 중 몇몇이 스승인 고프리와 앙리에게 연심을 품었다. 특히 에트루리아 출신의 노예 소녀 클라우디아는 쉬는 시간이 되면 고프리의 앞에 다가와 쓸데없는 말 한마디라도 더 붙여보고자 노력했다. 이제 11세가 된 그 소녀는 원래 로마의 석공장인 아버지를 두고 있었지만 온 가족이 함께 이주하던 도중 해적들에게 붙잡혀 노예로 팔리게 되었고, 마침 많은 인력을 필요로 하던 사법사들 집단, 네크로폴리스가 그들을 사들이게 된 것이다.

고프리가 어린 시절에 그러했듯… 클라우디아도 자신의 눈으로 어머니가 강간당하고 살해당하는 장면을 보아야 했다. 이계의 신, 검은 비밀의 신에 의해 자신의 어머니가 다른 존재로 변한 뒤 죽는 것을 보고 클라우디아는 기절했었다고 한다.

이 모든 것이 바로 클라우디아가 자신에게 말해준 것이었다. 고프리는 애써 그녀를 무시하려고 했지만 무시하고 무시해도 자신에게 다가와 말을 거는 소녀는 포기라는 걸 애초에 모르는 것 같았다.

"스승님, 스승님도 저희와 같은 노예 출신이었다고 했지요? 그렇다면 우리도 임무에서 살아남으면 살아남을수록…

스승님처럼 될 가망이 있는 거로군요."

이번에도 훈련이 끝나자 또 말을 걸어온다. 판크라치온의 수업 때 고프리의 발차기를 맞고 입술이 찢어졌는데 찢어진 입술로도 말을 떠벌이는 걸 보면 아주 질려 버린다.

"쓸데없는 소린 하지 마, 클라우디아. 보는 사람이 많다."

고프리는 도자기 그릇으로 물을 퍼 올려 그녀에게 떠주었다. 그녀가 피를 씻어내는 동안 고프리는 올리브 나무 그늘에 앉아서 숨을 돌리고 생각에 잠겼다.

"스승님은 어째서 도망치지 않았어요?"

"도망칠 수 없는 거다. 검은 기적을 보지 못했나?"

고프리는 계속 말을 걸어오는 클라우디아에 질려서 그녀를 바라보았다. 그러자 그녀는 미소를 지었다.

"저는 임무에 투입되지 못해서, 아직까지 이야기로만 들었을 뿐이에요."

"그렇다면 곧 보게 되겠지."

고프리는 그녀를 노려보았다. 클라우디아는 흙투성이의 머리를 매만졌다. 11세의 소녀는 소녀다운 귀엽고 단정한 얼굴을 하고 있었다. 짧은 머리 때문에 미소년처럼 보이는 이 소녀가 암살단에 선택된 것은 곧 그녀를 필요로 하는 임무가 주어질 거란 뜻이었다. 암살자로서 여성을 선택한다면 그것은 어디까지나 미인계를 위해서였다.

그리고 그 임무가 끝날 경우… 계속 암살자로 쓰일지, 아니면 원래대로인 노예의 신분으로 돌아가 강간당하고 살해당할지, 그건 고프리도 알지 못했다. 고프리 자신의 운명도 꽤나 더럽다고 생각했지만 역시 이 시대의 여성들에 비하면 나은 편이다.

물론 계간을 즐기는 자도 많으니 고프리라고 해서 안전한 것은 아니다. 다만 검은 신과 융합한 사법사들은 자신의 머리털 한 가닥도 남에게 넘기려 하지 않기 때문에 정액을 남에게 남기는 계간이나 강간 등을 최대한 자제했다. 덕분에 고프리나 앙리는 누군가에게 강간당하는 일 없이 지금까지 무사히 올 수 있었다.

그 반면 클라우디아는 조금만 신경을 쓰지 않으면 암살자 수련생 동기들에게도 강간당할 위험이 있었다. 만약 고프리가 그녀를 신경 써주지 않았다면 그녀는 수련생들에 의해서 강간당하고 살해당했을 것이다.

'그런데 나는 왜 이 천한 계집을 신경 써주고 있는 거지?'

고프리는 자신을 귀찮게 하는 소녀에게서 등을 돌리며 그렇게 자문해 보았다.

"슬슬 때가 되었는데."

고프리는 물토 땅에 숫자를 그어 나가며 생각에 잠겼다. 사법사들은 다른 마법사들과 달리 산 제물을 필요로 하고 있었다. 즉, 사람을 잡아 와야 하는데 그건 조직의 힘 없이 개인으로서는 할 수 있는 일이 아니다.

사법사들이 계속해서 마법의 연구를 해나가고 싶다면 사람을 잡아 올 수 있는 조직을 유지해야 하는 것이다. 그래서 고프리와 앙리가 실력을 입증해 보인 뒤로는 그들에게 무리한 임무를 맡기지 않았다. 이전에는 어떻게 죽어도 좋은 소모품 신세였지만 이제는 조직에서 중요한 위치로 올라섰다는 뜻이었다.

그도 그럴 것이… 고프리와 앙리는 그 후 임무에 투입될 때마다 자신들의 상급자를 가능한 한 많이 죽여 없앴다. 일부러 흔적을 남겨서 로마군이 쫓아오게도 했고 인적이 드문 곳에서는 그들 스스로의 손으로 찔러 죽이기도 했다. 상부에서도 그래서 더더욱 고프리와 앙리를 경계했다. 같이 투입한 마법사들이 계속 죽임을 당하고 있고 당사자들은 멀쩡하니 이거 아무래도 의심은 가는데 확증이 없다.

그렇다고 아무런 근거 없이 고문을 하자니 이들의 암살 실력이나 영향력이 만만치 않아졌다. 그래서 그들의 몸 안에 검은 기적을 계속 넣어두고는 있지만 이들도 마법에 대한 기초적인 훈련은 받은 상태였다. 검은 기적을 발동시키기 전에 감시자인 상급자를 죽여 버리면, 현재 사법사들의 능력으로는 진상을 알기 힘들다는 걸 잘 알고 있었다.

그러는 사이 사법사의 수가 줄어들어 가고 있었다.

사법사들이 비의를 얻는 과정은 다른 마법사들과 다르다.

다른 마법사들이 천사에게 간택받아 성령을 접했다고 하는 자들의 기록, 혹은 세계의 이치 그 자체에 대한 접근으로 마법을 얻었다 하면, 이들 사법사들은 직접적으로 사악한 이계의 존재들과 접하면서 그들에게서 마법을 얻었다. 그런 짓을 하기 위해서는 이쪽이 조직적 규모를 가져야 하므로 고프리와 앙리가 사법사들을 죽여 나갈 경우 결과적으로 그들은 고프리와 앙리를 자신들의 중요한 내부 요인으로 끌어 올릴 수밖에 없다.

물론 이것은 굉장히 위험한 일이다.

그들의 몸 안에는 언제든지 그들을 끝장낼 수 있는 검은 기적이 잠들어 있고 사법사들은 죽은 자에게 마귀를 빙의시켜 그들의 생전 기억을 읽을 수도 있었다. 시체가 남지 않도록, 혹은 로마군에 넘어가도록 처리해야 하고, 그래도 의심 사는 일 없이 모든 증거를 확실히 제거할 수 있는 경우가 아니면 섣불리 사법사를 공격해서는 안 된다. 그러한 장애를 넘어서 지금까지 죽인 사법사의 수가 넷……. 아직은 크게 위협적인 수치가 아니지만 조직에서는 벌써 고프리와 앙리를 보는 눈이 곱지 않아졌다.

정녕 위험한 외줄타기였다. 만약 조직이 이들의 능력을 필요하지 않다고 여긴다면 그늘은 언제든지 고프리와 앙리를 제거해 조직의 위협을 제거하려 들 것이다. 그러나 앙리는 무슨 생각에서인지 자신하고 있었다.

'그들은 우리를 제거하지 못해. 곧 항복하고 말 것이다.'

고프리는 현재 남아 있는 사법사의 수를 물로 써가며 살폈다. 파피루스나 양탄자에 쓰는 것은 이후 증거가 남기 때문에 위험하다. 그동안의 암살을 통해 그들은 자신들의 지위를 높였지만 아직도 고된 길이 남아 있었다. 대체 얼마나 더 죽여야 자신들의 지위를 인정받을 수 있을까?

살인에 대한 거부감은 없었다. 그러나 부모의 원수, 자신을 사육하는 적들의 손아귀에서 언제까지 이렇게 몸부림쳐야 하는지 모르겠다. 게다가 앙리도 완전히 믿을 수는 없었다. 앙리는 고프리와 달리 진짜 마법에 대한 열망을 가지고 있었다. 그는 날 때부터 하늘로부터 사랑을 받았는지 무시무시한 재능을 지니고 있었지만 그 때문에 보통 인간의 마음을 이해하지 못했다. 인간의 형상을 하고 있지만 그야말로 검은 신들과 같은 이계의 괴물로 보일 정도였다. 물론 지금 고프리가 유일하게 믿고 의지할 수 있는 상대는 바로 앙리뿐이었다. 그렇다 하더라도 그건 어디까지나 현재의 고프리가 보이는 모습이 앙리를 실망시키지 않기 때문이었다. 우연찮게 둘러댔던 말이 의표를 찔러 마음에 들었기 때문에 앙리는 고프리와 함께하고 있다. 고프리가 자신과 마찬가지로 마법과 힘에 대한 열망이 있다고 믿기 때문에……. 즉, 만약 앙리에게 진심이 들킬 경우 그 역시 적으로 돌아설 수가 있었다. 그리고 앙리가 적으로 돌아서게 된다면 지금의 고프리는 죽을 수밖에 없다.

"짜증 나는군."

사람의 목숨이란 왜 이다지도 싸구려일까. 이 누미디아에서는, 사법사의 소굴에서는 목숨 따위 정말 값싼 것이라는 걸 실감하게 된다. 그는 이다지도 살고 싶은데 그의 목숨이 남들에게는 너무나 무가치하다. 그렇기에 지켜내야 한다. 앙리에게서, 다른 사법사들에게서, 세상 전부에 대해서 고프리는 자신을 지키고 방어해야 했다.

그런 생각을 하고 있을 때 인기척이 느껴졌다. 고프리는 얼른 흙을 문질러 바닥에 쓰던 물 문자를 지우고 일어났다.

마법사의 왕이 그 자리에 있었다. 그의 호위병들과 함께. 그리고 그 앞에는 앙리가 있었다. 앙리의 표정이 격앙되어 있는 걸로 보아⋯ 마침내 그날이 온 것 같았다.

"고프리, 앙리. 너희에게 할 말이 있다. 따라오거라."

마법사의 왕은 메말라 갈라지는 목소리로 그들을 불렀다.

마법사의 왕은 그들에게 마법의 비밀에 접근할 권한을 주었다. 그들을 의심하는 자는 많았지만 그들의 능력이 뛰어난 것 또한 사실이다. 고프리와 앙리, 이 두 청년은 천재 사법사나. 그 재능을 마법사의 왕이 눈여겨보지 않을 리 없었다.

고프리와 앙리는 재능으로 빛나는 두 자루의 검이나 다름없다. 로마라는 강대한 적이 있는 이상 하늘이 내려준 재능으로 빛나는 두 자루의 검을 포기할 수가 없다. 무기라면 빵 자를 때 쓰는 식칼이라도 모아야 할 판에 이들처럼 뛰어난 무기를 포기할 수가 없었다.

게다가 마법사의 왕에게는 계획이 있었다.

"오늘 너희를 부른 건 다름이 아니다. 너희에게 도사의 지위를 주려고 한다."

"도사?"

"저희에게 말입니까?"

앙리와 고프리는 갑작스런 승진에 놀랐다. 마법사의 수가 부족하니 결국 그들을 소모품인 암살자가 아니라 좀 더 중요한 내부로 끌어들이리라고 기대하고 있었지만 도사는 일반적인 마법사보다 더 위에 있는 직위다. 마법사의 왕의 직전제자인 이들 도사는 바로 앙리의 부모가 위치한 계급이기도 했다.

그런데 왜 한꺼번에 이렇게 계단을 수십 개나 뛰어넘는 듯한 급승진을 시킨 것일까?

"너희 둘은 이후 나와 함께 행동해야 한다."

"예!"

이유를 묻거나 항명하는 것 따위는 있을 수 없는 일이다. 앙리와 고프리는 즉시 머리를 조아렸다.

"너희를 위해 신체를 주겠다. 그것을 먹고, 어둠의 힘을 받아들여라. 진정한 마법사가 되고 난 뒤에 일을 논하도록 하자."

마법사의 왕은 자세한 이야기를 하지 않고 그들을 되돌렸다.

마법의 의식이 준비되었다. 아주 오래전, 고프리의 일가족이 몰살당했던 바로 그 제단에 노예들이 불을 지폈다. 어두운 검은 회당에 흐릿한 촛불들이 빛을 뿌린다. 어둠 속에 조각상처럼 우뚝 선 고프리는 그 모습을 바라보며 입술을 깨물었다.

암흑에서 기어오른 사악한 존재들을 받아들이는 건 바람직한 일이 아니다. 그러나 그들과 함께하지 않으면 마법의 비의를 얻을 수 없다.

'하긴 이미 검은 기적이 우리의 목숨을 위협하고 있으니 상관없나.'

고프리는 이를 악물었다. 마법사의 왕이 무슨 생각을 하고 있는지는 모르겠지만 그는 마법을 터득해 힘을 얻어야 했다. 이계의 마물과 융합하는 것에 대한 걱정 따위는 사소한 것이다. 힘을 준다면 그는 무엇이든 받아들일 각오가 되어 있었다.

시간이 지나 노예들 사이에서 제물이 선정되었다.

사법사들은 모여들어 주문을 외우고 의식을 치르며 힘을 끌어모은다. 이계로부터 나타나는 존재가 현실에 실체화되도록 미법을 걸고 있는 깃이다. 모든 이가 모여 있을 때 앙리가 제단에 나타났다. 단검을 들고 있는 그가 오늘, 직접 제물의 숨통을 끊는 역할을 맡았다.

"왜 그래? 표정이 별로 좋지 않은데."

"아니, 일이 너무 잘 풀려서 기분이 더러워."

"그래, 그건 나도 그렇지."

앙리는 하는 말과는 달리 씨익 웃었다.

"그러나 어느 상황이 되더라도 우리 처지에서… 이보다 더 나빠질 리는 없다고 보는데."

"그래, 그건 그렇지."

지금까지 그들이 처한 환경이 너무나 나빴기 때문에 더 이상 나빠질 것도 없다. 고프리는 의식을 준비하는 것을 지켜보며 제단 앞에 섰다.

갑자기 회당 안의 촛불이 일제히 꺼졌다.

그리고 이후 스스로 다시 밝혀졌다. 누군가 조작한 것이 아니라 불이 스스로 사그라졌다 살아난 것이다. 어둠 속에서 다시 빛이 나타났을 때, 사법사들 사이에는 사라졌던 사법사들의 왕이 있었다.

사법사들의 왕이 메마른 비늘 덩어리 같은 손을 들어 올리자 제단 주위를 에워싼 마법사들이 주문을 일제히 다음 단계로 끌어 올렸다. 검은 회랑이 흔들리고 제단 위에 매달린 노예가 비명을 질렀다.

노예 여성의 몸이 꿈틀거릴 때마다 그녀가 올라서 있는 제단으로부터 어둠보다 더 검은 무언가가 증기처럼 피어올랐다. 그 검은 증기가 살짝 스치기만 해도 피부가 아리다. 앙리는 눈살을 찌푸리며 그 검은 증기를 피하면서도, 제물에게서 멀리 떨어져 있지 않았다.

신을 부르기 위해 마법사들이 정을 끌어모아 제물을 강간한다. 고프리가 어린 시절 보던 것과 다르지 않은 장면이 곧 펼쳐질 것이다.

그러나 그때… 고프리는 자신의 눈을 의심했다.

제단의 위에 올라가 있는 여성 노예는… 아직 어린, 어리디 어린 소녀였다. 그 갸냘픈 몸, 너무도 작지만 분명히 봉긋하게 솟아 있는 가슴, 상처로 붉게 물든 다리와 연약한 피부를 왜 모르겠는가? 그녀는 바로 고프리의 제자, 클라우디아였다.

"어리석게도 이 여자는 탈주를 감행했기에 오늘의 제물을 그녀로 변경한다. 잘했구나, 앙리."

마법사의 왕은 앙리를 칭찬했다. 앙리는 가볍게 고개를 숙여 칭찬에 응답했다. 그리고 고프리를 바라보며 윙크했다.

"흡!"

순간 고프리는 자신의 표정이 너무 굳어버렸다는 걸 깨달았다. 지금까지 단 한 번도… 자신이 쓰고 있는 가면을 벗은 적이 없었다. 하지만 이 순간 그는 가면을 벗었다.

혐오스러운 공기가 그를 에워싼다. 지금까지 이 안에서 잘 침이있지민 오늘은 새심스럽게 이들의 혐오스러움과 끔찍함이 와 닿았다. 제단 위에서 아직 초경도 제대로 치르지 못한 소녀가 나신의 하반신을 꿈틀거리며 몸부림친다.

"포기해라, 소녀야. 네 부모가 죽는 걸 보지 못했니. 너도 그들과 다를 바 없이 죽음을 맞이할 터, 이것은 누구도 어찌해 줄 수 있는 게 아니란다."

앙리는 노래를 부르듯 소녀에게 말했다. 그의 목소리는 아름답고 운율 또한 절묘해서 모든 사법사가 의식의 도중에도 놀라지 않을 수 없었다. 에트루리아인 소녀는 몸부림치며 비명을 질렀지만 이미 마법으로 목소리를 빼앗긴 그녀의 비명은 아무런 소리 없이 공허하게 울려 퍼진다. 차라리 다행이었다. 그녀가 뭐라고 말을 하면 할수록… 고프리는 견디기 힘들었을 테니까.

검은 증기, 사악한 사기가 그녀를 휘감았을 때 마법사들은 차례로 일어나 아직 남자를 알지 못하는 그녀를 강간했다. 그리고 그들은 이제 도사가 되어야 하는 고프리에게 자리를 비켜주었다. 고프리 역시… 이들과 마찬가지로 클라우디아를 강간해야 했다.

자신의 생명, 피와 정액을 어둠의 신에게 바친다. 생명을 잉태하는 행위를 통해서 이계의 존재인 신을 지상에서 활동하게 만든다. 신과 인간의 매개체로서 이 행위는 반드시 필요한 것이었다. 여기서 거부할 방법은 없다. 지금까지 살아남기 위해서 무엇이든 해오지 않았던가? 이제 와서 그 모든 것을 뒤엎을 수는 없다.

"네 차례야, 고프리."

묵직한 의식 속에서도 앙리의 목소리는 새가 지저귀듯 가볍다. 그는 의식의 무게에 짓눌리지 않고 있었다. 사법사들의 왕보다도 더욱더 강하고 힘 있게 보이는 그의 모습을 노려보았다. 그는 마치 모든 걸 알고 있다는 듯 엷은 미소를 지었다.

고프리 자신조차 알지 못하던 감정들, 인간성들을 백일하에 적나라하게 드러내고 그렇게 드러난 감성과 인간성을 난도질하면서 승리감을 만끽하는 듯했다.

아니, 고프리 자신의 착각일 것이다. 앙리는 평상시의 모습으로 돌아가 있었다. 고프리를 에워싼 주위가… 급격히 변해간다. 방금 전 보았던 앙리의 사악한 미소, 그 잔혹한 표정은 고프리의 착각이었을까? 속이 울렁거린다. 한 걸음 내디딜 때마다 천지가 흔들리고 시계가 일렁인다. 이런 좁은 토굴 따위는 순식간이라도 무너질 것 같다.

"으웩……."

헛구역질을 하면서 고프리는 이미 저항할 기력을 잃은 클라우디아를 잡았다. 평상시의 웃음도, 아침 햇살을 받아 지저귀는 새처럼 쉴 줄 모르고 퍼붓던 질문도 사라진 그녀는 아직 여자라고도 할 수 없는 너무나도 작은 소녀였다. 그런 그녀의 하반신은 처참히 유린되어서 무수한 마법사들의 체액으로 범벅이 되어 있었다.

그 사이로 고프리는 자신을 밀어 넣었다.

세상이 무너진다. 지진이라도 일어난 것처럼 토굴은 무너지고 공간 그 자체가 사기그릇처럼 금이 가더니 일제히 깨어졌다. 검은 균열이 고프리와 클라우디아를 집어삼켰다. 끈적한 뱀의 혀 같은 것이 고프리의 남근을 휘어잡는다. 미끄덩거리는 쾌감이 고프리의 남근으로부터 그의 전신을 휘감았다.

고프리는 자신이 제정신인지 의심스러웠다. 클라우디아의 하체여야 할 것, 그러나 지금은 하염없는 심연으로 보이는 것에 접붙은 고프리를 무수한 쾌락의 번개가 강타했다. 신경계가 전부 타오르는 듯한 끔찍한 쾌락에 고프리는 비명을 질렀다. 숨을 쉴 수가 없다. 입과 코에서 체액이 뿜어져 나온다. 검은 증기가 고프리를 휘감았다. 고프리는 사정했다. 사정을 했음에도 불구하고 심연은 그를 사로잡고 놓지 않는다.

무너지는 세계 속으로 고프리는 빨려들었다. 두 번째의 사정, 격렬한 쾌감이 척추를 따라 뇌리를 직접적으로 강타했다. 이젠 더 이상 안 되겠다 싶어서 몸을 빼려 했지만 미끄덩거리는 클라우디아의 다리는 순간 문어의 촉수 다리처럼 변해 고프리를 사로잡았다. 고프리의 몸 전체가 녹아들어 간다.

환상?

아니면 이것이 검은 마법인가?

고프리는 어금니를 깨물었다. 방금 사정했음에도 불구하고 쾌락은 오히려 매번 그 크기를 더해간다.

"으아아아악!"

고프리는 비명을 질렀다. 그는 단검을 뽑아 들어 제단 위에

찍었다. 클라우디아의 심장을 찍고 그녀의 숨통을 자신의 손으로 절단했다.

"아아아아악!"

비명과 함께 고프리가 물러났을 때, 제단의 밑으로부터 어둠이 밀려들어 와 클라우디아의 몸을 집어삼켰다. 고프리는 숨을 헐떡이고, 물에 빠진 것처럼 흠뻑 젖은 옷을 들어 얼굴을 닦았다. 닦아도 닦아도 닦이질 않는다. 피인지, 침인지, 애액인지, 정액인지 알지 못할 끈적끈적한 액체가 얼굴에 달라붙어서 떨어지질 않는다.

클라우디아의 육신에 깃든 신이 제단으로부터 일어났다. 그녀는 이계의 방언으로 마법의 비밀을 말해주고 자신의 육신을 스스로의 손으로 갈랐다. 그녀는 자신의 자궁을 찢어 방금 수태한 자궁 속의 신을 끄집어내었다. 검고 사악한 망령, 악마라 불러도 손색없을 마신의 신체가 마법사들에게 건네졌다.

오늘의 의식은 도사가 될 앙리와 고프리를 위한 것. 다른 마법사들은 군침을 흘리면서도 감히 그 신체를 탐하지 못했다. 앙리는 검은 여신의 앞에 나아가 머리를 조아리고 기꺼이 그 절반을 먹었다.

그리고 고프리에게 자리를 비켜주었다.

고프리는 자신에게 손을 내밀고 있는 클라우디아의 시신을 노려보았다. 시체임에 분명한 그녀는 살아생전과 전혀 다른

파즈즈와 에아 107

모습을 하고 제단 위에 가부좌를 틀고 앉아 있었다. 갈라져 벌어진 자궁에 아직도 이어져 있는 탯줄에는 앙리가 이미 먹어 반 토막 난 신체가 달려서 맥동하고 있었다.

이 여자는 클라우디아의 몸을 하고 있지만 클라우디아가 아니다. 고프리는 그걸 잘 알고 있었다.

"괜찮은가?"

"그는 상태가 좋지 않습니다. 이번 의식은 저희가 완수하는 게……."

다른 사법사들은 고프리의 상태가 이상한 것을 보고 스승에게 항의하고 있었다. 그들이 고프리를 걱정하거나 의식의 실패를 걱정하는 게 아니라는 건 지금의 고프리도 잘 알고 있었다. 그들은 단지 이 신체를 탐하고 있는 것이다.

신체.

신인지 악마인지 모를 것의 조각, 인류는 알지 못하던 검은 마법의 정수. 그를 통해서 위대한 마법의 맛을 알게 되면 사법의 길에 빠져 헤어나지 못하게 된다.

저걸 받아들인다는 건 더 이상… 인간으로 돌아가지 못한다는 것이나 다름없다. 고프리는 오늘 이날이 오기 전까지는 검은 신에 대한 거부감이 있었다. 아무리 힘을 얻는다 하더라도 정체도 알지 못할 흉악한 이계의 것과 융합하는 것을 바랄 수는 없었다. 하지만 이제는 이미 틀렸다.

고프리는 신체를 받아 입에 넣었다.

고프리는 그다음을 기억하지 못한다. 정신을 차렸을 때 그는 도사에게 주어진 숙소의 방에서 깨어났다. 그는 이미 어둠의 비밀을 알게 되었고 마법의 힘을 자유자재로 쓸 수 있는 존재가 되었다. 이전에도 마법을 조금은 쓸 수 있었지만 그때와는 비교할 수 없는 이해도와 힘을 가지게 되었다.

클라우디아의 시신은 찾을 수 없었다. 신에게 접해진 노예의 시신은 융합에 실패한 괴물들을 사육하기 위한 먹이로 주어졌을 테니까. 이미 그녀의 고기는 괴물들이 집어 먹어 남은 게 없으리라.

"하아아아."

고프리는 숨을 내쉬었다. 자신의 숨결 속에 검은 증기가 섞여 있는 게 보였다. 그뿐만이 아니다. 그동안은 알지 못했지만 사법사들, 모두의 숨결에는 이계의 신이 발하던 것과 같은 검은 기운이 섞여 있었다. 그리고 물론 앙리에게도 그러한 검은 숨결이 섞여 있었다.

"여어, 이제 일어났나?"

앙리는 마치 아무 일도 없었던 듯 태연한 표정으로 고프리에게 인사를 한다. 고프리는 그런 앙리를 바라보며 생각에 잠겼다.

그를 어찌해야 할까?

죽일까? 아니면? 그러나 지금 그를 죽일 수는 없었다. 고프리에게는 아직 해야 할 일이 많이 남아 있었다.

"으음."

앙리를 바라보며 고프리는 머리를 감싸 쥐었다.

"안 괜찮은가 보군, 아직. 좀 더 쉬는 게 어때?"

"큭."

고프리는 인상을 쓰며 앙리를 바라보았다.

"난 괜찮아. 내게는 아직 해야 할 일이 있으니까."

"그래?"

앙리에게 그렇게 말하긴 했지만 고프리는 그다음이 전혀 생각나지 않았다. 그는 대체 무엇을 위해서 자신의 가족을 죽인… 사법사들 속에 남아 있었던 것일까? 왜? 무엇을 위해서?

'아, 맞아.'

고프리는 마음을 진정시켰다. 그는 힘을 갈구하고 있었다. 더 많은 힘. 더욱더 강력하고 사악한 힘을! 그리고 그 갈망을 충족시켜 줄 수 있는 곳은 바로 이곳, 사법사의 도시, 네크로폴리스밖에 없었다.

"그럼 이제 다음 단계로 나아가 볼까, 도사 고프리."

"그래, 그러지. 도사 앙리."

고프리는 아무런 일도 없었다는 것처럼 방을 나섰다. 클라우디아의 죽음도, 가족들의 죽음도 이제 고프리의 마음에는 남아 있지 않았다. 다만 그는 자신을 사로잡은 신의 쾌락, 기적의 힘, 마법에 굶주려 있을 뿐이었다.

• 탐욕의 피 •

 사법사들 사이에 새롭게 떠오른 두 명의 도사 고프리와 앙리는 도사이면서도 암살 조직을 직접 거느렸다. 그들은 사법사의 왕의 좌우에 서서 그를 보좌하며 막강한 힘을 휘두르고 있었다. 이제 로마는 사법사들의 존재 자체도 알지 못하게 되었다. 이들 두 명의 도사가 직접 활약하게 되면서 로마는 감히 사법사들의 흔적 하나조차 찾을 수 없게 된 것이었다. 그들의 일 처리는 워낙 깔끔하고 치밀해 암살을 하더라도 흔적 하나 남지 않았고, 물자나 노예도 무수히 많은 방패막이 너머로 구입해 와서 흔적을 남기지 않았다. 사법사들의 조직은 완전히 어둠으로 숨어 로마 제국의 그늘에서 암약하고 있었다.

 이제 사법사들의 도시 네크로폴리스에서는 누구도 감히 고프리와 앙리에게 대항할 마음을 먹지 못하게 되었다.

 그 고프리와 앙리를 대스승, 사법사들의 왕 암마르가 호출했다. 당시 고프리는 갈리아 땅에 남아 있는 켈트의 유적지를 뒤지고 있었고 앙리는 나일 강을 따라 여행하며 검은 마법의 비전을 찾고 있었다.

그런 먼 이국에 있었지만 두 사법사는 스승의 급작스런 부름을 받고 무서운 기세로 돌아와 다시금 로마의 속주 누미디아에 입성한 것이다. 그들은 누미디아에 위치한 네크로폴리스로 돌아왔다. 이전의 그들은 희생양으로 내던져진 소년 암살자였지만 지금은 당당한 도사로서 이 자리에 섰다.

도사가 된 이래 3년 동안 그들은 네크로폴리스의 대부분을 장악해 버렸다. 노예 시절, 암살자 시절 그들의 머리 위에 군림하던 다른 사법사들은 이제 광 안의 쥐새끼처럼 그들의 눈을 피해 다녔다.

마법과 기적의 편린을 찾아 먼 이국땅을 배회할 때에도 네크로폴리스에 남아 있던 사법사들은 앙리와 고프리의 손이 무서워 감히 반역을 꾀하지도 못했다. 특히 다들 앙리의 흉폭함을 두려워했는데, 그는 도사가 되자마자 자신의 부모를 암살해 버린 것이었다. 물론 공식적으로는 사고사로 처리되었지만 그게 앙리의 소행이라는 걸 모를 사람은 아무도 없었다. 다만 증거가 전혀 없었기 때문에 누구도 뭐라고 하지 못하고 쉬쉬할 뿐이었다.

고프리는 오래간만에 다시 찾아온 네크로폴리스를 보며 의아하게 여겼다. 어린 시절에 보았던 위압적인 검은 토굴은 온데간데없고 지금은 쥐새끼 소굴이라는 말이 더 잘 어울릴, 추

레하고 추잡한 토굴로 보였다. 그의 몸과 정신이 성장한 탓이 겠지만 그래도 이 정도나 느낌이 달라지다니 놀랍다.

어린 시절, 도저히 범접할 수 없는 지옥의 악마처럼 느껴졌던 사법사들의 왕은 지금은 다 늙어가는 괴물로 보였다. 여전히 괴물인 것은 사실이지만 이제는 예전에 느껴졌던 위압감 대신 혐오감이 더욱더 강했다.

"왔군."

그 암마르 앞에 조아리고 있던 앙리가 몸을 일으켰다.

"하아."

신기하게도 다른 것들은 빛을 잃고 퇴색해 버렸지만 앙리만은 여전히 눈부시게 빛나고 있었다. 재능 있고 패기 있는 자, 이따금 유머 감각도 있는 그는 여전히 위압적인 빛으로 고프리를 긴장하게 했다. 이 녀석은 여전히 만만히 볼 수 없다. 그런 긴장감이 고프리를 확 조여왔다.

고프리는 옛날처럼 무심의 가면을 쓰고 그를 대했다.

"먼저 와 있었군, 앙리. 오래간만입니다, 스승님."

고프리는 암마르의 손을 잡으며 입을 맞췄다. 그렇지만 메마르다 못해 고목나무 껍질 같은 그의 피부는 이제 그에게 남은 시간이 얼마 되지 않는다는 걸 알려주었다.

"흡혈귀의 피는 구했느냐?"

"예."

"살아 있는 흡혈귀도 잡아두었습니다."

고프리와 앙리, 모두 흡혈귀를 산 채로 잡아 왔다. 고도의 힘을 터득한 마법사는 그리 쉽게 시간에 굴복하지 않는다. 하지만 아무리 그래도 불로불사할 수는 없다. 신과 접한 암마르조차 결국 자신에게 남은 시간이 얼마 남지 않았다는 걸 깨달았는지 흡혈귀들을 잡아 오라고 명했다.

그러나 흡혈귀를 잡고 그의 피를 뽑는다 해서 아무나 흡혈귀가 되는 것은 아니다. 흡혈귀의 피를 내어 마시는 걸로 사람은 흡혈귀가 되지만 그렇게 해서 온전히 흡혈귀가 되는 자는 오직 소수의 인간뿐이다. 대부분의 사람은 흡혈귀로의 변이, 그 충격을 견디지 못하고 변이 중 죽어버린다.

그리고 최악의 경우는 기형 변이가 일어나 육신이 파괴되고 지성 없는 괴물로 변해 버리는 것이다.

벌써 수백 년 이상 살아온 암마르의 몸은 극도로 쇠약해져 있었다. 이제 와서 흡혈귀로 변하는 것을 감당해 낼 수 있을지 없을지, 그리고 설령 흡혈귀가 된다 하더라도 태양광 아래 무력한 흡혈귀가 되는 건 자살행위다.

고프리와 앙리가 그를 스승이라고 부르고 두려워하고 있지만 흡혈귀가 된 뒤에도 그럴까?

태양광이란 확실한 약점을 가지게 되면 암마르는 더 이상 고프리와 앙리를 통제할 수 없다. 암마르 자신도 그걸 알고 있을 터였다.

"훌륭하군. 내게 넘기도록 해라. 그리고 너희에게 즉시 부탁할 일이 하나 있다."

"예, 무엇입니까."

"옛 알렉산드로스의 진군 행로를 따라, 우리와 뜻을 달리하는 마법사들이 무언가를 조사하고 있을 것이다. 그들을 추적해 그 연구 성과를 빼앗아 오도록 하여라. 나는 그동안 네크로폴리스에서 흡혈귀에 대한 연구를 할 테니까."

암마르는 자신이 연구를 하는 것이라 미리 말했다. 결코 흡혈귀가 되려 한다고 이야기하지 않았다. 그는 이미 자신의 제자들이 호락호락하지 않음을 알고 있었다.

고프리는 창살 안에 감금된 노예 무리를 내려다보며 난간에 몸을 기대었다. 빛이 극도로 제한된 네크로폴리스의 토굴에서 노예들은 겁에 질려 떨고 있었다. 저들 대부분은 암마르의 연구 재료로 사라질 것이다. 흡혈귀의 불로불사 메커니즘을 연구해 자신의 생명을 늘리려고 하는 게 틀림없는 사법사의 왕 암마르. 그는 확실히 약해져 있었다. 그렇지만 아직 우습게 볼 상대가 아니긴 하다. 여전히 그는 많은 신과 마물을 사역할 수 있었고 강력한 마법을 지니고 있다.

"불로불사라."

흡혈귀란 존재는 사법사늘에게 있어선 그렇게 흥미를 끄는 존재가 아니다. 그들은 인간들을 위협하고 살해하는 밤의 마족이지만 태양광 아래에서는 절대적으로 취약하다. 그런 큰 약점을 가지고서는 아무리 불로불사한다 해도 의미가 없다. 게다가 그들의 불로불사 메커니즘은 정확히 알려져 있지 않지만 이론 자체는 이미 마법사들 사이에 명백히 드러나 있었다. 그들은 말하자면 열린 계였다. 생물들이 다른 생물들을 먹고 생명을 유지하듯, 그들은 다른 인간들을 먹고 생명을 유지할 뿐 아니라 그들의 생기를 통해 자신들의 생명을 원상 그대로 유지한다. 원래 이러한 것은 다 가설에 지나지 않았었지만 노인일 때 흡혈귀가 된 자는 아무리 피를 마신다 하더라도 노인인 채 살아갔기에 사실로 증명되었다.

그 메커니즘은 마법사들이 자신들의 수명을 연장시킬 때도 사용하는 것이라 특이할 것은 없었다. 문제는 마법사들은 그 메커니즘을 계속 유지하기 위해 막대한 마력을 들여야 하니… 결국 시간이 지나면 지날수록 늙어갈 수밖에 없다는 것이다. 반면 흡혈귀들은 그러한 섭취에 의한 생명 수복을 끊임없이, 아무런 마력 소모 없이 할 수 있기 때문에 불로장생을 계속 유지할 수 있는 것이다.

그 외에도 흡혈귀들은 이따금 굉장히 고도의 마법을 아무렇지도 않게 터득하는 경우가 있었다. 그것을 혈인 능력이라 부르는데 그런 능력의 경지에 도달한 흡혈귀들은 극히 드물기 때문에 별로 위협적인 것은 아니다.

'하지만 확실히 연구할 가치는 있지.'

고프리는 쓴웃음을 짓고 노예들에게서 시선을 돌렸다. 그도 저들처럼 노예였던 시절이 있었다. 그때는 어떻게든지 이 지옥을 벗어나 다시 원래 살던 곳으로 돌아가고 싶은 마음이 굴뚝같았지만 이제는 다르다. 이대로 계속 시간을 보내기만 하면 그의 스승 암마르는 죽고 네크로폴리스의 패권은 그와 앙리의 손에 떨어질 것이다.

물론 그때가 되기 전에 앙리와의 관계를 확실히 해야 할 것이다. 적이 될 것인가? 아니면 이대로 둘이 힘을 나누거나, 앙리에게 주도권을 양보하고 그는 앙리의 부관으로서 살 것인가?

어느 쪽이든 간에 이로써 그의 복수는 완수된다. 네크로폴리스의 노예가 되어 일가족을 살해당한 그에게 이제 네크로폴리스 전체가 굴복할 날이 온다. 그건 통렬한 복수가 되리라.

하지만 고프리는 전혀 기쁘지 않았다. 복수를 위해서란 핑계로 신과 접해 버린 그는 이들과 똑같은 사법사가 되어 검은 욕망에 굴복하고 말았다. 그는 자신이 증오하던 사법사들과 전혀 다를 게 없는, 아니, 그들보다도 오히려 더 사악하고 강력한 악마가 되어 있었다.

자신이 증오하던 괴물로 스스로 변모해 버린 이상 과거에 꿈꾸던 복수가 눈앞에 있다 해서 기쁠 리가 없다.

"불로장생의 꿈이라. 나쁘시 않은네."

문득 정신을 차렸을 때는 앙리가 눈앞에 있었다. 고프리는 그 앙리를 바라보며 물어보았다.

"나쁘지 않다면?"

"나도 불로장생이라면 환영한다 이거지."

"그런가?"

그렇게 말하는 걸 보면 앙리 이놈은 확실히 자신의 인생을 사랑하는 것 같았다. 그는 확실한 탐욕과 야심을 가지고 네크로폴리스를 자신의 것으로 만들어가고 있었다. 고프리는 그런 앙리에 의해 제거당하지 않기 위해서 그와 박자를 맞추었을 뿐이다. 물론 마법에 대한 탐욕은 그도 어쩔 수 없다. 신과 접하는 쾌감, 쾌락과 지식욕이 동시에 충족되는 그 기괴한 경험. 신을 접하고 난 뒤 열려진 초감각은 마약과 같아 계속해서 지식을 탐닉하게 된다.

그러나 당장 입안에 설탕이 들어갔다고 해서 회의주의자가 삶을 찬미할 수는 없다.

세상을 살아 나가기 위해서는 달짝지근한 쾌락 이상의 것이 있어야 했다.

앙리는 그런 게 있었다. 그는 타고난 재능 때문에 남들을 이해하지 못했지만 남들을 이해할 필요가 없었다. 그는 자신을 너무나 사랑하니까. 자신을 너무나 사랑하는 그는 이미 홀로 완전한 존재다. 근심도 걱정도 없이, 그저 자신의 앞을 가로막는 현실이란 장애물을 뜯어고치면 된다. 단순하면서도 효율적인 삶의 태도, 그건 정말 부러운 일이다.

고프리는 그처럼은 할 수 없었다. 앙리에 비해서 그는 훨씬 복잡한 세계에서 살고 있었다. 그만큼 그는 자신을 좋아할 수가 없었다.

특히 신을 접한 그날 이후로는 더더욱.

"내 예감이지만."

"응?"

"이번에 우리에게 주어진 임무도 아마 불로장생과 관계된 무엇일 것이라고 생각되는데."

"그건 나도 동감이야. 지금 저 인간 머릿속에 불로장생 외에 남은 게 뭐가 있겠어? 어리석게도. 다 늙어서 그런 생각을 하다니, 차라리 우리처럼 젊을 때 미리미리 준비하는 게 낫지."

"우리가 준비할 필요는 없지. 사랑스러운 스승님이 알아서 우리를 위해 길을 닦아줄 텐데."

고프리가 중얼거렸다. 암마르가 착수하는 불로장생의 연구, 그 비법이 완성될 때까지 협력하면 된다. 그리고 그 비법이 완성되고 나면 그걸 탈취해 자신의 것으로 만들면 될 것 아닌가? 그때가 되면 암마르를 제거해 버리는 것도 괜찮겠지.

"역시……. 어떤 때 보면 역시 네놈이야말로 내 진정한 이해자가 아닐까 생각된다니까."

잉리는 고프리의 말을 듣고 고개를 끄덕였다. 자신이 하고 싶었던 바를 고프리의 입에서 듣게 되니 그런 것 같았다. 그렇지만 고프리로서는 어이가 없는 일이다. 몇 마디 해줬다고 뭐, 진정한 이해자라고?

물론 그렇다고 앙리를 우습게 볼 수는 없었다. 그는 어쩌면 모든 것을 알고 있을지도 모른다. 이따금 보여주는 그의 모습은 고프리의 모든 것을 꿰뚫어 보는 게 아닐까 하는 섬뜩함이 있었다.

"그렇다면 이번 임무도 꽤 성실하게 처리할 필요가 있군."

보통의 경우라면 스승이 불로장생에 얽힌 것을 그들에게 찾아오라고 할 리가 없다. 왜냐면 암마르는 자신의 두 제자, 앙리와 고프리가 얼마나 위험한 놈인지 잘 알고 있기 때문이다. 그런 보물을 이들에게 찾아오라고 할 리가 없다. 그들 말고 검은 기적이 잘 통하는 다른 어리숙한 제자들을 먼저 보냈음에 틀림없다.

그리고 그 어리숙한 제자들이 차례차례 실패하고 나서야 고프리와 앙리에게 이번 일을 넘겼을 것이다. 다른 사법사들과 고프리의 능력은 천지 차이라고 해도 좋을 정도였지만 그렇다고 해서 다른 사법사들이 실패한 일을 가볍게 볼 수는 없다.

"동감."

고프리는 앙리의 말에 고개를 끄덕였다. 그러나 그렇다고 바로 출발할 수는 없었다. 어차피 마법이나 기적의 편린을 찾는 작업은 그리 쉽게 되는 게 아니다. 다른 마법사들이 알렉산드로스의 뒤를 쫓아 이동했다고 너무 서두를 필요는 없다.

그보다는 오래간만에 네크로폴리스에 돌아왔으니 그간 밀린 일을 하고 세력을 정비할 필요가 있었다.

앙리와 고프리는 다른 사법사들을 절대 무시하지 않았다. 만약 아무런 생각 없이 살아간다면 언젠가 그들과 비슷한 이들이 나타나 밑에서부터 힘을 키워 큰 위협이 될 수 있었다. 그래서 그들은 자신들의 추종자 내부를 점검하고 다른 이들의 세력을 점검하는 일을 게을리하지 않았다. 머나먼 타국에 가 있을 때도 그러한 작업을 쉬지 않고 한 덕분에 그들이 아직까지 실각하지 않을 수 있었던 것이다.

원거리에서 명령을 하달하고 보고를 받는 것만으로 조직을 상당히 건실하게 꾸려온 두 사람이지만 그래도 오래간만에 네크로폴리스에 돌아온 이상 그들의 직접 결재를 기다리는 일이 산더미처럼 산적해 있었다. 처음 일주일 동안은 그 모든 일을 처리하는 데 다 보내고 말았다.

그러고 나서야 그들은 소아시아 지방으로 출발했다.

· 기적의 편린 ·

사법사들 외에도 세상엔 마법사들이 있었다.

신이나 다른 고대의 영령들에 의해서 기적을 하사받은 자들이거나 세상을 논리적으로 풀어내다가 기적 그 자체를 다룰 수 있게 된 자들로, 그들은 사법사들과 전혀 다른 마법 체계를 가지고 있었다. 사법사들의 집단인 네크로폴리스는 그들과 적대적인 관계였다. 이 지상에 남아 있는 기적의 편린, 그 유물은 한계가 있는데 그러한 유물을 두고 이들과 경쟁해야 했기 때문이다. 그러나 다른 마법사들은 네크로폴리스의 사법사들에겐 크게 위협적이지 못했다. 검은 신과 융합하여 스스로 마물로 변해 버린 사법사들에 비해 다른 마법사들의 능력은 미약했기 때문이다. 그러나 네크로폴리스의 구조적인 문제가 있었으니, 그들이 힘을 얻기 위해서는 산 제물이 필요하다는 것이었다. 산 제물을 얻을 수 있는 조직 구조가 뒷받침되지 않으면 네크로폴리스의 힘은 유지되지 않는다. 단 한 명만 살아남아도 조직이 얼마든지 재건될 수 있는, 자연히 계속해서 구성원이 더해질 수밖에 없는 다른 마법사들 조직에 비해 이들은 구조적 결함 위에 있는 셈이었다. 덕분에 마법사들의 사회는 기이한 균형을 이루고 있었다.

그런데 네크로폴리스의 절대강자인 고프리와 앙리에게 그 균형을 깨고 마법사를 살해한 뒤 유물을 빼앗으라는 명령이 떨어진 것이다.

고프리는 단검을 꺼내 자신의 손목을 살짝 베고 그 피를 말에게 흘려 넣었다. 그러자 말이 몸부림을 치다 바닥에 쓰러졌다.

입에서 새하얀 거품을 내뿜으며 쓰러졌던 말은 잠시 후 다시금 마구간을 짓밟고 천천히 일어났다.

푸르르륵!

거친 투레질과 함께 말의 몸 안에서 무언가가 꿈틀거렸다. 근육이 부풀어 올라 마치 피부라도 찢고 나올 것처럼 팽팽해졌다. 말의 눈이 붉게 빛난다. 흥분을 주체하지 못하는지 마치 땅이라도 깰 것처럼 거친 기세로 땅을 찼다. 고프리는 그렇게 흥분하는 말을 달래며 짐과 안장을 실었다.

"네크로폴리스의 일을 정리하는 데 예상보다 많은 시간이 걸렸어."

고프리가 말에 올라탔을 때 그와 마찬가지로 말에 마법을 건 앙리가 다가왔다. 이번 일에서는 수하들 없이 그들 둘만이 움직인다. 다른 사법사들이 이미 실패해서 목숨을 잃었다면 우습게 볼 일이 아니다. 그러나 그렇다고 여럿이 우르르 몰려갈 만한 일도 아니라는 게 둘의 판단이었다.

우선 고프리와 앙리의 능력이 대단하니 그들 둘이 나가서 헤내지 못할 일이라면 많은 사법사가 동행한다고 해도 성공률이 그리 높아지지 않을 것이라는 점이 있거니와, 때로는 적은 수의 무리가 움직이는 게 더 나은 경우도 있었다.

지금 같은 경우 기동성과 기밀성 역시 중요한데 많은 이가 움직이게 되면 그 두 가지를 포기해야 한다.

앙리나 고프리나 마법사들의 싸움은 이미 잘 알고 있었다. 선제공격, 기습 공격에 의해서 전투의 승패가 바뀐다면 그 기습 공격을 가능하게 하는 건 색적과 은신이다. 기밀성 없이 색적과 은신이 잘될 리 없으니 머리가 많은 것보다 차라리 기밀하게 움직이는 게 낫다.

그리고 그들 둘만 가는 게 스승을 안심시키는 일이기도 했다. 그들의 스승이자 사법사들의 왕인 암마르는 어쩔 수 없이 둘에게 일을 부탁하지만 내심 불안해할 것이다. 야심만만한 두 제자에게 불로불사의 비밀을 넘기게 될지도 모르니 말이다.

고프리와 앙리는 마법의 말을 타고 쉼 없이 달렸다. 상대가 알렉산드로스의 원정로를 따라 간다면 일단 길 자체는 이미 알려져 있는 셈이다. 다른 마법사들은 주위의 유물들을 찾기 위해 시간을 허비하고 있을 테니 이렇게 달리면 얼마 지나지 않아 적들의 뒤를 발견할 수 있으리라.

과연 예상대로 고프리와 앙리는 어렵지 않게 마법사들을 찾았다.

그들은 그노시스의 숭배자. 영지주의자로 동서양 모든 인간의 영지를 모아 기적을 행사하는 마법사였다. 사법사들의 행동을 사악하다고 규정하는 그들은 사법사들의 숙적이라고 할 수 있었다. 이들은 상단과 함께 행동하면서 파르티아 왕국을 지나 북인도로 향하고 있었다. 알렉산드로스의 원정로와 일치하고 있는 이들의 행적은 쉽게 숨길 수 있는 게 아니다.

"좋아, 대충 맞는 것 같군."

길을 가던 상인들에게 그들에 대한 이야기를 듣고 그노시스의 마법사들이라고 확신한 고프리와 앙리는 말에서 내린 뒤 말을 죽였다.

마법을 걸어 마물로 변한 말은 그노시스의 마법사들에게 쉽게 발각될 우려가 있었기 때문이었다. 그들은 말을 죽여 모래에 묻고 인근 마을에서 낙타를 사서 그노시스 마법사들의 행보를 뒤쫓았다.

그런데 뜻밖의 일이 벌어졌다.

마법사들이 알렉산드로스 대왕의 원정로를 거슬러 돌아오기 시작한 것이다. 아무런 생각 없이 그저 적의 뒤를 쫓는다는 심정으로 원정로를 따라가던 그들은 하마터면 적과 정면으로 맞닥뜨릴 뻔했다. 고프리와 앙리는 맞은편 길 저 멀리서부터 수상한 자들이 몰려오는 것을 보고 깜짝 놀랐다. 사법사인 그들은 마법을 쓰는 자들을 느낄 수 있었는데 저 앞에서 분명 마법의 냄새가 났기 때문이다. 그들은 급한 대로 길을 바꾸어서 두 시간이나 모르는 척하고 지나쳐야 했다.

파즈즈와 에아 125

"젠장, 저놈들 왜 갑자기 역주하지?"

"왜는… 찾았나 보지."

고프리가 중얼거리며 낙타를 쉬게 했다. 마법을 걸지 않은 낙타는 빨리 지쳐 있었다. 고프리의 지적 때문인지 앙리가 약간 뾰로통하게 중얼거렸다.

"알면서 한 말이야. 당연히 그러니까 역주하겠지."

"조금만 여유 부렸으면 엇갈릴 뻔했군. 그나저나 이제 어쩌지?"

"어쩌긴, 쳐서 빼앗아야지."

"예상보다 머릿수가 많던걸."

고프리가 물통을 꺼내 마시자 앙리도 물을 꺼내 마셨다. 앙리는 물을 마시고 숨을 내쉬더니 히죽 웃었다.

"수가 많으면 마물들을 불러내면 되지."

"그게 함부로 할 짓은 아니라고 생각하지만… 어쩔 수 없나. 이 상황에선 달리 방법도 없고."

고프리는 앙리가 무얼 하자는 건지 잘 알고 있었다. 무고한 사람들을 해치고 그들의 몸에 마물을 불어넣어 부족한 머릿수를 채우자는 것이다. 그런 건 별로 내키는 일은 아니었지만 다른 방법이 없다는 것도 잘 알고 있었다.

"스승이 이번 임무에 우리를 보낸 건… 우리가 죽어주길 바라는 것도 있을 거야. 그렇다면 멋지게 승리해서 본때를 보여주는 것도 좋겠지."

이미 사악한 마법으로 마음이 망가진 그는 앙리의 뜻에 동의하고 낙타에 마법을 걸었다. 낙타는 지옥의 생물처럼 돌변해 지치지도 않고 그들을 태우고 다시 달렸다. 앙리와 고프리는 낙타를 타고 돌아가면서 만나는 생물 모두를 죽여 그들의 사악한 마법으로 물들이기로 결심했다. 마침 햇빛을 쬐러 강바닥에 나와 있는 악어 떼를 발견해서 일이 쉬워졌다.

파르티아 왕국은 로마의 적성국으로 비록 앙리와 고프리가 로마의 충실한 시민이라고 할 수는 없었지만 파르티아 내에서 무차별 학살을 벌일 수는 없었다. 설사 들키지 않는다 하더라도 그런 학살사건이 이후에 무슨 일로 번질지 모르는 것이다.

그래서 고프리는 내심 무차별 살육을 꺼려하고 있었다. 앙리가 말한 대로, 이기고 살아남기 위해서 그 살육이 필요하다는 건 인정하고 있었지만 살육으로 인해 훗날 화근이 생길까 두려워했던 것이다. 그런 찰나 사람 대신 악어 떼를 발견하다니 횡재한 기분이었다.

앙리와 고프리는 검을 빼 들고 강가로 다가가 볕을 쬐고 있는 악어들을 습격했다. 이곳 소아시아에 있는 악어들은 입이 크지 않아서 사람들에게 큰 위협이 되지 않고 종종 사냥을 당하곤 했지만 그렇다고 해도 맹수는 맹수다. 뻘 상에서 일광욕을 하고 있는 악어 떼를 향해 두 청년이 검 한 자루씩을 들고 달려드는 건 자살행위라고밖에는 달리 표현할 말이 없다.

파즈즈와 에아

그러나 이 청년들은 어렵지 않게 악어들을 도륙했다. 악어들이 미처 반응하기도 전에 그들의 뒤를 잡은 앙리와 고프리는 악어의 단단한 껍질을 무나 야채라도 되는 양 어렵지 않게 검으로 꿰뚫어 버리고 악어의 안에 그들의 피를 집어넣었다. 악어는 순식간에 마물로 변해 다른 악어들을 습격하고 그렇게 죽은 악어의 시체들이 다시금 일어나 충성스러운 마물로 변해갔다.

그들은 그렇게 악어들을 마물로 바꾸고 방금 전 피해 갔던 그노시스의 마법사들을 뒤쫓았다. 적색으로 빛나는 언덕을 넘어 살기등등하게 달려들던 그들은 갑자기 눈앞에 펼쳐진 광경에 놀랐다.

"아니!"

그노시스의 마법사 대부분이 바닥에 쓰러져 있었다. 그리고 그들 사이에 단 한 명의 청년이 서 있었다.

"뭐… 뭐야?"

"도적 떼가 먼저 습격했나?"

고프리와 앙리는 당황스러워 돌격을 멈췄다. 그러나 도적 떼의 습격이라고 하기엔 이상했다.

우선 이들은 그노시스의 마법사다. 물론 전부가 마법사는 아닐 테고 몇몇은 짐꾼이나 하인일 테지만 그렇다 해도 이들을 습격해서 이렇게 만들 수 있는 도적은 없다. 단언해도 좋다. 마법사들의 능력은 그만큼이나 신기막측한 것이다. 보통 사람은 적수가 될 리가 없다.

그런데 그 잠깐 사이에 이렇게 깔끔하게 승부가 갈릴 리 없다. 더구나 더더욱 놀라운 것은 이들 모두가 죽지 않고 살아 있다는 점이다.

사람을 산 채로 제압하는 것은 죽이는 것보다 훨씬 어려운 일이다.

"이거 이상하게 들릴지는 모르겠지만 말야."

앙리는 쓰러진 그노시스의 무리 사이에 홀로 서 있는 청년을 손가락으로 가리켰다. 붉은색이 감도는 머리칼에 금색의 눈동자를 한 그 청년은 삼베로 둘러싼 무엇인가를 한 팔에 아이처럼 끌어안은 채 앙리와 고프리를 바라보고 있었다.

"나도 그렇게 생각하고 있어."

"그래? 나만 그렇게 생각한 거 아니지?"

앙리와 고프리는 눈앞에서 벌어진 일에 대해서 공감을 나누었다. 설마 그럴 리는 없겠지만, 저 가운데 서 있는 청년이 이들 마법사를 다 산 채로 제압한 게 아닐까? 그런 의심이 들었다.

그런데 대체 그런 게 가능한 인간이 있을까?

사법사들의 수장인 암마르의 전성기 때라 해도 어림도 없으리라. 사법사늘의 왕조차 불가능한 일인데 어떻게 저 청년은 그게 가능한 것일까?

"호오?"

청년은 언덕 위에 낙타를 타고 나타난 두 명의 남자, 앙리와 고프리를 바라보고 한쪽 눈만 크게 떴다. 금색의 눈동자가 기묘한 빛을 발했다.

갑자기 그들이 타고 있는 낙타가 몸부림쳤다. 낙타뿐만이 아니라 악어들도 일제히 광분하더니 청년을 향해 질주했다.

"으왁! 뭐야!"

"저놈 때문에 그러는 건가?"

앙리와 고프리는 갑자기 흥분하는 마물들의 반응에 놀랐다. 그러나 앙리는 즉각 방향을 바꿨다.

"고프리! 이리된 거 그냥 공격해 버리자!"

"너는 너무 막나가! 앞뒤 좀 가려봐라!"

고프리가 앙리의 무모함을 탓했지만 그도 남 탓할 처지가 못 됐다. 그들이 올라탄 낙타도 미쳐서 돌진하고 있었기 때문이었다.

"재미있군."

청년은 한 팔로 삼베천을 끌어안고 다른 한 팔, 자유로운 팔을 들어 언덕을 손가락으로 가리켰다.

콰악!

언덕의 땅이 까이며 달려들던 마물들이 일제히 발이 걸려 넘어졌다. 앙리와 고프리도 낙타 위에서 떨어져 굴렀다. 바닥에 굴러떨어진 앙리와 고프리는 즉시 몸을 굴려 일어났지만 그때 그들의 등 뒤에서 격렬한 바람이 일었다.

"흡!"

붉은 머리칼의 청년이 주먹을 쥐는 순간 갑자기 그들의 뒤에서 돌풍이 일어난 것이다. 고프리는 전방의 상대에게 주의하면서 최대한 조심스럽게 뒤를 돌아보았다.

"이럴 수가."

순간 정말 놀라지 않을 수 없었다. 그들의 뒤에 있어야 할 마물들이 순식간에 원래의 모습으로 돌아가 있었다. 죽은 악어의 시체가 여기저기 널려 있을 뿐, 방금까지 살아 움직이던 마물의 흔적은 어디에도 남아 있지 않았다.

"맙소사."

"당신들은 사법사군?"

청년은 경멸의 눈초리로 앙리와 고프리를 내려다보았다. 앙리와 고프리는 순간 자신들의 눈을 의심하지 않을 수 없었다. 그들은 매우 강력한 마법사로, 사법사의 왕 암마르의 다음가는 이들이다. 무수한 그노시스의 마법사와도 싸워보았지만… 지금까지 이렇게 압도적인 존재는 본 적이 없었다. 그들의 악마를, 마법을 이렇게 간단히 무력화시킬 수 있는 자가 있었다니?

대체 이자는 뭔가? 신이라도 된단 말인가?

"픗."

그는 오만하고 도도한 자세로 자신의 발 앞에 주저앉다시피 한 앙리와 고프리를 내려다보고 있었다. 고프리나 앙리보다 어려 보이지만 이 청년은 마치 신전을 장식한 아폴론 신상과 같은 위엄과 아름다움을 겸비하고 있었다. 젊고도 위압적이고 강력해 보인다.

"그노시스의 마법사들을 해치진 마라. 내가 쓰러뜨린 자들이 무력해진 틈에 남들에게 무의미하게 목숨을 잃는 건 원하는 바가 아니니까."

"다… 당신은?"

"대체 누구지?"

앙리와 고프리는 감히 그에게 대적할 마음은 품지 못하고, 그저 바닥에서 몸을 일으켜 경계 태세를 취할 뿐이었다. 그러자 그가 코웃음 쳤다.

"내게 너희를 상대해야 할 의무가 있나? 죽고 싶다면 도전해 보는 것도 나쁘지 않겠지만… 너희의 승산은 절망적으로 낮다."

그는 그들을 무시하고 앞으로 걸어 나가려 했다. 그러나 문득 그는 머리에 손을 올렸다. 편두통이라도 있는 것일까?

"그렇군. 너희는……."

원래 고프리와 앙리를 무시하고 지나가려 했던 그는 발을 멈추고 돌아섰다. 그는 지금까지와는 전혀 다른 태도로 정중히 인사를 했다.

"당신들에게는 예의를 다해야겠지. 나의 오랜 숙적들이여."

그는 알 수 없는 말을 하더니 삼베로 감싼 것, 아마도 그노시스의 마법사들에게 **빼앗은** 전리품일 것을 고프리에게 건네주었다. 얼떨결에 그걸 받아 든 고프리는 깜짝 놀랐다. 설마 이 유물을 이렇게 쉽게 건네줄 줄은 상상도 하지 못했던 것이다. 그도 이것을 얻기 위해 그노시스의 마법사들을 상대한 것일 텐데 왜 쉽게 준단 말인가?

"그대들에게 이걸 선물하지. 이것은… 일광에 지지 않는 고대 흡혈종들을 찾는 실마리가 되는 것이다. 불로장생의 열쇠라고 할 수도 있겠지. 이걸 스승에게 주든가 아니면 당신들이 그 고대 흡혈종을 찾아 자신을 불로불사로 바꾸는가는 모두 그대들의 뜻에 달려 있다."

청년은 그 말을 남기고 뒤로 훌쩍 몸을 날렸다. 갑자기 강한 모래바람이 불어와 고프리와 앙리는 눈을 더 이상 뜰 수가 없었다. 잠시 후 바람이 사라지고 난 뒤에는, 그 청년의 자취를 찾을 수 없었다.

· 신체 ·

그노시스의 마법사들을 피해 한참을 달아난 앙리와 고프리는 파르티아 국경의 작은 마을에 도착했다. 거기서 한숨을 돌린 그들은 겨우 짐을 풀어볼 여유가 생겼다.

"이렇게 해서 가져왔는데 설마 이게 아닌 건 아니겠지?"

"강력한 주술의 영감이 있어. 이거 맞을걸."

그들은 테이블 위에서 삼베를 풀고 안을 확인해 보았다. 안에는 기이한 석판과 돌로 된 열쇠가 들어 있었다. 석판은 꽤 오래되었는지 풍화가 심하게 되어 있었지만 신비한 언어가 적혀 있었고 열쇠에서는 기묘한 기운이 흘러나오고 있었다. 아무래도 심상치 않다.

"이거 맞는 것 같네."

"석판에 적혀 있는 언어는 뭐지?"

앙리는 석판의 상태를 살펴보더니 조심스럽게 탁본을 뜨기 시작했다. 고프리는 그 석판의 언어를 살펴보았다.

"악카드어다."

"악카드?"

"옛날 수메르와 바빌로니아의 언어지. 이 석판의 것은 어느 쪽인지 잘 모르겠지만 앗수르 계통인 것 같군."

"읽을 수 있어? 쐐기문자인데?"

앙리는 탁본을 뜬 천을 살펴보며 의아해했다. 문자 체계를 갖춘 라틴어를 통해서 현재 로마의 영향 내에 있는 자들은 대부분 로마자로 자신들의 언어를 음역하여 쓰고 있다. 그리고 로마의 동쪽, 파르티아를 비롯한 아랍계에서는 히브리어나 아람, 아랍어를 문자 차용해서 쓰고 있었다.

"아직은. 하지만 마침 이곳 근처에는 쐐기문자를 읽을 수 있는 사람이 제법 있을 거야."

현재 그들이 있는 소아시아 지방은 메소포타미아 지방으로, 이 쐐기문자에 대해서 알고 있는 자나 관련된 책자도 많이 구할 수 있을 것이다. 문제는 이 석판이 어떤 내용을 담고 있는가 하는 것이다.

"아마도 이 돌 열쇠가 있는 곳에… 뭔가 중대한 것이 있겠지. 우리가 독자적으로 조사해 볼까?"

"그러지. 그런데 스승은 이거 읽을 수 있던가?"

"읽을 수 있어."

암마르는 셈족의 사람으로, 평상시는 아람어로 말을 하고 있었다. 이 악카드 쐐기문자는 아람어의 고대 언어이기도 한 셈이니 자기 민족의 고대 언어를 그가 모를 리가 없다. 고프리도 이게 악카드어라는 걸 암마르에게서 배워서 알고 있다.

"그렇다면 골치 아프군."

스승에게 불로불사의 비밀을 전해줄 마음은 전혀 없다. 앙리나 고프리나 그 점에 대해서는 의견이 일치했다. 그렇지만 암마르가 아무리 노쇠해졌다 해도 아직 그는 위험한 상대다. 앙리와 고프리가 그에게 연락하지 않고 자신들끼리 연구하고 있으면 가만히 있지 않을 것이다.

그노시스의 마법사들이 죽지 않고 살아 있으니 그들 나름

파즈즈와 에아 135

대로 상부에 보고를 할 테고 그러면 그노시스의 움직임을 주목하고 있는 암마르도 알게 된다. 그건 어쩔 수가 없었다.

"우선 탁본 뜬 걸 편지로 부쳐서 보고를 하자."

악카드어를 알고 있는 스승에게 탁본을 뜬 편지를 보내는 것은 위험한 짓이지만 이런 중간 보고가 없다면 암마르가 가만히 있지 않을 것이다.

"보고서를 보내고, 그보다 먼저 우리가 찾자 이건가?"

"거리상으론 우리 쪽이 더 가까우니 유리하잖아."

"무모하다고는 생각되지만… 뭐, 달리 방법이 있는 것도 아니니까 해보자."

앙리와 고프리는 스승에게 편지를 쓰고 탁본 뜬 것을 밀봉해, 누미디아 방면으로 가는 상인들을 찾아 그들 손으로 부쳤다.

편지가 도착하는 데 적어도 일주일은 걸릴 터, 그사이에 그들은 즉시 악카드 고대 문자의 해석에 들어갔다.

악카드어가 가능한 학자를 찾는 건 그다지 어렵지 않았다. 고대 악카드어에 정통한 이븐 하타드라는 남자는 조로아스터교의 사제로 부유한 상인들의 집에서 머물며 그 자제들을 교육하는 일로 살아가고 있었다. 앙리와 고프리는 이븐 하타드에게서 고대 악카드어를 배우며 석판을 해석했고 그다음에는 석판에서 나타내는 세이리오스의 천체지도와 일시를 해석해 석판이 가리키는 위치를 알아내고자 하였다.

거기까지 약 사흘의 시간이 걸렸다. 스승에게 편지가 도착할 때까지는 아직 나흘이 남았으니 시간적으로 여유가 있었다. 그러나 석판이 지시하고 있는 위치는 바빌로니아 서쪽, 즉 누미디아에서도 거리상으론 그리 멀지 않은 곳이었다.

"대략적인 위치밖에는 모르겠군. 별자리로 알 수 있는 것은."

석판은 하지 때의 세이리오스(시리우스:천랑성)의 위치를 빗대어 사신 '파즈즈'와 천신 '에아'의 신체(神體)가 봉인된 토굴을 가리키고 있었다. 앙리와 고프리는 마법사 중에서도 검은 신을 통해서 마법을 얻은 사법사에 속하기 때문에 점성술에 큰 관심을 보이지 않았지만 그래도 천문학에 대해서는 보통 사람보다 뛰어났다. 그러나 별을 통한 측량으로는 지상에서의 위치를 파악하는 데 한계가 있게 마련이다. 별로는 대략적인 위치만 알 뿐, 그 이후로는 직접 찾아서 움직여야 했다.

이븐 하타드의 집에서 신세를 지며 머물고 있던 앙리와 고프리는 지도들을 모아서 대략적인 위치를 조사하고 있었다. 그런데 그때 문이 열리고 이븐 하타드가 헐떡이며 뛰어 들어왔다.

"당신들 대체 무슨 짓을 한 거요?"

"예?"

"당신들을 찾는 사람들이 있소."

"어디의?"

앙리는 테이블 옆에 세워뒀던 검을 발로 차올려 허리띠에 찔러 넣었다. 고프리도 장갑을 꼈다. 더 이상 지체할 시간이 없는 것 같다.

"약속한 대금이오."

고프리는 드라크마 은화를 한 줌 꺼내 이븐 하타드에게 건네주었다. 이븐 하타드는 그 은화를 받으며 당혹스러워했다. 돈이야 탐나지만 이들에게 돈을 받을 경우 추적하러 온 이들에게 나중에 어떤 문초를 받을까 봐 두려워하는 것 같았다.

그러나 그가 뭔가 하기도 전에 앙리와 고프리는 창밖으로 뛰쳐나갔다.

"그럼!"

앙리와 고프리는 건물 지붕에 올라간 뒤 질풍처럼 달려 건물과 건물을 사이를 뛰어넘었다. 달빛을 받아 반짝이는 파르티아 왕국 시가지 사이로 횃불을 들고 이동하는 사람의 무리가 보인다.

"그노시스의 마법사들이군."

유물을 빼앗긴 마법사들이 유물을 되찾기 위해 몰려든 것 같았다. 그 붉은 머리칼의 청년이 저들을 죽이지 않았기 때문에 늦든 빠르든 이렇게 될 줄은 알았다.

"저들도 석판의 내용 정도는 알고 있겠지?"

"그렇군."

여기서 저들을 피한다 하더라도 어차피 목적지에서는 맞닥뜨릴 수밖에 없을 것이다. 아무리 고프리와 앙리가 뛰어난 사법사라 하더라도 저 많은 이와 맞서서 목적을 달성하기란 쉽지 않다.

이전에 저 마법사들을 추적했을 때는 그노시스의 마법사들에게 기습을 걸 확률이 높았다. 왜냐면 마법사들은 고프리와 앙리의 존재를 인지하지 못했기 때문이다. 그러나 지금 저들이 확실하게 고프리와 앙리의 존재를 인지하고 있는 이상 오히려 기습당할 위험이 높은 건 이쪽이다.

그렇다고 해서 다른 사법사들을 불러와 보충하는 건 무모한 짓이다.

앙리와 고프리의 영향을 받는 사법사는 많이 있지만 그들을 부르게 되면 그것은 곧 스승에게 자신들의 위치를 알려주는 셈, 그들의 합류를 기다리는 동안 스승 암마르가 친히 병력을 끌고 나타날 것이다.

지금의 스승에게 불로불사를 주어 영원히 그에게 충성하는 건 끔찍한 일이다. 고프리와 앙리 모두 다 암마르에 대한 충성심이라고는 털끝만큼도 없었다.

"이용하자."

앙리는 대뜸 그렇게 말했다. 암마르도 악카드어를 알고 있으니 곧 석판의 비밀을 풀고 수하들을 이끌고 옛 앗수르 땅에 나타날 것이다. 그노시스의 마법사들과 충돌할 것은 불을 보듯 뻔하다. 고프리로서도 반대할 이유는 없었다.

"숨어 지낼 곳이 필요하겠군."

"광야에서 숨어 지내도록 하지."

야심만만한 두 젊은 마법사는 그렇게 결심하고 걸음을 옮겼다.

남은 돈 전부를 건량으로 바꾼 고프리는 불을 피우지 않고 마른 음식을 씹으며 광야에 주저앉았다. 앙리는 땅을 파서 은신처를 만들어두고 그 은신처 위에 덤불을 쌓고 있었다. 고프리와 앙리는 그 땅속 은신처에 몸을 묻었다.

"그러면 가사 상태에 들어가 볼까?"

물과 음식은 만약의 경우를 위해 준비했지만 오랜 시간 동안 광야에서 시간을 보내는 것은 확실히 지루하고 힘든 일이다. 생활을 하면 할수록 누군가에게 발각될 확률이 높기 때문에 그들은 마법으로 자신의 신체 능력을 동결시켜 가사 상태에 빠져들기로 했다. 땅 밑의 은신처에 숨어 있다가 그들의 스승과 그노시스의 마법사들이 충돌하고 난 뒤 유유히 나머지를 챙기자는 계획이었다.

"한 사흘 정도는 동면해야겠군."

"그래. 그나마 다행이야. 보아하니까 이 석판에서 말하는 신체는 두 개인 것 같아. 너와 내가 나누면 되겠지."

"음."

고프리는 앙리를 돌아보았다. 평상시 야심만만하고 탐욕스러운 앙리지만 이상하게도 고프리만은 대등한 사람으로서

대한다. 물론 그것은 앙리에게 있어서 고프리가 만만치 않은 상대라서이기도 할 것이다. 그러나 단순히 그런 계산적인 문제만은 아니다. 그에게서 호의를 느낀다고 하면 그건 좀 과장일까?

반면 고프리는 앙리에게 호감을 가질 수가 없었다. 클라우디아의 죽음, 그때 앙리가 보인 태도를 결코 잊을 수 없을 것 같다.

동면에 들기 전, 고프리는 앙리에게 물어보았다.

"앙리, 너와 나의 동맹은 언제까지지?"

"공통의 적이 없어질 때까지."

앙리는 안에서 덤불을 펼쳐 입구를 위장하며 말했다. 덤불만 덮었을 뿐인데도 소리가 상당히 흡수되어서 잘 들리지 않았다.

"공통의 적이라. 그러면 그게 없어지게 되면?"

"글쎄. 아함⋯ 나는 적어도 너를 적으로 돌리고 싶지 않아. 그럼 먼저 잔다."

앙리는 먼저 가사 상태에 빠져들어 갔다.

"적으로 돌리고 싶지 않다?"

그렇게 말해주는 건 앙리로서는 최고의 호의 표현이리라. 그렇지만 고프리는 앙리의 호의가 부담스럽다.

"말은 쉽게 하는군."

고프리도 앙리의 뒤를 따라 동면에 들어갔다.

세이리오스의 아래

 하늘로부터 손이 들어와 잠들어 있던 고프리의 멱살을 잡았다. 그것은 순식간에 고프리의 몸을 토굴 밖으로 끌어냈다.
 "헉."
 아직 완전히 동면이 풀리지 않은 고프리는 평형감각만으로 세계를 느끼고 있었다. 무언가가 그를 번쩍 집어 들어 바닥에 내동댕이친 것 같다. 그렇지만 아픔도 느껴지지 않았다. 아직 잠에서 덜 깬 그는 즉시 마법의 힘을 전신으로 돌려 기능을 회복시켜 나갔다.
 뭔가가 귓가에서 윙윙거린다. 천천히 눈앞이 희뿌옇게 빛을 받아들여 가고 사지가 움직이게 되자 그제야 격렬한 고통이 등으로부터 밀려왔다.
 "네놈들이……."
 그들의 눈에는 스승 암마르가 서 있었다. 이전 보았던 비쩍 마른 몸이 아니라 좀 더 생기에 가득 찬 모습이었다. 암마르의 눈 안쪽에서 붉은빛이 번뜩였다.
 이상하다.

검은 신의 은혜를 받은 암마르는 원래 인간이라기보다는 마물에 가까운 존재였다. 그렇지만 지금 그에게서는 그때보다 더욱 심한 냄새가 난다. 게다가 앙리를 한 팔로 번쩍 들어올리는 게 아닌가? 그는 그렇게 앙리를 바닥에 내팽개치고 고프리와 앙리에게 손을 내밀었다.

"내놔라."

"예?"

"두 번 말하게 하지 마라."

암마르의 발길질이 고프리의 머리로 날아들었다. 예사롭지 않은 힘이 실린 걸 알고 피하려 했지만 아직 몸의 기능이 완전히 돌아오지 않았는지 피할 수 없었다. 고프리는 모래 바닥을 수차례나 굴러야 했다. 비쩍 마른 노인의 발길질이라고는 믿어지지 않는다.

"으음."

"흡혈귀가 되셨군요."

앙리가 바닥에 조아린 채 암마르를 올려다보았다. 암마르의 등 뒤로 찬란하게 빛나는 세이리오스가 보인다. 별과 달의 모습을 보아하건대 이제 밤에 접어든 때……. 흡혈귀가 된 암마르에겐 아직도 많은 시간적 여유가 있었다. 그 정도라면 앙리와 고프리를 숙이고도 남으리라.

"너희 중 누가 가지고 있느냐?"

"접니다."

앙리는 순순히 석판을 꺼냈다.

"열쇠는?"

"제가 가지고 있습니다."

고프리도 내놓지 않을 수 없었다.

"네놈들… 감히, 내게 직접 연락하지도 않고."

"편지를 보냈습니다만."

"닥쳐라."

사법사인 그들이 마법으로 연락할 수 있었다는 걸 모를 리 없다. 그러나 이에 대해서는 이미 준비된 핑곗거리가 있었다.

"그노시스의 마법사들에게 쫓겨서 저희도 함부로 연락할 수가 없었습니다. 마법을 쓸 수가 없으니까요."

"음."

암마르는 미덥지 못한 제자들의 변명을 듣고 아랫입술을 깨물었다. 틀린 말은 아니다. 그노시스의 마법사들에게 쫓기고 있을 때 함부로 그런 강력한 마법을 썼다가는 자신들의 위치를 들키게 된다.

그러나 암마르는 이미 돌이킬 수 없는 강을 건넌 몸이다. 흡혈귀가 된 이상 낮 시간에는 제자들에게 당해내지 못할 약점을 가지게 되었다. 그런 그로서는 믿음직스럽지 못한 제자들을 살려둘 수가 없었다.

문제는 그도 그노시스의 마법사들을 걱정해야 한다는 것이다. 그노시스의 마법사들도 석판에 적힌 위치를 찾고 있을 터, 그들과 싸우게 될 경우를 생각하면 이 두 제자를 쉽게 죽여 버릴 수 없었다.

"알겠다. 그렇다면 나를 돕도록 해라."

"예."

고프리와 앙리는 껄끄러워하는 암마르를 보며 음식과 음료를 섭취했다. 스승의 태도를 보아하니 그들의 목숨은 오늘을 넘기지 못할 것 같았다. 그노시스의 마법사들 때문에 잠깐 살려두는 게 뻔했다.

'젠장, 예상보다 하루하고 반나절 일찍 도착했군.'

주위를 둘러보니 노예들과 하인들, 그리고 다른 사법사들이 대규모로 몰려다니고 있었다. 그들은 커다란 가마를 가지고 있었는데 아마 낮에는 스승을 저 가마 안에 넣어두고 이동하는 것이리라. 암마르는 네크로폴리스에서의 연구가 끝나자마자 즉시 앙리와 고프리의 뒤를 따라 출발했고 그때 마침 편지를 나르던 상인단과 만난 것이었다. 애초에 암마르도 앙리와 고프리가 이 유물을 가로챌까 봐 신경이 곤두서 있던 참이었다.

"그럼 모두 무장하도록. 그노시스의 놈들이 먼저 도착해서 진을 치고 있다."

불은 아무도 밝히지 않고 있지만 달이 너무 밝은 밤이었다. 낮은 언덕들 사이사이를 가로질러 붉은색으로 빛나는 바위산 하나에 횃불이 여러 개 밝혀져 있었다. 그노시스의 마법사들이 하인과 노예를 데리고 포진하고 있었다.

"저기로군."

석판에서 알리던 장소, 붉은 바위의 산이 눈앞에 있는 걸 본 앙리는 고프리에게 귓속말을 했다.

"고프리, 앙리! 너희의 무고함을 믿어주겠다. 그러니 이번에 선봉에 서서 저 마법사들을 물리쳐 공을 세워라."

그런 걸 믿는다고 할 수는 없잖은가? 번거로운 제자들을 이 기회에 그노시스의 손을 빌려 해치우겠다는 심보가 고스란히 보인다. 하지만 앙리와 고프리에겐 선택의 여지가 없었다. 그들의 등 뒤에는 창을 겨누고 있는 노예가 다섯 명이나 있었다.

"알겠습니다."

앙리와 고프리는 검을 들었다. 그노시스의 마법사들이 위치한 언덕을 돌아가 그 배후에서 급습을 가하는 역할이 주어졌다. 저들의 배후를 쳐서 혼란시킨 뒤 정면에서 공격을 가해 방어진을 뚫겠다는 스승의 속셈이 빤히 보인다.

"잠깐, 너희에게 금제를 걸겠다."

스승은 믿겠다는 말을 해놓고서 부끄럽지도 않은지 그들을 그냥 보내지 않았다. 하지만 검은 기적은 더 이상 앙리와 고프리에게 통하지 않을 것이다. 이질적인 존재라 해도 검은 신으로 인한 것이라면, 앙리와 고프리는 자신들이 받아들인 신의 힘을 써서 그것을 중화시키거나 극적으로 흡수할 수도 있었다. 검은 기적은 사람의 몸 안에 잠들어 있다가 필요할 경우 깨어나며 숙주를 죽여 버리는 일종의 기생충이지만 앙리와 고프리의 마법 실력이라면 그러한 검은 기적을 자신들에게 융합시켜 버리거나 무해하게 배출하는 게 가능했다.

그런 앙리와 고프리에게 통할 금제라면 그것은 지금까지 네크로폴리스에 알려지지 않은 새로운 마법일 것이다.

'이 늙은이… 비장의 수는 쭉 숨겨두고 있었군.'

고프리는 자신의 목에 와 닿는 암마르의 손가락을 느끼며 몸서리를 쳤다. 흡혈귀가 되어 생기가 많이 회복된 암마르지만 손가락은 여전히 앙상하고 비쩍 말라 사람의 것 같지 않았다. 스승의 손이 닿자 고프리의 목에 검은 선이 그어졌다.

"내 말을 어기게 될 경우, 네놈들의 목이 떨어져 나갈 것이다."

암마르는 앙리에게도 그 저주를 걸었다. 고프리와 앙리는 목에 검은 줄이 그어진 걸 확인하고 쓴웃음을 지었다.

"그러면 다녀오겠습니다."

둘은 즉시 붉은 바위산을 향해 출발했다.

"난 해제가 안 되는데."

앙리가 솔직하게 말했다. 고프리도 몇 번이나 목에 주문을 걸어보았지만 그때마다 목이 데일 것 같은 열기만 느껴질 뿐 전혀 풀릴 기미가 보이지 않았다. 암마르가 이번에 건 금제는 과연 보통 것이 아님에 분명했다.

"나도 해제할 수가 없군. 그렇다면 일격에 해치워야 할 텐데 그것도 좀 무리지."

"흡혈귀가 되어버린 게 역시 골치 아파. 예전에는 검으로 찌르면 죽으리라는 확신이 있었는데."

단번에 암마르를 죽이지 못하면… 이 저주가 걸린 이상 반드시 패배하게 되어 있다. 암마르가 인간이던 시절에는 일격에 죽이는 게 가능했겠지만 지금은 어렵다.

"역시 진즉에 죽이고 왔었어야 했는데."

"이렇게 될 줄은 몰랐지."

앙리와 고프리는 붉은 산을 우회해서 뒤로 접근했다. 산 뒤쪽에도 이미 경비하는 자들이 서 있고, 곳곳에 침입을 알리는 마법문자가 숨겨져 있었지만 고프리와 앙리는 그러한 마법적 함정들도 어렵지 않게 파괴했다.

그러나 문제는 어떻게 할 것인가 하는 점이다. 여기서 그노시스의 마법사들을 공격한다 해도 그들이 살아남는다는 보장이 없었다. 암마르는 앙리와 고프리를 내일 새벽까지 살려둘 생각이 없었다.

그렇다고 도망쳐 봐야 그들의 목에 걸려 있는 저주가 가만히 있지 않을 터. 어떻게든 스승의 곁에 남아서 그의 자비를 빌든가, 아니면 허점을 찔러 그를 죽이는 방법밖에 안 남았다. 그것도 흡혈귀인 스승이 저주를 발동시키기 전에 죽여야 한다.

"보통 아무나 흡혈귀가 되는 게 아니라고 하던데… 스승에겐 용케도 그게 체질에 맞았나 보군."

"무슨 수를 쓰더라도 맞췄겠지, 뭐. 아, 어쩌냐. 공격을 하긴 해야겠고 위험은 하고. 해도 어차피 남 좋은 일이고. 죽겠다."

앙리는 투덜거리며 그노시스의 사람들이 포진하고 있는 것을 보았다. 아마 마법사들은 동굴 안에 들어가 있고 밖에는 하인과 노예들, 그리고 고용된 용병들이 전부인 것 같았다.

"그렇다면 이렇게 해볼까?"

그노시스의 마법사들이 고용한 용병들은 모닥불을 피우고 산을 지키며 혹시 모를 적들의 접근에 대비하고 있었다. 그들을 고용한 이들은 산허리에 입을 벌린 동굴 안에 들어가서 누군가 찾아올 이들을 대비하고 있었다.

"뭐하자는 건지."

용병들은 투덜거리며 불을 쬐었다. 낮에는 피부가 타는 듯한 강한 햇살이 내려꽂히더니만 밤이 되자 꽤 쌀쌀하다. 그들은 불에 모여서 몸을 덥히며 버티고 있었다. 그런데 그때였다.

"잠깐!"

그들의 위쪽 산비탈 위에서 두 명의 청년이 손을 들고 모습을 드러냈다.

"아니?"

"뭐냐, 네놈들은?"

"당신들 윗사람과 할 말이 있다."

두 청년은 허리에 차고 있던 검을 끌러서 풀어놓으며 적대할 의사가 없다는 걸 보여주었다. 용병들이 다가와 그들의 검을 받아 들었다. 하지만 용병들은 무장을 해제시키면서도 전혀 경계의 끈을 놓지 않았다.

"알겠다. 잠깐 기다려."

동굴 안으로 한 병사가 들어갔다. 투항한 두 청년은 머리 위로 손을 든 채 동굴 안을 살펴보았다.

"괜찮을까 모르겠네."

앙리는 인상을 찡그렸다. 자신의 목숨을 잠시나마 남에게 맡긴다는 게 마음에 들지 않는 듯했다. 앙리와 고프리, 두 사법사는 스승의 속셈을 알아차리고 차라리 그노시스의 마법사들에게 투항하기로 결심한 것이다. 그노시스의 마법사들은 사법사들이 택한 방식을 싫어하고 인정하지는 않는다. 실제로 마법의 유물을 놓고 그노시스와 네크로폴리스는 많이 충돌했고 그때마다 많은 희생자가 발생했다. 사법사들을 좋게 볼 이유가 없는 것이다.

"뭐, 이래저래 죽을 목숨이라면 한번 해볼 만큼 해봐야지."

그노시스의 마법사들이 흥분해서 그들을 단숨에 죽이지 않기를 빌 수밖에 없다. 하지만 고프리는 그노시스의 마법사들이 그들을 함부로 죽이지 않으리라는 걸 잘 알고 있었다. 이런 상황에서 투항해 오는 자들에게 정보를 빼내지 않고 바로 죽이는 것은 현명한 행동이 아니다.

동굴 안에서 꽤 신중한 표정의 마법사들이 걸어 나왔다.

"무슨 일이지?"

"당신들은? 맙소사, 네크로폴리스의 마물들이군."

그들은 앙리와 고프리의 정체를 한눈에 꿰뚫어 보았다.

"마물이라니. 우리도 당신들과 마찬가지로 마법사라고."

"아아, 그만둬, 앙리."

고프리는 앙리를 제지하고 말을 꺼냈다.

"거두절미하고 말하겠습니다. 지금 우리의 대스승이 당신들을 공격하기 위해 산 밑에 포진하고 있습니다."

"그래서? 항복하라는 건 아니겠지?"

그노시스의 마법사들은 의심스러운 눈초리로 그들을 살펴보았다. 뭐라고 해도 역시 두 조직 간의 반목이 너무 길었다. 눈빛이 곱지 못해서 송곳으로 찌르는 것 같다.

"설마요. 우리는 스승과 함께할 마음이 없소. 스승은 우리 목에 저주를 걸고 당신들의 뒤를 쳐 혼란시킨 뒤 협공을 걸 셈이었습니다. 그러니까 그걸 역이용하자 이겁니다."

"역이용?"

"우리의 습격으로 혼란에 빠진 척하면 네크로폴리스의 사법사들이 공격하기 위해 올라올 겁니다. 그때 역습으로 해치워 버리자는 거지요."

"그러나 당신들을 어떻게 믿으라는 거요."

"설사 당신들을 믿는다 쳐도, 당신들의 목에 걸린 주술이 폭발이나… 괴물화라서 당신들의 의사와 상관없이 우리 후방을 교란시킬 수도 있소."

"어느 쪽이든 상관없습니다. 저 밑에 네크로폴리스의 사법사들이 있는 건 사실이니까. 당신들도 마법사이고 지성인이라면 이 상황에서 가장 훌륭한 선택이 뭔지 알 거요."

"필요하다면 우리를 가둬둬도 좋아."

앙리도 마법사들을 설득하는 데 나섰다. 이들이 조금만 더 하면 넘어오리라는 걸 본능적으로 깨달은 것이다. 과연 마법사들은 앙리와 고프리의 말에 넘어갔다.

"그렇다면야."

그들은 고프리와 앙리의 손을 뒤로 해서 밧줄로 묶었다.

"따라오시오. 만약 수상한 수를 쓸 경우 죽임을 당할 거요."

그들은 앙리와 고프리를 동굴 안으로 안내했다.

동굴 밖에서는 곧 소란이 일어났다. 마법사들이 앙리와 고프리의 의견을 받아들여 습격을 당한 척 소란을 피우기 시작한 것이다.

"잘되어야 할 텐데."

"그러게."

앙리와 고프리는 뒤에서 소란이 일어나는 것을 들으며 동굴 안으로 걸어 들어갔다.

동굴 안은 인공적으로 깎아낸 비스듬한 터널로 이뤄져 있었다. 그리고 그 터널은 웬 거대한 석관 앞에서 멈췄다.

석관 앞에는 지금 이들과는 비교도 할 수 없을 만큼 고급스러운 옷을 입은 두 명의 남자가 있었다. 한 명은 긴 지팡이를 짊어지고 있는 장년의 남자, 그리고 다른 한 명은 이전에 그노시스의 마법사들을 쓰러뜨렸던 그 붉은 머리칼의 청년이었다.

"아니!"

고프리는 무의식중에 탄성을 내질렀다. 그러자 그 붉은 머리칼의 청년이 인상을 찡그렸다. 자신을 아는 체하지 말아주길 원하는 걸까?

"이자들은?"

"아, 예. 네크로폴리스의 사법사입니다. 암마르의 제자들로서 암마르가 직접 여기까지 왔다고 합니다. 그래서……."

앙리와 고프리를 여기까지 끌고 온 마법사는 가감 없이 앙리와 고프리의 말을 그의 상급자로 보이는 마법사에게 말했다. 그러자 그 마법사는 고개를 끄덕이며 경청했다.

"호오, 암마르가 직접 오다니."

"조심해요. 그는 스스로를 흡혈귀로 바꿨습니다. 밤의 어둠 속에서 그 힘은 더욱더 빛을 발할 겁니다."

고프리가 그 말을 하자 모두 놀랐다. 흡혈귀는 밤에 무서운 힘을 발휘하지만 태양 앞에 한없이 약한 존재라는 게 일반적인 인식이었다.

"맙소사. 네크로폴리스에서 여기까지 그가 오다니. 설마 태양을 극복했던가?"

"예?"

"흡혈귀들의 군주들, 진정한 혈족들은 태양을 극복할 수 있다고 하네. 그가 태양을 극복하지 않았다면 어떻게 여기까지 직접 올 수가 있지?"

"아니… 가마를 썼다. 그가 태양을 극복했을 리 없어. 히브리인의 성궤처럼 단단히 밀봉해 빛이 들어가지 않는 가마였으니까."

앙리가 그리 말하자 그제야 마법사는 안도의 한숨을 내쉬었다. 그런데 앙리도 그들의 옆에 있는 붉은 머리칼의 청년이 신경 쓰였다. 그는 놀라운 힘으로 앙리와 고프리를 무력화시키고 그들에게 석판을 넘겨준 장본인이다. 그런 그가 시침을 떼고 그노시스의 마법사들 사이에 있다니. 마법사들은 그가 자신들을 쓰러뜨린 사실을 모르고 있는 것 같았다.

고프리는 내심 안심했다. 자신들을 너무나 손쉽게 쓰러뜨렸던 저 붉은 머리칼의 청년이 이 자리에 있다는 사실이 그에게 안도감을 주었다. 아무리 암마르라 해도 저 청년에게는 적이 되지 못할 것이다. 그렇다면 앙리와 고프리는 살아남을 것이다. 비록 그 이후 어떤 끔찍한 꼴을 당할지 모르지만 암마르의 손에 의해 목이 떨어지는 것보단 그노시스의 마법사들에게 고문당하는 게 차라리 나았다.

• 인간인가 괴물인가 •

 암마르의 사법사들은 차례차례로 노예와 용병들을 물리치고 마침내 동굴 안에 접어들었다. 그노시스의 마법사들은 이미 철저히 준비를 하고 있었지만 사법사들의 왕 암마르는 인간 용병들이나 노예 중 외상이 덜한 시신에 피를 불어넣어 그들을 마물로 만든 뒤 선두에 내세웠다. 많은 사법사와 노예가 죽임을 당했지만 그렇게 죽은 이들을 마물로 만들어 전열에 내세우니 그노시스의 마법사들이 열세에 처했다.

 결국 암마르의 사법사들이 석실까지 쳐들어오게 되었다. 앙리와 고프리는 밧줄에 묶인 채로 석실까지 밀고 들어오는 사법사를 지켜보았다.

 마법사들이 반격을 가했지만 석실로 밀고 들어오는 마물들을 상대하기엔 너무 약하다. 시식을 추구하는 그노시스의 마법사는 작은 단검 하나를 허공에 띄웠다. 그 단검은 사람의 목 높이로 날며 마물들 사이를 바늘처럼 자유자재로 누볐다.

그렇지만 마물들은 보통 사람이라면 죽어 마땅한 타격을 입고도 아무렇지 않게 뛰어들었다. 마법사들은 지팡이로 공격해 오는 마물의 검을 받아 흘리고 몸을 돌리며 머리통을 강타했지만, 머리가 깨지고 목이 부러져도 잠깐 멈칫할 뿐 근본적으로 쓰러지지 않는다. 게다가 그사이에 사법사들도 놀고 있는 게 아니다.

확실히 그노시스의 마법사들이 몰리고 있음에도 불구하고 붉은 머리칼의 청년은 별다른 움직임 없이 그들을 지켜볼 뿐 아무런 손도 쓰지 않았다.

"이 자식들."

사법사들 사이에서 암마르의 모습이 나타났다. 그는 곱게 잡혀 있는 자신의 제자들을 보고 대충 상황을 알아차렸다. 앙리와 고프리가 본격적으로 마법사들을 공격하지 않고 오히려 투항한 뒤 소란을 일으켜 사법사들을 끌어들인 것이다. 그 결과 사법사들은 예상치 못한 강력한 저항에 휘말려 막대한 피해를 입었다.

그노시스의 마법사들이 완전히 죽지 않으면, 앙리와 고프리도 살 수 있었다. 암마르는 적을 앞에 두고 제자들의 목을 먼저 딸 만큼 무모하지 않았다. 지금 제자들이 밧줄에 묶여서 무력화되어 있다면 굳이 제자들을 우선시할 필요가 없잖은가?

"너희는 항상 반항적이었지. 입으로만 존경을 표할 뿐 언제나 내게 반역할 준비가 되어 있었어."

 암마르가 석실을 향해 다가오자 그노시스의 마법사들이 그를 막기 위해 나섰다. 하지만 암마르는 다 늙은 육신 어디에 그런 힘이 있는지 자신을 향해 날아드는 지팡이를 맨손으로 쳐내고 덤벼든 마법사의 목줄을 잡아 번쩍 들었다.

 콰직!

 살이 찢겨지는 불쾌한 소리와 함께 선혈이 튀었다. 암마르는 한 팔로 마법사를 들어 올리고 다른 손으로 그의 피부를 좌우로 쫙 찢어버린 뒤 피를 빨았다. 그는 산산조각 난 인간을 집어 던지고 석실 앞으로 걸어갔다. 다른 그노시스의 마법사들이 그를 막으려 했지만 모두 마물들을 상대하는 것만으로도 정신이 없었다.

 게다가 이런 상황이 되는데도 정작 붉은 머리칼의 청년은 아무런 움직임도 보이지 않았다. 그저 가만히 보다가 자신에게 덤벼드는 마물의 검을 가슴에 받았다. 그는 선혈을 흘리며 땅바닥 위로 허무하게 쓰러졌다.

 "아니!"

 고프리와 앙리는 그 모습을 보고 당황했다. 그들이 투항했을 때, 저 신비한 청년이 이 자리에 있는 것을 보고 안심했었나. 그런데 이렇게 허무하게 죽을 줄이야? 이건 정말 예상을 벗어난 일이다.

 결국 그노시스의 마법사들이 모두 쓰러지는 데는 얼마 걸

파즈즈와 에아

리지도 않았다. 흡혈귀가 된 암마르는 마음껏 사람들의 피를 내어 마시며 석실 앞에 섰다. 그의 양손에 들린 사람들의 시체가 텅 빈 부대처럼 덜렁거리고 있었다. 암마르는 양손에 집어 든 사람들을 교차로 내던지고 여전히 묶여 있는 자신의 제자들을 노려보았다.

"차라리 너희가 직접 덤벼들지 그랬나! 그노시스의 공부벌레들이 이제 와서 내 적이 될 수 있을 줄 알았나?"

"저희도 그런 생각이 간절합니다만."

"스승님도 팍삭 늙어서 어떻게 될 줄 알았지요."

앙리와 고프리는 죽음이 눈앞에 와 닿은 거나 마찬가지인 상황에서도 태연하게 투덜거렸다. 어차피 애원해도 도망쳐도 피할 수 없는 죽음이라면 의연하게 맞는다. 목숨 따위는 네크로폴리스가 어떤 곳인지 알았을 때부터 이미 내놓은 것이니 이제 와서 죽음 앞에 허우적거릴 이유는 없었다.

그러나 그때 이변이 일어났다.

'어?'

앙리와 고프리는 자신들을 묶고 있는 끈이 느슨해진 것을 깨달았다. 아니, 풀어졌다. 방금 전까지는 단단히 고정되어 있던 끈이 어찌 된 일인지 쉽게 풀렸다. 마법사가 죽어서 그런 것일까?

그러나 상대는 그들의 목에 저주를 걸어둔 암마르였다. 이제 와서 실력으로 정면 승부 해봐야 지금의 그들은 앗 하는 순간 죽을 뿐이다. 그렇다고 공격하지 않고 가만히 있다고 살 수 있는 것도 아니다.

"하하하."

앙리와 고프리는 아무런 말 없이 서로 눈빛을 교환할 뿐, 가만히 있었다. 승리에 도취한 암마르는 자신의 두 제자를 바로 죽이지 않았다. 바로 죽이느니 자신의 압도적인 힘과 여유를 보여 이후 나타날지도 모르는 다른 제자들의 모반과 이탈을 막는 게 더 중요할 테니까. 앙리나 고프리가 암마르의 입장이라고 해도 그렇게 할 것이다.

그는 열쇠를 꺼내 석실 문을 열었다. 열쇠가 석실에 닿자마자 마치 근육 안의 혈관이 부풀어 오르듯 석실 벽이 맥동하며 금이 갔다. 석실이 열리고 안에서부터 비명들이 일제히 쏟아져 나왔다.

끼아아아아악!

그 비명 소리만으로도 시체에 깃들인 마물들이 일제히 쓰러졌다. 시체에 깃든 하급의 검은 사념들이 일제히 분리된 것이다.

"대단하군. 이게 신이라 착각될 정도로 강대했던 고대 흡혈귀의 힘인가? 죽어서도 여전히 영향력을 발휘하는군."

스승 암마르는 만족스러운 듯 석실 안으로 나아갔다. 식실 자체는 작고 좁아서 더 들어갈 필요도 없었다.

검고 어두운 석실 안에는 사람 한 명이 눕기에는 지나치게 커 보이는 검은 석관이 두 개 놓여 있었다. 암마르는 석관에 다가가 조심스럽게 그 관을 열었다. 안에는 미라가 된 시체 두 구가 있었다. 각각 고대의 옷을 입고 있었는데 워낙 부식과 풍화가 심해서 알아보기 힘들었다. 그들의 미라도 그렇게 썩 상태가 좋진 않아 보였다.

"당신은 이미 흡혈귀지 않습니까? 그런데 왜 흡혈귀의 미라를 얻고 싶어 하는 겁니까?"

"곧 죽을 놈들이 궁금한가?"

앙리와 고프리는 대답하지 않았다.

"이들은 신화의 시대에 살던 흡혈귀다. 다른 흡혈귀들과 달리 태양을 극복했고, 인간을 먹음으로써 영원히 살아갈 수 있는 진정한 마신이다."

암마르는 다른 제자들이 듣도록 자신의 우세를 자랑했다. 우매한 자가 자신의 능력과 우위에 취해 저지르는 짓이 아니다. 제자들에게 확실한 인상을 남겨 이후 있을지 모르는 부하의 반역을 근절하기 위함이었다. 이미 앙리와 고프리는 잡은 물고기 취급하고 있었다.

"이들의 시신을 연구해 불로불사의 존재가 되겠다. 앙리, 고프리. 네놈들을 그 영광된 불사의 길의 제물로 쓰마. 와서 미라 앞에 서라."

스승은 검을 빼 들었다. 칼에 묻은 핏방울이 미라 위로 떨어지자 치이익 하고 연기가 피어오르며 몸 안으로 빨려들어갔다.

두근!

미라의 몸 주위로 진동이 퍼져 나갔다. 마치 검은 신을 소환하는 의식과 비슷할 정도로 강력한 힘과 존재감이 느껴졌다. 완전히 비쩍 말라 있지만 이 두 신체는 아직 살아 있음에 분명하다.

이제 더 이상 뭔가 기다릴 때가 아니다.

앙리와 고프리는 누가 먼저랄 것도 없이 동시에 움직였다.

하지만 스승은 늙고 말라비틀어진 몸으로도 빠른 반사 신경을 보였다. 그는 고프리와 앙리의 목을 베어 그 피로 흡혈귀를 적시려고 했던 검으로, 자신을 향해 빠르게 몸을 돌리는 앙리를 찔렀다. 앙리의 오른쪽 어깨가 찔리고 선혈이 튀었다.

치이이익!

앙리의 피가 미라의 몸 위로 쏟아졌다. 그러나 앙리는 이를 악물고 검을 양손으로 잡았다. 앙리가 검을 잡고 있는 동안 고프리가 암마르에게 돌진했다. 암마르는 앙리의 어깨를 찌른 검을 빼 들어 고프리의 목 높이로 휘둘렀지만 고프리는 몸을 확 숙여 검 밑을 지나 무서운 속도로 달려들어 암마르의 목을 양팔로 끌어안았다.

콰직!

손목 밑에 숨겨 쥐고 있던 단검이 그제야 모습을 드러냈다. 고프리는 암마르의 목을 뼈까지 절단한 뒤 그의 등 뒤, 늑골

틈 사이로 단검을 박아 넣었다. 그리고 피투성이가 된 자신의 손을 움켜쥐었다.

피부가 찢어지고 피가 배어 나오며 안에서부터 검은 연기가 일어났다. 검은 신, 어둠보다 더 어두운 검은 존재가 고프리의 손을 찢고 나와 암마르를 침범했다.

"크아아악!"

암마르의 몸 안으로 침입한 검은 신, 정확히는 검은 신에 의해 영향을 받아 만들어진 고프리의 사념이 마법을 발휘했다. 고프리의 정신이 실재하는 힘이 되어 암마르를 오염시키고 찢어발기고 있는 것이다.

"다 떠들었냐!"

앙리는 용병들의 손에 들려 있던 두꺼운 게르만제 강철검을 들고 암마르를 후려쳤다. 암마르가 움직여 저항하려 했지만 고프리의 마법에 의해 금제당한 그는 자유롭게 움직일 수가 없었다. 앙리는 어깨가 부서질 정도의 깊은 상처를 입었지만 한 손만으로 강철검을 자유자재로 휘두르며 암마르의 몸을 산산조각 냈다.

지금까지는 앙리와 고프리가 절대적으로 유리하지만… 앙리와 고프리의 목에는 저주가 걸려 있다. 지금이라도 당장 암마르가 마법을 사용하기 위한 정신 집중을 취할 수 있으면 앙리와 고프리의 목은 떨어져 나갈 것이다.

사법사들은 암마르에게 시간을 벌어주기 위해 앙리와 고프리에게 뛰어들었다. 게다가 문제는 그들뿐만이 아니다.

치이이익!

암마르와 앙리에게서 쏟아져 나오는 피가 흡혈귀의 미라들 위로 쏟아지고 있었다.

"이 자식들!"

고프리의 반응이 빨랐다. 그는 마치 단검을 던지듯 어둠의 힘을 모아 휙 뿌렸다. 어두운 동굴 속에서 갑자기 강한 바람이 일며, 어둠보다 더 어두운 검은 파동이 뻗어나가 사법사들을 때려눕혔다. 사법사들의 몸이 바닥에 들이받은 뒤 튕겨 올라 천장에서 산산조각 났다. 선혈이 튀어 오르고 피가 석관 위로 흘렀다.

치이이이익!

미라에 떨어진 피가 연기를 내며 증발한다. 맥동하는 고대 흡혈귀들의 육신은 이들이 완전히 죽은 게 아니라 이후로 얼마든지, 피를 마실 수만 있으면 살아날 것이라는 걸 알려주고 있었다.

"가아아아아!"

사법사들은 아직 흡혈귀의 정체에 대해서 잘 아는 바가 없었다. 왜 흡혈귀가 태어났으며 어떠한 존재인지, 어떤 구성으로 이뤄져 있는지 그것을 알고 있는 이는 아무도 없었다. 그런데 지금 그 미지의 존재가 석관 안에서 몸을 일으키고 있었다. 앙리와 고프리, 그리고 암마르의 대결이 뜻하지 않게 아득히 먼 옛날 봉인당한 흡혈귀에게 다시금 기회를 주고 만 것이다. 다만 앙리와 고프리는 이 흡혈귀를 막을 수가 없었다. 그들은 암마르에게 한순간이라도 틈을 주어서는 안 된다. 암마르도 마찬가지. 지금 일어나고 있는 흡혈귀를 공격하자니 이들 두 제자의 힘이 너무나 강하고 두렵다.

"피를 마셔."

앙리는 아직 온전히 회복하지 못한 미라를 붙잡았다. 암마르가 완전히 죽지 않은 이상, 미라에게 신경을 쓸 여유가 없다. 그러나 그의 예감이 비명을 지르고 있었다. 지금 이들이 온전히 회복하게 내버려 두는 건 정말 끔찍한 재앙이라고. 그래서 앙리는 자신의 의지로, 관에서 일어나는 흡혈귀의 미라를 물었다. 인간의 무딘 이빨로 그 피를 내어 마신다는 건 어려운 일이지만 앙리는 살점까지 함께 으적 깨물어 씹었다.

흡사 모래를 씹은 듯한 불쾌한 감촉이 입안에 감돌았다.

"맙소사."

고프리는 그 모습을 지켜보았다. 만약 저것이 성공하면 앙리는 흡혈귀가 될 것이다. 암마르가 목이 잘려도 무사히 살아남는다면 목을 자르는 암마르의 저주 역시 흡혈귀에게는 그렇게까지 치명적이지 않을 것이다. 문제는 흡혈귀가 될 확률이 높은지, 그렇게 빨리 흡혈귀로 변이할 수 있는지, 그리고 무엇보다 가장 중요한 것이지만…….

'과연 흡혈귀가 되고 싶은가?'

그것이 가장 중요하다. 고프리는 흡혈귀가 되고 싶은 것일까?

'너는 지금까지 자신의 의지로 살아온 적이 있느냐? 이렇게 중대한 사안을 지금의 네가 결정지을 수 있느냐?'

마치 미라가 자신에게 그렇게 말하는 것 같았다.

그에게는 뭔가에 대한 호오를 판단할 여유가 없었다.

고프리의 판단력은 대단히 뛰어났지만 그것은 어디까지나 생존을 위한 판단뿐, 자신의 운명을 결정할 이런 큰일에 대해서 자주적으로 판단한 적은 없었다. 고프리에겐 그 자신의 삶이라는 게 전혀 없었던 것이다.

그러니까 과연 지금 이 순간, 섣불리 흡혈귀가 되겠단 마음을 먹어도 될까?

'이번에도 선택의 여지는 없군.'

앙리가 저지른 이상, 고프리도 따라가지 않을 수 없었다. 생존을 위해서, 고프리도 이제는 더 나은 방법을 찾기 힘들었다. 그는 운명이란 이름의 질주하는 전차에 묶인 노예와 같았다. 질주하는 전차의 희생양이 되고 싶지 않으면 그도 이 전차를 따라 달리는 수밖에 없었다. 설사 그것이 스스로 인간임을 포기하고 괴물이 되는 길이라 해도. 하지만 지금 이 상황에서 그런 것에 대한 거부감은 없었다.

클라우디아를 해쳤을 때부터 이미 고프리는 충분히 괴물이었다. 인간인가 괴물인가, 선한가 악한가. 그러한 문제는 생존이란 명제 앞에서 빛을 잃는다.

고프리는 일어나고 있는 흡혈귀의 미라를 향해 입을 벌렸다.

• 흡혈귀의 왕 •

"그만 자고 일어나라."

누군가가 고프리를 흔들었다. 아니, 발로 차고 있었다.

"헉!"

고프리는 지면을 박차고 일어났다. 누워서 잘 때가 아니다. 방금 전까지 그는 사법사들과 흡혈귀 미라를 앞에 두고 싸우고 있었다. 게다가 그의 목에는 죽음의 저주가 걸려 있지 않았던가?

"일어나."

그의 눈앞에는 도도한 자태의 붉은 머리칼 청년이 있었다. 분명히 그노시스의 마법사들을 일격에 제압했고, 그리고 사법사들의 칼에 찔려 죽임을 당했던 그 청년이다.

그리고 그들의 머리 위에는 찬란한 별들이 빛나고 있었다. 아직 해는 뜨지 않은 시간, 선명하게 번뜩이는 세이리오스와 너무나도 눈부신, 마치 태양과도 같은 달이 보였다.

"으으윽!"

눈이 부셔서 절로 비명 소리가 난다. 달이 이렇게까지 밝았던가?

퍽!

그사이에 청년은 바닥에서 신음하는 앙리를 발로 걷어찼다. 앙리가 그제야 정신을 차리고 일어났다.

"아앗, 뭐야? 으아악. 누, 눈부셔!"

"그만 처자고 일어나라. 변이는 완료되었다. 이제 너희는 흡혈귀다."

"아… 당신은?"

이제야 눈이 빛에 익숙해졌다. 혹시나 하고 올려다본 하늘에는 여전히 달이 떠 있었다. 달이 저렇게까지 밝은 빛을 낸단 말인가?

"나? 나는 아낙스. 우트나피시팀의 뱀이다. 너희에게는… 그래, 흡혈귀라고 설명하는 게 편하겠군."

"흡혈귀?"

앙리는 몸을 뒤로 물리며 경계 태세를 취했다. 그런데 잠깐 움직인 것만으로도 공간이 확 벌어진다. 앙리가 민첩하긴 했지만 저 정도였던가?

"너희는 이제 흡혈귀다. 그리고 나는 아낙스. 미친 달의 아들이며 흡혈귀의 왕이다. 내 보호를 받겠는가? 아니면 혼자 살아볼 텐가?"

"잠깐, 그런 걸 지금 정할 수 있을 리 없잖아?"

"할 수 있다. 너희는 자신의 의지로 흡혈귀가 되길 선택한 이들이다. 흡혈귀가 되고자 하는 선택을 찰나에 한 이들이 왜 그걸 못 하겠다는 거지?"

그의 말은 고프리의 가슴을 비수처럼 후벼 팠다. 고프리는 자신이 선택해서 이 자리에 서 있는 게 아니다. 그런데 또다시 자신의 앞길을 정하라는 강요를 받을 줄이야.

"뭐, 어쩔 수 없지."

앙리는 이번에도 시원하게 결정한다. 그는 아낙스라는 흡혈귀의 보호에 들어가겠다고 말했다.

"그런데 당신은 왜 우리에게 이걸 건네주었지? 당신은 이것을 찾기 위해서 행동하는 게 아니었나?"

"결론적으로 말하자면 나는 이들, 파즈즈와 에아를 취할 수 없다. 같은 흡혈귀라고는 하지만 그들과 나 사이에는 결정적인 차이가 있으니까. 그렇다고 그노시스의 마법사들에게 넘겨주고 싶지도 않았다. 에아와 파즈즈가 되살아나든가, 아니면 누군가가 그들의 피를 이어서 새로운 흡혈귀가 되어줬으면 했으니까."

"사법사들의 손에 넘어가는 건 왜 막았나? 우리의 밧줄을 풀어준 것도 당신이지?"

"그야 그들에게 넘겨주면 스승인 암마르가 두 흡혈종의 피를 독식할 것 아닌가? 반면 당신들은 둘이지."

"우리 둘끼리 죽이고 독식한다면?"

고프리는 그렇게 물었지만 대답은 들어보지 않아도 알 수 있었다. 아마 그런 선택을 했다면 그는 고프리와 앙리를 다 죽이고 파즈즈와 에아를 부활시켰을 것이다.

"나는 흡혈귀의 보호자이다. 내 목적은 흡혈종의 보호와 보전, 그리고 인간과의 공영이다. 흡혈종의 수를 줄이는 행위는 용납하지 않겠다. 그것만 지켜준다면 당신들을 보호할 것을 약속하지."

아낙스는 고프리의 질문에 대답하는 대신 자신의 할 말만 하고 걸어 나갔다.

"따라와. 당신들에게 흡혈귀로서의 삶에 대해 알려주도록 하지."

고프리와 앙리는 자신들을 인도하는 자를 따라 눈부신 달빛 아래를 걸어갔다.

· 거울 ·

"태초에 위대한 영지가 있었다. 앎으로부터 정신이 태어났고 이것들이 바로 검은 신이다. 그들은 자신들의 존재를 확연히 고정하기 위해서 지상에 번성하던 짐승 중 하나를 골라 그 짐승에 융합되었다. 그리하니 짐승들이 일어나 말하고 사유하며 이윽고 문명과 문화를 이루었다. 그것이 바로 인간의 시작이었다."

아낙스는 앙리와 고프리를 이끌고 세계 각지를 돌며 흡혈귀들을 찾아 나섰다. 그러한 여행을 끝마치고 나서 휴식을 취할 때가 되면 그는 앙리와 고프리를 자신의 제자라도 되는 양 앉혀두고 가르침을 주었다.

"흡혈귀는 크게 두 부류로 나뉜다. 하나는 힛타이트의 주술사가 주술로 만들어낸 자. 영지의 아이들인 인간을 변형시켜 만들어낸 것으로 대부분의 사람은 그것이 흡혈귀의 시초이고 원형이라고 안다. 그러나… 흡혈귀와 라이칸스로프 역시 검은 신의 아이들이다. 태초에 인간을 만든 검은 신은 단일한 존재가 아니다. 그들이 만들어낸 인간은 제각각 종류가 다양했으며 그들 중에는 인간에게 보다 뛰어난 권능을 주고자 한 이가 있었다. 하나 자연계에 존재하지 않는 힘을 지니게 된 자들은 내부 붕괴를 일으키게 되었고… 다른 생명을 섭취하지 않으면 근본적으로 자신을 유지할 수 없게 되었다. 라이칸스로프와 흡혈귀는 바로 그러한 검은 신들의 시도였다. 그러나 그들 역시 크게는 인간의 범주에 들어가며 인간 사이에서도 종종 검은 신의 인도함으로 인해서 흡혈귀와 라이칸스로프로 변질되는 자들이 있다. 이들과 달리 너희가 계승한 파즈즈와 에아는 인간과 마찬가지로 검은 신의 적자다."

아낙스는 고프리와 앙리에게 세계의 비밀을 가르쳐 주었다.

"당신은 왜 우리를 돕지?"

"응?"

"왜 우리를 도왔는가? 왜 우리에게 힘을 주지?"

앙리는 그러한 아낙스의 태도가 의문이었다. 이 세상 어디에도 공짜는 없다. 아낙스가 그들에게 베푸는 것 역시 공짜가 아닐 것이다. 그러한 믿음으로 그는 질문을 던졌다. 아낙스는 광야의 바위 위에 걸터앉았다.

"이후 너희는 나를 도우면서, 필요한 경우 나를 막아서는 자가 되어야 한다."

"그래?"

"그래. 너희를 본 순간 알 수 있었어. 너희는 나의 숙적이 될 자다. 어쩌면 내 목숨을 빼앗을지도 모르지."

아낙스는 그리 말하고 웃었다. 고프리와 앙리는 그가 가진 능력을 안다. 아낙스는 예지와 정신 지배 능력을 가진 자. 그는 지금 이 자리에 있지만 없는 것이나 다름없었다. 언제나 미래와 과거를 꿰뚫어 보고 통찰하는 그가 어느 순간 제정신을 잃고 광란할 것임을 그들은 본능적으로 알고 있었다.

아마도 그가 본 미래에 앙리와 고프리의 존재가 크게 쓰일 일이 있기에 그러는 것이겠지.

"그런데도 왜?"

파즈즈와 에아

"목숨을 버려서라도 이루고 싶은 꿈이 있기 때문이다. 수천 년, 수만 년을 이어야 할지도 모르는 꿈. 그사이에 좌절하고 절망해서 어쩌면 내가 포기할지도 모르는 꿈을 누군가와 나누고 싶다. 너희가 내 꿈에 동조하든 반대하든 그건 중요하지 않아. 앞으로의 긴 시간 동안 누군가가 내 꿈을 알고 나와 함께 기나긴 시간을 견뎌내며 나를 다시 상기시켜 준다면, 그것으로 충분하다."

흡혈귀의 왕, 우트나피시팀의 뱀 아낙스는 그렇게 말했다. 자신의 목숨조차 자신의 꿈을 위한 도구로 쓰겠다고, 그 장대한 계획에 앙리와 고프리를 더하겠노라 말하는 그를 보며 그들은 숨을 골라야 했다.

스승이던 암마르는 뛰어난 마법사였지만 속물적이고 무능했다. 그러나 지금 눈앞에 있는 자는 아직 청년의 모습을 하고 있지만 진정한 마법사이고 진정한 초인이었다.

그러한 초인을 앞에 두고, 앙리와 고프리는 호기심을 주체할 수가 없었다. 그들은 계속 질문을 던졌다.

"당신의 꿈이 무엇이기에? 무엇이기에 수천 년을 내다보고 있지?"

"나의 꿈은 진보다."

"진보?"

"그래. 문명의 발전, 검은 신의 아이들인 인간과 그 사촌들이 발전해 나가는 걸 지켜보고 싶다."

"무엇이 문명을 가로막기에… 당신이 바라본 미래에 그러한 파멸이 있단 말인가? 전 인류가 멸망할 정도로?"

"그래."

아낙스가 긍정했다. 앙리와 고프리는 계속해서 질문을 던졌다.

"무엇이 인간을 위협하지?"

"인간의 탐욕이다."

"탐욕?"

"그래. 인간의 탐욕은 적절하게 조절된다면 그들을 진보하게 하지. 하지만 탐욕이 지나치게 되면 스스로를 파멸시켜. 그 탐욕을 조절하는 것은 바로 인간의 한정된 수명이다. 수명이 한정되어 있기에 인간은 자신의 탐욕이 부질없음을 깨달아 절제하게 되고, 그러한 인간들이 있기에 우리 흡혈귀 역시 자신의 욕망을 절제하고 그들의 문화를 함께 향유하면서 진보를 누리게 되지. 그러나 만약 흡혈귀의 존재가, 그 불로장생의 힘이 인간에게 주어진다면 어떻게 되겠는가? 폭주한 욕망에 의해서 인간은 진보의 힘을 잃을 테지. 나는 그걸 막고 싶다."

그 말에 앙리가 코웃음을 쳤다. 그는 인간을 믿지 않기에, 인간들을 순수하게 내버려 둬서 신뢰를 쇠한다는 아낙스의 말이 같잖게 들렸을 것이다.

"내 생각은 다르군. 대부분의 인간은 진보보단 퇴보 쪽이 더 어울려. 그들에게 맡겨두면 세상이 진보하나? 아니라고. 당신 정도의 힘이 있다면 차라리 지금 인간들을 통제해서 당신이 원하는 대로 올바른 방향으로 이끌면 되는 것 아닌가?"

"그렇게 해서 얻어지는 것을 진보라고 할 수 있을까? 그리고 내 능력이 이후 부족해지면 그때는 어떻게 할 셈이지? 영원히 인간들을 압도하고 그들의 방향을 강제할 자신이 내게는 없다."

"그렇다면 세상을 바꾸려는 그 꿈을 접어. 당신에겐 꿈꿀 자격이 없는 거야."

앙리는 도발적으로 나왔지만 아낙스는 그런 앙리를 오히려 기특하다는 듯 바라보았다. 육신은 앙리보다 그가 더 어려 보였지만 이러한 표정과 태도로부터 유구한 세월을 살아온 자의 완숙함이 느껴졌다.

그 당시의 아낙스는 그야말로 신이 아닐까 의심될 정도였다. 완전무결한 흡혈귀, 남의 피를 빨아 생명을 영위하긴 하지만 인간에게는 없는 불사성과 그 불사성에 어울리는 인품.

"후후, 내가 바라는 게 바로 그거다. 앙리, 너는 네 식대로 주장해라. 그 주장에 대한 반감이나 고찰로 인해서 나는 내 꿈을 잃지 않고 계속해 나갈 수 있을 거야. 나는 너무 오래 살았어. 너무… 너무 오래."

그렇게 말하는 아낙스는 고독하고 괴로워 보였다. 그의 모습이 곧 자신의 미래의 모습이 될 것을 직감하면서 고프리는 가슴이 막막해졌다.

· 결별 ·

흡혈귀가 된 이래 잠 못 이루는 나날이 계속되고 있었다. 피곤하지만 잠이 오질 않는다. 고프리는 침대에서 몸을 뒤척였다.

창밖에서 들려오는 창부들이 남자를 유혹하는 소리, 웃음소리와 노랫소리도 불면증에 단단히 한몫했다. 고프리는 그 소리를 듣지 않기 위해 베개 밑으로 머리를 집어넣었다.

파즈즈와 에아. 고대 흡혈귀들의 피를 빼앗아 흡혈귀가 된 고프리는 그들을 인도하는 아낙스를 따라 로마로 들어와 있었다. 로마에는 이미 그와 같은 갈리아의 켈트인과 게르만인이 많았기에 아무도 그들 일행을 의심하지 않았다. 모든 길은 로마로 통한다는 말이 있듯, 이 세계의 문화와 인종이 모두 한데 어우러진 이 대도시야말로 흡혈귀가 숨어 살기 합당한 곳이었다. 이곳에서라면 일광을 피해 밤에만 움직이는 이가 있다 하더라도 의심받을 일이 없고 사람의 피를 빠는 것도 그리 어렵지 않았다. 언제나 많은 사람이 밀려오고 밀려가기 때문에 누구도 그들을 크게 주목하지 않으니까.

그러나 고프리는 로마가 마음에 들지 않았다. 아니, 딱히 로마가 마음에 들지 않는다기보다는 지금 자신의 상황이 마음에 들지 않아서 안절부절못하고 있었다.

잠을 이루지 못하고 뒤척이고 있을 때 문득 밖에서 이질적인 소리가 들려왔다. 누군가가 화살처럼 빠르게 밤의 도시 위를 날아오고 있었다. 소리를 듣고 있음에도 불구하고 그런 공간감이 느껴지는 건 신기한 경험이었지만 마냥 감탄하고 있을 수는 없었다. 상대의 목적지가 바로 이곳이었기 때문이다.

"음."

고프리는 침대 옆에 세워둔 스파다를 잡았다. 묵직한 강철검이지만 손에 쥐는 느낌은 깃털처럼 가볍다.

"안 자고 있었나?"

멀리서부터 바람 소리를 끌고 달려온 인물이 창문으로 뛰어들었다. 하마터면 놀라서 베어버릴 뻔했지만 그는 고프리의 손에 들린 스파다를 피해 공중제비를 넘어 객실 안으로 들어섰다. 장난기 있는 표정을 지어 보인 이 갈리아인 청년은 손에 들고 있던 리라를 퉁겼다.

"앙리."

"고프리, 잠이 안 오면 나가서 밥이라도 먹는 게 어때?"

그가 말하는 밥은 바로 인간이다. 흡혈귀가 된 그들은 일반 식사 외에도 인간의 피를 필요로 했다.

"어제 먹었으니 참을 만해. 그보다 일은 어떻게 되고 있어?"

"잘되고 있지. 그래도 우리가 직접 가봐야겠는데."

그들은 아낙스와 함께 이동하고 있기에 네크로폴리스에 직접 갈 수 없었다. 아낙스란 신비한 존재와의 만남을 헛되이 할 수 없었기에 그가 하자는 대로 이끌려 왔지만 암마르가 죽은 이상 발 빠르게 움직이지 않으면 새로운 문제가 일어날 것이다.

앙리는 그런 때를 대비해 자신이 직접 저주를 걸어둔 제자들을 이용해 네크로폴리스 내의 권력 조정에 들어간 것이다. 고프리도 물론 제자들에겐 죽음의 저주를 걸어두었다. 네크로폴리스의 사법사들에게 이런 저주 없이 그냥 충성을 바랄 수는 없다.

그러나 그런 강력한 금제를 걸어두었음에도 불구하고 아무래도 자신들이 직접 일을 처리하지 않으면 완전히 네크로폴리스를 장악하는 건 불가능하다.

"아낙스에겐 배울 게 많아."

"그렇다고는 해도 나는 그에게 신세 지길 원하지 않아. 이 세상에 공짜란 있을 수 없다고. 안 그래?"

"그건 그렇지."

고프리는 침내에서 몸을 박차고 일어났다. 아무래도 오늘도 잠을 이루기는 틀린 것 같았다. 그는 방문을 열고 나가 계단을 내려갔다.

지하실에는 횃불들이 밝혀져 있고 그 가운데에 아낙스가 정좌를 한 채 앉아 있었다. 그런 그의 앞에는 각지에서 온 흡혈귀들이 있었다.

 흡혈귀 군주, 진마라고 불리는 일광을 견디는 흡혈귀들은 이렇게 사자를 보내거나 직접 찾아와서 아낙스가 알려주는 예지를 얻어 가곤 했다. 그 예지를 통해 그들은 자신들을 찾아오는 재앙을 피하고 재산을 불려갔다.

 아낙스가 그들을 보호하고 있는 이상 재산을 불리는 것은 그리 어려운 일이 아니었다. 아낙스가 풍작을 예견하면 그들은 곳간과 창고를 지어 물자를 비축하고 아낙스가 냉해를 예견하면 그들은 곡물을 사재기했다. 유행이 번질 것을 미리 알고 모직물과 면, 섬유를 사들이고 염료를 사들였다가 높은 가격에 되팔았다. 그러한 이득을 취하면서도 그들은 아낙스를 노골적으로 경계했고 아낙스가 파즈즈와 에아의 후계자로 선택한 고프리와 앙리에게는 그야말로 적개심을 불살랐다.

 흡혈증은 인간에게 감염된다. 그러나 개중에는 태어날 때부터 흡혈귀로 태어나는 이가 있었고 진마라 불리는 흡혈귀의 군주 대부분이 바로 태어날 때부터 운명에 의해 선택받은 이들이다. 그들은 외부 인자에 대한 영향 없이 2차 성징을 마치고 나면 흡혈귀로 각성하여 이후 흡혈귀로서의 인생을 살게 된다.

 그러한 진마들에 비해 인간이었다가 오염되어 흡혈귀가

된 이는 대부분 흡혈귀 사회에서 하층을 차지하고 있었다. 진마들은 인간 중 마음에 드는 이들을 골라 흡혈귀로 만들어 자신의 수하로 삼았다. 진마의 도움 없이는 일반 흡혈귀들이 도저히 살아남을 수 없는 세상이었기 때문에 그들의 지배력은 확실했다. 그러나 그러한 진마들의 진영에 일대 이변이 일어났다.

두 명의 인간 마법사가 고대 흡혈종의 피를 빨아 새로운 진마가 된 것이다. 이전까지 남의 피를 빨아서 진마의 영역에까지 올라온 이가 없었으니 다른 진마 대부분이 이들 두 흡혈귀의 존재에 위협을 느꼈다.

'너희는 인간이었잖느냐? 그런 천박한 방법으로 파즈즈와 에아의 피를 빨아 흡혈귀가 되었다고 해서 감히 위대한 흡혈귀의 역사 앞에 진마를 자처할 생각은 아니겠지?'

'아낙스의 꽁무니나 쫓아다니거라. 그러지 않으면 언제 네 놈들의 목이 떨어질지 모르니.'

위협을 느끼는 만큼 그들은 앙리와 고프리에게 적대적이었다. 고프리는 그런 흡혈귀들의 반응에 그다지 신경 쓰지 않았지만 성정이 격렬한 앙리는 되레 분개했다.

고프리와 앙리가 다가가자 아낙스는 정좌를 풀고 일어났다.

"잠을 이루지 못하는가? 녀석히?"

"그야……."

고프리는 아낙스의 앞에 있던 하인들을 바라보았다. 다른 흡혈귀 군주들이 보낸 이 하인들은 앙리와 고프리를 보자 두려워하는 기색을 보이더니 이내 자리를 피했다. 앙리는 그렇게 사라지는 하인들의 뒷모습을 보며 빈정거렸다.

"아낙스. 저들이 당신에게 매번… 먹고살 길에 대한 도움을 받나?"

"그렇지. 경제력이 없으면 흡혈귀는 살기 힘들어. 인간의 피를 빠는 일은 자칫 잘못하면 살인을 저지를 수 있거든. 그런 일이 한자리에서 반복되면 결국 꼬리를 밟히게 될 테고, 그렇다고 이동하고 다니자니 많은 돈이 필요하지."

"아니, 그게 중요한 게 아니라 내 말은… 저들에게 정말 뭘 어떻게 투자하라, 어떻게 돈을 벌어라 하고 하나하나 지시해 주느냐는 거지."

"그런데?"

"맙소사."

앙리는 폭소를 터뜨렸다. 고프리도 어처구니없긴 마찬가지였다. 아낙스가 흡혈귀들을 보호하는 자라는 건 알고 있었지만 이건 좀 과보호가 아닐까?

"그런 식이면 누구라도 부자가 될 수 있잖아? 그런 구조에서 당신에게 정보를 받아먹는 주제에 잘났다고 거들먹거리고 있단 말인가? 알 만한 놈들이군."

"그렇게 생각하는 것도 나쁘진 않지. 나는 저들을 자각시키는 자가 아니라 보호하는 자다. 갓난아기가 말을 못하고 이치를 모른다 하여 화를 낼 수 없는 것처럼, 모든 일에는 인내해야 하는 때가 있는 법이니까."

아낙스의 태도는 앙리와 고프리를 숙연하게 했다. 저런 식으로 부모처럼 말을 하고 때가 아니라고 하면 확실히 할 말이 없다.

"즉, 당신은 모든 흡혈종이 최소한 남아는 있어야 한다는 거로군. 그걸 전제로 움직이는 건가?"

"그렇다."

"흐응."

앙리는 코웃음 쳤다. 고프리는 앙리를 잘 알고 있었기에 그가 어떤 생각을 하는지 손에 잡힐 듯했다.

네크로폴리스에 있어서 고프리는 노예였고 앙리는 제물이었다. 그런 신분의 사람들은 살아남기 위해 하루하루 피를 말리는 지옥에서 살아야 했다. 그런 과정을 너무나 쉽게 견뎌낸 앙리는 다른 사람들이 편안하게 살면서 거들먹거리는 꼴을 못 본다. 자신의 기준으로 남을 평가하는 건 누구나 마찬가지이지만 앙리처럼 뛰어난 능력의 소유자가 자신의 기준을 남에게 내세운다면 그 기준을 통과할 수 있는 이는 거의 없을 것이다. 그리고 지금, 이 진마라는 것들은 앙리의 기준에 못 미치는 것이다.

"그런 놈들을 살려야 하다니, 차라리 죽여서 미라 상태로 만들어 보관하지그래? 파즈즈나 에아처럼. 그쪽이 당신 목적에 더 부합될 텐데."

"내가 원하는 건 그런 박제가 아니다. 정말 그렇게 박제로 만들길 원했다면 너희 역시 지금쯤 전갈들의 밥이 되었을 거다."

아낙스의 말은 단호했다. 파즈즈와 에아를 이 시대에 되살리고 싶었기 때문에 그는 흡혈종을 가져가 연구하려는 그노시스 연맹의 손에서 열쇠를 빼앗기도 하고, 앙리와 고프리가 그들 흡혈종을 잡아먹는 것도 허락해 주었다.

"하지만 앙리 너의 뜻도 일리가 있다. 그리고 스스로 연구하겠다는 그 마음은 분명히 훌륭하지. 너희들이라면 이후에도 틀림없이 스스로 성장할 수 있겠지."

아낙스는 고프리와 앙리를 인정해 주었다. 이제 떠나도 되는 것일까? 그런 생각을 하니 문득 아쉬워졌다. 비록 흡혈귀가 되고 난 뒤의 일이지만… 고프리에게 있어서 아낙스는 앙리 외에 유일하게 흉금을 털어놓을 수 있는 대상이었다. 물론 아낙스는 언제나 무미건조하게, 좀 먼 시선으로 그를 대하고 있었지만 그래도 누군가와 이야기하고 가르침을 받는다는 건 참 즐거운 일이었다. 고프리의 인생에 있어서 그렇게 즐거운 시간이 몇이나 있었나 싶을 정도였다.

앙리도 그 점에 대해서는 동감하고 있었나 보다.

"확실히 당신에게 마법과 학문을 배우는 것도 즐거워. 그렇지만 나는 저런 흡혈귀들처럼 당신이 주는 걸 그냥 받아먹지만은 않을 거야. 나는 저런 무력하고 비참한 놈들과 다르거든."

"그래?"

"나도 명색이 마법사인 이상 이후는 스스로 알아내겠어. 그리고 누군가에게 이렇게 많이 신세져 본 일이 없어서… 불안하기도 하고."

"특별히 대가를 바라고 하는 일은 아니다만."

"그래서 더 문제라는 거지. 왜냐면 나는 당신을 제외한 나머지 흡혈귀 진마들을 참아주기 힘들거든? 과연 저들이 나와 고프리를 박대해도 될 만큼, 존엄하고 존경받아야 할 분들인지 시험해 보고 싶은 마음이 굴뚝같아."

앙리의 말을 들은 아낙스는 눈을 감았다. 그가 눈을 감으면 마치 천지만물이 숨을 죽이는 것처럼 고요해진다. 물론 밖에서는 여전히 대도시 로마의 시끄러운 소음이 울리고 있지만 아낙스의 주위에서는 그 소리가 너무나도 멀게 들린다.

권능으로 충만한 이 존재가 인간의 피를 빠는 괴물이라는 건 지금까지도 도저히 믿어지지 않을 정도다.

앙리도 아낙스에게 은혜를 느끼고 있었다. 그러나 아낙스가 모든 흡혈귀를 그렇게 과잉보호할 것이라면 앙리와 아낙스의 길은 갈라질 수밖에 없다.

네크로폴리스는 여전히 음습하고 스산한 곳이었다. 그것은 고프리가 노예일 때나, 도제일 때나, 대스승일 때나 다를 게 없었다.

고프리는 네크로폴리스의 내부를 돌아보며 그 스산한 공기를 느꼈다. 여전히 많은 이가 노예로, 마법의 재료로 잡혀 왔고 그들의 피가 앙리와 고프리에게 무한정 제공되었다. 앙리와 고프리는 죽지 않을 정도로 노예들의 피를 빤 뒤 그들을 제단에 올려 검은 신에게 바치고, 그 대가로 마법과 힘을 얻었다. 암마르가 지배하던 시대에 비해 훨씬 효율적이고 뛰어난 조직 구성과 훈련 방식 덕분에 네크로폴리스는 암마르 일파 숙청이란 큰 혼란을 겪었음에도 불구하고 오히려 이전보다 더욱더 발전하고 있었다.

그러나 현재 네크로폴리스를 지배하고 있는 것은 앙리와 고프리, 이 두 청년이다. 켈트와 로망 갈리아 출신인 이 두 청년은 현재 쌍두마차가 되어 네크로폴리스를 이끌고 있지만 권력의 자리는 결국 하나, 젊은 두 사법사가 언제까지나 대등한 위치를 유지할 거라고 여기는 이는 아무도 없었다.

고프리는 앙리에 대해서 열등감을 느끼고 있었다. 능력 면에서 앙리와 고프리를 비교한다면 우열을 가리기 힘들지만 삶의 태도나 방식에 있어서는 앙리가 훨씬 적극적이며 진취적이다.

앙리는 원래 상급 도사인 부모를 두고 있었으나 부모들은 그들의 아이를 보호할 생각이 전혀 없었다. 그들은 그저 쾌락을 위해 몸을 섞었을 뿐이고 자식은 그러던 중 나오는 일종의 부산물에 불과하다고 여기고 있었던 것이다. 그래서 상급 도사의 아들이었음에도 불구하고 앙리는 암살자로 선택되어 교육받게 되었다. 하지만 앙리는 부모들을 원망하는 마음은 품지 않았다. 그저 자신이 하고 싶은 대로 가열차게 살아오면서 암마르를 물리치고 결국 네크로폴리스의 대도사가 된 것이다. 중간에 앙리는 암마르의 파벌에 속해 있던 부모들을 미련 없이 죽여 없앴다.

그런 앙리와 달리 고프리는 암마르라는 위협이 사라진 지금 딱히 하고 싶은 일이 없었다. 물론 이대로 멍하니 살 수는 없다. 고프리와 앙리의 파벌에 속한 자들은 서로 자웅을 가릴 날이 다가올 것이라고 굳게 믿고 있었다. 고프리나 앙리가 뭐라고 마음먹는다 하더라도 이미 부하들 사이에서 분위기가 험해졌다.

그렇다면 싸워야 하나? 하나 싸워서 이긴다면 그다음에는?

고프리는 자신이 과연 앙리에게 대항해야 하는지 그것이 의문이었다. 그래서 그는 앙리를 찾아갔다.

"그렇지 않아도 올 거라고 생각했지."

앙리는 어린 시절의 숙소 침상에 앉아 있다가 고프리가 다가오는 길 느끼고 일어났다. 그의 주위에는 이미 많은 수행원이 있었는데, 그들은 고프리를 노골적으로 경계하고 있었다. 아마 고프리가 직접 앙리를 해칠 수도 있다고 생각하는 모양이다. 그건 고프리도 마찬가지여서 그를 따라온 수하들이 으르렁거리며 곁을 지켜서고 있었다.

둘은 이구동성으로 말했다.

"물러나!"

수하들을 물리친 그들은 침상에 걸터앉아 서로를 바라보았다.

"예상한 대로의 분위기야. 이놈들은 우리가 결판을 내주길 원하고 있어."

"뭐, 그야 그게 네크로폴리스의 법칙이자 생리니까. 다들 그런 걸 원하고 있는 거지."

"그런데… 어떻게 했으면 좋겠어?"

앙리는 직접적으로 그렇게 물어보았다. 그런 질문을 던질 거라고는 예상하지 못했기 때문에 고프리는 앙리 본인이 맞는지 다시 살펴보았다.

고프리는 앙리를 잘 알고 있었다. 적어도 이 네크로폴리스에서 앙리에 대해서 가장 잘 알고 있는 이가 바로 그일 것이다.

앙리는 이기기 위해서 수단과 방법을 가리지 않는다. 안하무인 오만불손, 자신이 잘난 맛에 사는 자이고 잔혹하고 가혹하며 강경하다. 앙리와 고프리의 사이가 아무리 돈독했다 하더라도 그건 과거, 필요하다면 그는 고프리를 공격할 수 있겠지.

그랬어야 했다.

그러나 앙리는 평상시의 그답지 않게 정말 난처한 표정을 지어 보였다.

사법사는 인간의 모습을 하고 있지만 악마나 다름없는 것들이다. 그것들에게 파고들 틈을 보이게 되면 아무리 이쪽이 흡혈귀라고 해도, 대도사라고 해도 반드시 파고들 것이다. 앙리와 고프리가 대도사로서 네크로폴리스에서 확고한 지위를 유지할 수 있었던 것은 그들이 지금까지는 틈을 보이지 않았기 때문이다. 그런데 그 완전무결한 앙리에게 지금 한순간 금이 갔다.

파고들자면 얼마든지 파고들 수 있는 거대한 금이 생겨 버린 것이다. 언제나 오만방자했던 그가 이렇게 난처한 표정을 짓는 것을 고프리는 단 한순간도 본 적이 없었다. 암마르에게 죽음의 위기로 내몰렸을 때나 고대종 흡혈귀들이 무덤에서 일어나 부활하려 할 때도 이렇게 난처해하지는 않았다.

"괜찮다면… 내가 네크로폴리스를 떠나도 될까?"

고프리가 그런 말을 꺼내자 앙리는 퍼뜩 놀랐다.

"아, 아니, 이봐. 그런 뜻으로 꺼낸 말은 아냐."

"애초에 나는 사법사로서 살아가는 것에 큰 관심이 없었어. 니는 켈드인 노예였으니까. 네가 아닉스에게 스스로의 길을 모색하겠다고 말하고 나온 것처럼 나도 네크로폴리스를 벗어나 나 스스로의 길을 모색하겠어."

고프리는 네크로폴리스를 떠나겠다는 결심을 했다. 무엇보다도 그는 앙리에게서 떠나고 싶었다.

앙리는 그와 함께 거의 대부분의 인생을 같이 보낸 동반자였고 친구였다. 사랑하는 친우인 그가 있었기에 고프리는 지금까지 살아남을 수 있었다. 그리고 그가 있었기에 살아갈 수 있었다.

그러니까 그를 떠나야 한다. 고프리 자신의 삶을 살기 위해서는 이제 이 로망 갈리아족의 청년과 떨어질 필요가 있었다. 앙리는 고프리를 말리려 했지만 고프리는 마음을 확실히 굳혔다.

마법결사인 네크로폴리스는 자신들의 비밀을 알고 있는 내부자의 이탈을 허용하지 않는다. 그런데 하물며 대스승의 자리에 가까운 고프리가 네크로폴리스를 떠나는 것은 있을 수 없는 일이다.

그러나 앙리는 그가 네크로폴리스를 떠나는 것을 허용했다. 뿐만 아니라 암살자나 추격자를 보내지도 않았다. 게다가 고프리를 섬기던 마법사들을 숙청하지도 않았다. 다만 그들의 목에 죽음의 저주를 걸고 자신들의 휘하에 흡수했을 뿐이다.

앙리와 고프리는 이렇게 평화적으로 정권을 교체했다.

많은 측근은 그것을 의아하게 여겼지만 고프리의 반격도 없었기 때문에 이 사건에 대한 의문은 흐지부지해졌다. 몇몇이는 고프리와 앙리가 진정한 친구였으며, 비록 검은 신에 의해 인성을 잃어버리기 쉬운 사법사라 해도 그들의 우정은 변치 않았다고 주장하기도 했다.

네크로폴리스에 노예로 잡혀 와 사법사들에게 목숨을 위협받으며 지금까지 내쫓기듯 살아온 고프리에게 처음으로 자유가 찾아왔다. 하지만 고프리는 자유를 얻고 난 뒤 어떻게 살아야 할지 몰랐다. 그의 행동력과 결단력은 생존이 위협받을 때 빛을 발했다. 그러나 아무도 그의 목숨을 노리지 않는다면, 혹은 노린다 하더라도 그 위협이 치명적이지 않아서 일상이 그의 피부에 와 닿으면 그는 마치 물밖에 나온 생선처럼 질식해 버린다.

언제나 비일상 속에서 생존을 위해 내몰리던 그에게 일상은 물고기의 바람, 사람의 맹독, 돼지의 굶주림과 같았다. 살기 위해서라는 강렬한 동기를 잃어버린 지금, 고프리는 자신에게 동기를 부여할 수 없었다.

그래서 그는 자신의 사랑하는 전우, 앙리에게서 벗어났다.

• 풍화 •

그 후로 천 년하고도 수백 년이 흘렀다.

얼마나 많은 인간을 죽여서 먹었을까?

얼마나 많은 도전자를 쓰러뜨려야 했을까?

그 수를 헤아리는 데 의미가 없어졌기에 고프리는 기록을 그만뒀다.

흡혈귀가 된 이래 1,300년의 시간이 흘렀다.

고프리는 네크로폴리스와 결별한 이후 독자적으로 상단을 조직하고 아낙스의 정보를 받아 상업과 은행업에 뛰어들어 막대한 이익을 올렸다. 그 결과 지금은 터무니없는 거부로 성장했다.

하지만 쌓이는 부와 대조적으로 그의 가슴은 공허하게 비어갔다. 그나마 그를 미치지 않게 지탱해 주는 것은 아득한 옛날에 아낙스가 그에게 해준 말 때문이었다.

'너는 분명히 그보다 뛰어나.'

앙리에 대한 열등감에 대해 고백했을 때 아낙스는 고프리에게 그렇게 단언했다.

'지금은 그가 앞서 보일지도 모르지만 기나긴 세월을 살아야 하는 흡혈귀에게 지금 한순간의 우위 따윈 아무런 의미가 없다.'

'그러나 나는 나를 모르겠어요. 뭘 원해야 할지도 모르겠어요. 왜 살아야 하는지도. 그런데 어떻게 그처럼 강력한 욕구와 열망을 가진 자를 앞서갈 수 있다는 겁니까? 그는 자신의

욕구와 열망을 성취하기 위해서 아무런 동요 없이 질주할 수 있어요. 그에 비하면 나는……'

'별다른 욕구와 열망이 없는 지금도 너는 그와 대등하지 않은가? 네게 욕구와 열망이 생기게 되면 그때 그는 네 적수가 되지 못한다. 어쩌면 나를 능가할지도 모르지.'

'하지만 나는……'

고프리는 검은 신과 접할 때를 떠올리며 치를 떨었다. 검은 신과 접한 그날이야말로 그가 괴물이 된 날이었으니까. 그에 비하면 흡혈귀가 된 것은 그 후의 흔한 일상 중 하나에 불과하다고 할 수 있을 것이다.

'살아. 언젠가 반드시… 때가 온다.'

흡혈귀의 왕 아낙스는 고프리에게 그렇게 말했다. 살다 보면 반드시 언젠가 고프리가 의미를 가질 날이 온다. 아낙스는 예언자, 그의 말은 신빙성이 있었다.

아낙스의 그 한마디를 믿고 살아온 지 벌써 1,300년에 달하고 있었다. 그러나 여전히 그는 삶의 의미를 찾을 수 없었다. 네크로폴리스의 검은 신이 그의 인성과 영혼을 파괴한 것도 있겠지만 흡혈귀가 된 것도 분명히 그의 황폐화에 일조했다. 게다가 아낙스와 함께하면서 사업은 어떤 모험이나 도전이 아니라 지루한 작업이 되고 말았다. 일상에 새로운 변화와 즐거움 없이 그저 당장 와 닿는 미식과 향락에 도취되어 시간을 쪼갤 수밖에 없었다. 무의미한 인생과 시간의 낭

비였다.

하지만 아무리 낭비하더라도 그에게 인생과 시간은 너무 많았다.

그러한 고프리의 무미건조한 삶과는 대조적으로 세계는 급격하게 변화해 갔다. 저 먼 동쪽의 땅으로부터 몽골의 대군이 일어나 아시아와 인도를 초토화시키고 서방으로 밀려들고 있었다. 게다가 그때를 같이하여 냉해가 잇따르게 되었다. 동에는 지옥에서 올라온 악마들의 군대와도 같은 몽골군, 북에는 냉해가 기승을 부리고 지중해 지역으로부터 역병이 퍼져 나가 세상이 멸망하는 게 아닌가 하는 근심과 걱정이 사방에 팽배했다. 칭기즈 칸이 서거함으로써 다행히 몽골군의 침략은 둔화되었지만 아시아 저 너머에는 여전히 몽골의 위협이 남아 있었고 냉해와 역병은 시시각각으로 사람들의 숨통을 조여왔다.

그러한 혼란의 상황에서 아낙스는 그의 영향하에 있는 모든 진마를 제노바에 소집했다. 혼탁한 세상에 자신들을 부르는 예언자의 부름을 거부할 이는 아무도 없었다. 다른 흡혈귀들에게 천대받고 있는 고프리였지만 그도 이 집회에는 직접 참가하기 위해 자신의 상선에 올라섰다.

아낙스의 예지의 힘을 빌어 부호와 지방 영주로 성장한 흡혈귀들은 어마어마한 수행원들을 이끌고 제노바에 입성했다. 그때까지 별다른 흡혈귀를 만들지 않은 고프리는 몇몇 수행원만을 데리고 제노바에 들어섰다.

제노바의 교역소 로비에서는 이미 아낙스가 배치한 이들이 흡혈귀 군주들에게 회합에 대한 안내를 하고 있었다. 고프리는 자신에게 가면을 건네주는 젊은 인간 급사를 보며 웃음을 지어 보였다. 그에게 주어진 가면은 왼쪽 얼굴 윗부분, 눈언저리만 드러나는 기괴한 광대 가면이었다.

"오늘은 가면무도회인가?"

"예, 출석 시엔 그걸 쓰고 오시면 됩니다. 그 가면이 초대장의 역할을 수행하고 있으니 꼭 지참해 주십시오."

"웃기는군. 알겠어."

고프리는 가면을 받아 들고 조심스럽게 얼굴 근처로 가져가 보았다. 마치 그를 위해 만든 듯, 얼굴에 쓰기만 하면 딱 맞을 것같이 내부가 파여 있었다. 쓰면 얼굴에 달라붙어서 영원히 떨어지지 않는 그런 저주가 붙어 있는 게 아닐까 걱정될 정도였다.

물론 마법사인 그는 저주가 붙은 물건인지 아닌지 알 수 있었고 이 가면에는 그런 게 없었다. 그렇지만 생김새만으로도 불길한 모습인 건 분명했다.

그날 밤, 아낙스의 저택에는 많은 이가 모여들었다. 고프리도 가면을 쓰고 저택에 늘어섰다. 안에는 촛불들이 어지럽게 배치되어 있었고 벌써 많은 흡혈귀가 자리에 착석한 상태였다.

"모두 다 오셨군요. 초대장은 많이 보냈습니다만, 오늘 오실 분은 다 오신 겁니다."

연단 위에는 젊은 붉은 머리칼의 청년이 서 있었다. 아낙스, 가면을 썼지만 그 모습은 분명히 아낙스였다. 그러나 그의 태도는 왠지 이질적이었다. 평상시의 아낙스와 다른 태도에 고프리는 의아해했다. 이전의 아낙스는 신이 아닐까 싶은 범접하기 힘든 기운을 뿜어내고 있었다. 오만하고 자신감에 넘쳤지만 결코 남들을 불쾌하게 하지는 않는, 아니, 오히려 좌중을 압도하는 신비한 힘이 있었다. 그러나 지금 연단 위에 있는 저 청년은 가면으로도 가려지지 않는 아낙스의 몸과 체취가 있었음에도 아낙스 본인 같지는 않았다.

그때 연단으로 한 중년의 신사가 올라섰다. 붉은 공단으로 몸을 감싼 그는 연단을 움켜쥐었다.

"모두 모였는가?"

"아?"

고프리는 순간 당혹해서 소리를 내고 말았다. 나이 든 저 중년의 신사에게서 이전 아낙스의 느낌이 났기 때문이다. 그러나 아낙스는 흡혈귀, 나이를 먹을 수가 없다. 그런데 이게 어찌 된 일일까?

"나는 흡혈귀의 왕 아낙스다. 그리고 이자는 내 후계자. 모두들 이후 잘 부탁한다."

나이를 먹은 흡혈귀가 자신을 아낙스라고 주장했지만 다른 흡혈귀들은 이견을 표시하지 않았다. 고프리처럼 이런 아낙스를 처음 본 이들이 당혹해하긴 했지만 그들도 본능적으로 저 중년 신사가 진정한 아낙스임을 의심하지 않았다.

그러나 대체 어떻게 그는 나이를 먹었는가? 가장 최근에 고프리가 그를 보았던 것은 약 200년 전, 그렇다면 그 200년 사이에 무슨 일이 있었단 말인가?

"모든 흡혈귀를 계속 보호해 주겠다. 그러나 이전엔 아무런 대가가 없었다면 이제는 다르다. 나의 지시에 따르도록, 그리고 이후 행동에 있어서 그 품행이 방정하지 못한 자에겐 벌을 주겠다."

갑작스런 발언에 모두들 놀라고 말았다. 이전까지의 테트라 아낙스는 선의와 호의로 가득 차 있었으며 되레 다른 흡혈귀들이 그런 그의 능력이나 호의를 경계하여 몰지각한 짓을 많이 했었다. 그러나 이제 아낙스는 무상으로 자신의 보호와 예지를 제공하지 않겠다는 뜻을 밝힌 것이다. 그의 예지를 빌려 재산을 불려온 흡혈귀들로서는 그러한 갑작스런 이야기에 분개했다.

"지금 미쳤소?!"

"당신이 우리를 부려먹겠다는 건가?"

"왕을 자처하는 걸로는 모자란 모양이구려!"

가면을 쓴 흡혈귀들은 일제히 일어나 비난을 퍼부었다. 그러나 아낙스가 왼손을 치켜들었다.

우우우우우웅!

검은 신의 힘이 몰려든다. 그가 오른손도 치켜들자 거기에 강력한 백색의 빛이 몰려들었다. 그 어마어마한 마법의 힘이란! 그뿐만이 아니다. 단상을 지키고 있던 청년은 다마스커스제 장검을 뽑아 들고 회당 안의 다른 이들 역시 무장을 꺼냈다. 제노바 의회를 지금이라도 함락시킬 수 있을 만한 무리였다. 모든 흡혈귀가 당황했다.

"이 방약무인한 것들!"

아낙스가 분노로 포효하자 거대한 저택 안에서 천둥이 폭발했다. 무시무시한 기세로 돌풍이 일어나며 탁자들이 흔들리고 촛불들이 꺼졌다.

딱!

누군가 손뼉을 치는 소리와 함께 촛불들이 일제히 다시 밝혀졌다. 단상 위에 있던 붉은 머리칼의 청년이 한 것이다. 아낙스의 예전 모습을 간직하고 있는 그도 아낙스 못지않은 위험한 존재임을 알 수 있었다.

"이번에도 너희는 갑작스런 역병과 몽골군의 침공에 두려워하면서 나의 보호를 갈구하고 왔을 것이다. 그러나 그것은 어디까지나 너희 자신만의 이익에 눈이 멀어서 그런 것이지. 그동안 내가 너희를 보호하면서 흡혈종 전체의 생존과 질서를 이야기할 때 그 말에 호응한 이가 몇이나 되었지? 스스로의 이해득실에는 민감하면서 그러한 것은 무상으로 주어진다고 생각했나?"

지금 이 자리에 모인 흡혈귀 군주들의 힘은 엄청날 것이다. 분명히 모두가 한마음이 되어 아낙스에게 도전한다면 아무리 강력한 아낙스라 해도 당해내지 못할 것이다. 하나 지금 이 자리에 모인 진마들이 한마음이 된다? 그건 있을 수 없는 일이다. 아낙스도 그건 잘 알고 있겠지.

과연 모두들 아낙스에게 분개했지만 그 분노를 행동에 옮기는 이는 아무도 없었다. 그런 무력한 모습을 보면서 아낙스는 다시 절망하고 분노했다.

"곧 동방에서 강력한 적이 나타날 것이다. 질병의 군주 구아르. 강력한 라이칸스로프인 그는 우리 흡혈귀들의 헤게모니를 흔들려 할 것이다. 왜냐면 라이칸스로프들은 막대한 부를 축적하지도 못했고 변방의 마물로 살아가고 있는데 우리는 부와 권력을 손에 넣었으니까. 우리가 쥐고 있는 권력을 빼앗기 위해 그는 기반부터 무너뜨릴 것이다. 무시무시한 역병과 냉해가 유럽 전역을 뒤덮을 것이고 그 시발점은 아시아가 될 것이다. 우리의 기반도 흔들리겠지."

아낙스는 좌중을 돌아보았다.

"이 중에 누가 그를 상대할 것인가? 누가 분노에 미쳐 버린 라이칸스로프를 상대할 것인가? 지원자가 있나?"

그러자 모든 흡혈귀가 꿀 먹은 벙어리가 되었다. 라이칸스로프는 신체적인 면에서 흡혈귀를 능가하는 강적이다. 그런 이와 싸우는 건 목숨을 건 위험한 도박이 될 터, 누구든 선뜻 나서는 이가 없었다.

"그렇지. 너희는 그 모양이지."

아낙스는 마치 끔찍한 벌레를 내려다보듯 흡혈귀들을 바라보았다.

"그를 내버려 두면 유럽은 필히 붕괴한다. 그렇게 되면 우리 모두의 기반이 파괴당한다. 아무도 나서지 않으면 우리 모두가 파멸할 것이다. 그런데도 아무도 나서지 않는 건가? 하다못해 여럿이 라이칸스로프 하나를 습격하겠단 소리도 못하는 건가?"

모든 흡혈귀 군주가 자신을 능멸하는 아낙스의 태도에 치를 떨었다. 그러나 누구 한 명 흔쾌히 나서는 이가 없었다.

"하긴 너희를 나는 잘 알지. 목숨을 위협할 상대를 다른 흡혈귀와 함께 상대한다는 건 미친 짓이지. 언제 이놈이 자기 목덜미에 이빨을 꽂을지 모르거든. 그런 놈들이니 내가……."

그때 아낙스는 군중 사이에서 일어난 한 청년을 바라보았다. 금발의 청년 흡혈귀는 가면을 쓴 채로 손을 들었다.

"내가 그 라이칸스로프를 상대하겠소."

"오."

아낙스는 일어난 흡혈귀를 바라보고 웃음 지었다. 주름진 얼굴이 일그러지며 기괴한 미소를 떠올렸다. 신처럼 아름다웠던 불사자의 왕, 그 얼굴이 이제는 추악한 마음으로 일그러지고 있었다.

아마 그는 흡혈귀 군주들을 능멸하면서 즐거움을 얻었던 것 같다. 그러나 지금 이 순간 기쁨으로 가슴을 가득 채우고 있는 이는 그 혼자만이 아니었다.

손을 든 장본인, 고프리도 지금 자신의 가슴에 기쁨이 차오르는 것을 느끼고 있었다.

신과도 같던 아낙스가 마침내 풍화되어 타락했다.

그때 그는 앙리에게 부탁했었다. 자신의 꿈을 잃지 않게 일깨워 줄 대항마로서 살아달라고. 하지만 앙리는 그 역할을 거부했으니, 이제 고프리에게 그 역할이 주어진 것이다.

목표도 없이 천 년간의 무료함을 견뎌야 했던 고프리의 삶에 드디어 목표가 하나 생겨난 것이다.

◦ 비스트 ◦

아낙스가 모든 진마를 능멸한 그 당일, 많은 진마가 화를 내며 제노바를 떠나갔다. 그러나 라이간스로프를 상대하겠다고 공언한 고프리는 제노바에 남아 아낙스에게서 필요한 정보를 듣기로 했다.

그러나 아낙스는 이전과는 달리 고프리와의 만남을 꺼려했다. 누가 보더라도 이전 아낙스의 모습을 한 청년, 그리고 그와 남매라고밖에는 여겨지지 않는 붉은 머리칼의 여성과 어린 소년, 세 명의 수행원과 함께하는 그는 고프리에게 그저 후에 사람을 보내겠다는 말만 할 뿐 좀체 만날 기회를 주지 않았다.

결국 아낙스와의 직접 대담을 포기한 고프리는 험악한 분위기로 끝난 회합장에서 빠져나와 자신의 상회가 설치한 교역 사무소로 돌아왔다.

그런데 그가 교역 사무소의 숙소에 돌아온 것과 거의 동시에 손님이 한 명 찾아왔다.

"늦은 시간에 실례합니다. 혹시 여기 가스통 리비레르 님 계십니까?"

젊은 여성이 가스통 리비레르란 이름을 언급하고 있었다. 가스통 리비레르는 고프리의 지금 이름이었다. 아득한 옛날의 본명을 쓰기에는 흡혈귀의 인생이 너무 길다. 그동안 고프리는 수차례나 다른 이름을 쓰며 인간들의 눈을 속여왔다. 그런데 저 사람은 지금 고프리의 인간 이름을 부르고 있는 것이다.

"누구지요?"

고프리의 하인들이 경계하자 그녀는 금을 수놓은 비단 주머니를 보여주었다. 비단 주머니에는 네 마리 뱀이 지팡이를 감고 있는 문양이 수놓아져 있었는데 이것은 바로 그녀가 아낙스가 운영하는 바사트의 하인임을 증명했다.

"로드리고 님의 명령으로 왔습니다."

"로드리고? 아, 들어오라고 해."

고프리는 이 층 계단에서 내려와 만약의 사태에 대비했다. 그러나 문을 열고 들어온 그녀는 머리를 덮어쓰고 있던 후드를 벗고 상자 하나를 건넸다.

"리비레르 씨에게 이걸 전해주라고 하시더군요. 뭔지는 열어보면 안된다고. 그리고 길 안내를 해주라는 명령을 받았습니다."

고프리는 그녀가 건네주는 상자를 손에서 떨어뜨릴 뻔했다. 눈앞의 여성은 아랍계의 피가 섞였는지 진한 갈색의 피부를 가진 미녀였다.

"아… 예."

그동안 오래 살면서 그녀만 한 미녀를 보지 못한 건 아니다. 그렇지만 오늘은 왠지 흥분해서였을까? 피를 빨고 싶다는 욕구가 강하게 끓어올랐다. 아낙스는 이런 여자를 하인으로 부리면서도 전혀 피를 빨지 않았는지 신선하고 건강한 생명의 냄새가 코를 찌른다.

고프리는 덜덜 떨리는 손으로 상자를 열었다.

안에는 다 삭은 검은 쇳조각이 하나 있었는데 보기만 해도 범상치 않은 힘을 발하고 있는 게 아마노 신석인 유물 같았나.

"이건?"

"이 도시의 지하에 위치한 성 요한의 납골당을 열어줄 열쇠입니다. 잘은 모르지만 도움이 될 것이라 했습니다."

기독교도가 대부분인 서유럽에서는 기독교의 신앙이 바로 힘이 되었다. 인간들이 믿는 신앙은 그 자체로 강력한 마법이 되어서 성유물들에게 거대한 마법적 에너지를 부여했다. 그러한 귀한 유물을 가져가라고 하는 것일까? 아낙스가 이렇게 만반의 준비를 취한 것은 그만큼 상대가 만만치 않다는 뜻이리라.

질병의 군주 구아르. 그의 힘이 정말 아낙스는 물론 다른 흡혈귀 모두를 위협할 만한 것일까?

고프리가 열쇠를 꺼내 살펴보자 밀랍으로 밀봉된 편지 하나가 그 밑에서 드러났다. 편지는 아시아 지역으로 출발할 일정과 준비할 물건들, 그리고 언제 어디서 그 라이칸스로프를 만나게 될지에 대한 아낙스의 예언이 담겨 있었다.

"길 안내라. 이 정도의 설명이 있으면 필요가 없다고 생각하는데. 그래도 당신은 나와 함께 가야 하나?"

"예, 전 몽골어를 할 줄 압니다. 반드시 도움이 될 것입니다."

그녀는 자신 있다는 듯 가슴을 내밀었다. 고프리는 각양각색의 언어를 공부해 왔지만 몽골어는 아직까지 관심 밖이었다. 그런 마당이니 그녀의 도움은 분명히 절실할 것이다. 하지만 인간 길잡이를 데리고 라이칸스로프와 싸워야 한다니, 대체 뭘 어쩌라는 걸까? 자신의 정체를 숨길 수 없지 않은가?

혹시나 싶어서 고프리는 그녀에게 마법을 시전해 보았다. 아무런 저항 없이 그녀의 과거 기억의 일부가 고프리의 의식 안으로 흘러 들어왔다. 그렇지만 그녀는 마법이 시전되었다는 사실을 알지 못하는지 멀뚱멀뚱 서서 몸 매무새를 가다듬을 뿐이었다. 이 여자는 마법사도 아니고 흡혈귀도 아니다. 그런 사람을 길잡이로 붙이다니 대체 그 의도가 무엇일까?

"알겠어. 이름은 뭐라고 하지?"

"마스지드라고 합니다."

"그래. 모두들, 숙녀에게 잠자리를 제공해 주도록."

고프리는 하인들에게 명령하고 다시 자신의 숙소로 돌아갔다. 그녀를 바라보고 있으면 피를 빨고 싶은 마음이 일어나 견디기 힘드니 자리를 피한 것이었다.

고프리는 제노바의 지하수로에 위치한 비밀 납골당에 들러 어렵지 않게 성 요한의 뼈를 얻었다. 성 요한의 뼈라 불리는 이것은 세례 요한, 혹은 예수의 제자 요한의 뼈라고 여겨지는 물건인데 그 진위는 잘 모른다. 예수와 무관한 제노바에 위치한 걸로 보아 진품이 아닐 확률이 높다. 그러나 그럼에도 불구하고 유럽 대부분이 믿고 있는 기독교의 전설과 연결되어 있음에는 분명했다.

사람들이 이것을 진짜라고 믿는 이상 그것은 진짜 성 요한의 뼈였다.

성 요한의 뼈를 손에 넣은 고프리는 그날로 자신의 상회에 소속된 직공들을 불러들여 그가 사용할 아퀴버스(Arquebus)의 제작에 들어갔다. 당시는 아직 실전적인 성과를 거두지 못한 아퀴버스보다 석궁이 애용되던 시대였다. 제노바의 석궁은 뛰어난 완성도를 인정받았는데, 이는 품질도 품질이지만 제노바 용병 부대의 숙련된 석궁 사수들이 뛰어난 전과를 거뒀기 때문이다.

그런 시기에 제노바에서 석궁보다 못한 아퀴버스를 집착하는 고프리를 직공들은 이해하지 못했다. 더구나 놀라운 것은 고프리의 작업 지시가 떨어지고 난 뒤였다. 그는 무려 철로 아퀴버스를 만들려는 야심찬 계획을 가지고 있었다.

직공들은 철없는 자신들의 고용주를 말리려 했지만 그는 천 년을 넘게 살아온 흡혈귀이자 마법사였으니 그 고집을 꺾을 수가 없었다.

고프리는 이미 열처리한 철이 청동보다 더 열과 압력에 강할 수 있다는 걸 잘 알고 있었다. 게다가 벼락 맞은 철은 예로부터 마법사들에게 중요한 마법의 도구였다. 고프리는 마법의 원 안에서 벼락을 맞은 철을 사용해 아퀴버스를 만들고 은 탄환을 쏘아내는 무기로 라이칸스로프를 잡고자 했기에 철의 사용을 고집했다.

당시의 제강술로는 화약의 폭발을 견뎌내는 데 철보다 청동이 더 나았으니 그러한 고프리의 고집은 무모해 보였다. 결국 안전을 이유로 직인들이 반대하자 고프리는 직인들에게 작업 보조만을 맡길 뿐 사실상 본인이 직접 총열의 제작에 들어갔다.

고프리는 한나절을 투자해 벼락 맞은 강철에 주문까지 걸어가며 총열을 만드는 데 성공했다. 게다가 이 마법의 총열에는 이후 수백 년 뒤에 나올 강선이 만들어져 있었다. 그러나 그것은 강선의 마찰을 통해서 총열의 마법을 총탄에 실어 보내기 위함이었기에 강선은 나선을 그리지 않고 직선으로 파져 있었다. 상대할 적이 라이칸스로프라는 걸 감안해 탄환은 은을 사용했는데, 이 탄환을 미리 만들기 위해 10온스나 되는 은을 녹여 고작 스무 발의 탄환을 만들었다.

이 아퀴버스는 후세에 쓰일 화승관을 이미 갖추고 있었다. 화약과 탄환은 총구를 통해 주입해야 했지만 불 자체는 뒤에서 붙여서 점화가 가능했으며 화승 덮개를 통해 총의 폭발과 뒤로 폭염이 튀는 것을 막았다. 덮개는 노브를 조절해 완전히 잠그는 게 가능했다. 게다가 이 덮개야말로 마력의 중추였다. 아낙스에게 받은 성유물, 요한의 뼈를 조합해 만든 덮개는 고열의 폭발 속에서 강력한 마력을 탄자에 실어 보내는 게 가능했다. 성유물과 마법을 사용하는 무시무시한 화약 병기가 그렇게 만들어진 것이다.

고프리는 그렇게 만들어진 아퀴버스에 비스트라는 이름을

붙였다. 물론 그는 그러한 아퀴버스 외에도 은으로 만든 석궁용 볼트와 단검, 장검을 빠짐없이 준비했다. 그가 그런 작업을 할 동안 마스지드는 고프리의 수하들에게 여러 가지 검사를 받고 여행의 준비를 했다.

고프리는 마스지드와 하인들, 그리고 제노바의 용병들을 거느리고 안티오키아 공국으로 향했다. 그가 죽여야 할 구아르라고 하는 라이칸스로프는 페르시아를 점령한 몽골제국의 후신, 일한국(汗國)의 장수 신분이었다. 흡혈귀들의 헤게모니를 증오하는 그는 몽골군들을 등에 업은 채로 역병을 퍼뜨려 유럽 사회 전체를 파괴하려 하고 있었고 실제로 그 위협은 흡혈귀들에게나 유럽 전체에 매우 치명적이었다.

그러한 일한국에 접근하기 위해서는 그 자체만으로도 목숨을 걸어야 했다.

명분상 기독교도인 고프리, 아니, 지금 이름으로는 가스통 리비레르가 일한국에 접근하는 것은 기독교 신앙을 포기하고 적과 내통하는 것으로 보일 수 있었다. 그래서 그는 우선 일한국에 인접한 안티오키아 공국으로 향했다.

안티오키아는 공국이라곤 하지만 십자군들이 침탈하고 세운 나라로, 정세가 불안정하고 치안과 경제력이 형편없었다. 그런 나라에 거부로 알려진 가스통 리비레르가 가는 것은 정말 위험한 일이었다. 안티오키아의 공왕 보에몽은 예로부터 피를 마시고 인육을 먹는 괴물로 묘사될 만큼 잔혹하고 야만적인 불한당이었다. 가스통 리비레르가 자신의 영토에 올 경우 그는 가스통을 산 채로 잡고 재산을 빼앗으려 할지도 몰랐다. 그래서 가스통 리비레르는 제노바에서 용병들을 구해 호위병을 이끌고 안티오키아로 향했다. 일한국의 장군을 암살하기 위해 코그 범선 2척에 물자와 군인, 하인을 가득 실은 채 많은 구경꾼의 환송을 받으며 제노바를 출항한 것이다.

• 마스지드 •

아낙스는 네크로폴리스를 떠난 고프리에게 많은 것을 가르쳐 주었다. 그는 인류의 기원과 흡혈귀의 기원, 마법을 사역하는 법과 천문지리, 그리고 이후 변화할 세계의 모습들에 대해서 많은 이야기를 해주었다.

그에게서 받은 지식과 마음의 힘으로 고프리는 1,300년을 살아왔다. 그동안 무수히 많은 흡혈귀가 세상에 나타났다 사라져 갔다. 많은 흡혈귀가 태양이라는 천적을 이기지 못하고 제대로 자각하지도 못한 채 죽어버렸다.

일광을 견딜 수 있는 강력한 흡혈귀들은 아낙스를 중심으로 모여들었다. 미래를 예지할 수 있는 아낙스는 그 힘으로 막대한 부를 긁어모으기 시작했고 그 부를 이용해 흡혈귀들을 인간들의 손에서 보호했다.

고프리는 아낙스를 존경했고 사랑했지만 그에게는 아낙스가 점점 자멸해 가는 게 보였다. 예지 능력을 가진 그의 정신은 너무 지쳐 있었다. 보통 사람이 1년에 받아들이는 정보량을 그는 단 하루 만에 받아들여야 했다. 게다가 끝없는 예지의 힘 때문에 그는 현실과 환몽 속을 유영하고 있었다. 보통 미쳐야 정상이다. 미치지 않고는 버틸 수 없으리라.

그리고 이제 그는 미쳐 버렸다.

너무나 슬픈 일이지만 한편으로 고프리는 기뻤다. 사랑하고 존경하던 스승을 잃었지만 그에겐 삶의 목표가 생겼다.

"하아아."

고프리는 뱃전에 서서 긴 한숨을 내쉬었다. 그런 그의 곁에는 마스지드가 서 있었다. 아름다운 갈색 피부의 이 여성은 현재 고프리의 밤 시중을 드는 여자로 알려져 있었고 고프리도 그러한 오해를 거부하지 않았다. 이슬람교도임이 분명한 마스지드에게 그러한 방패막이라도 없으면 무슨 일을 당할지 모른다. 안티오키아에 도착하게 되면 이 방패막이는 더욱더 빛을 발할 것이다.

하지만 그러한 방패막이 때문에 그녀는 배에서 계속 고프리와 같은 선실을 쓰게 되었다. 이게 고프리를 미치게 만들었다. 피를 빨고 싶어서 견딜 수 없게 된 것이다.

배 위에서 피를 빨고 싶어지면 그는 하인들의 피를 빨았다. 마스지드는 절대 흡혈 대상으로 삼지 않았는데, 그녀에게 입을 대면 정말 죽을 때까지 피를 빨아낼까 두려워서였다.

그러한 고프리의 고심을 아는지 모르는지 마스지드는 고프리가 잠자리에서 그녀를 일절 건드리지 않는 것에 감동하고 있었다. 비록 다른 이들은 그녀가 고프리의 색노라 여기고 있지만 그녀는 그 모든 것이 자신을 보호하기 위한 조치임을 잘 알고 있었다.

그래서 그녀는 고프리에게 마음을 열고 자신의 이야기를 늘어놓고 있는 것이다.

"그래서 저는 바다가 좋아요."

"아아, 그래?"

고프리는 건성으로 대답하며 흡혈 욕구를 억제했다. 아직까진 누구에게도 정체를 들키지 않았지만 선내 여기저기에서 하인들이 빈혈을 일으켜 쓰러지고 있었다. 이 이상 욕구 불만이 지속되다가는 사람이 죽을 수도 있었다.

"선주님, 또 하인들이 뱃멀미를 시작합니다."

빈혈을 일으켜 쓰러지거나 현기증을 호소하는 이들을 선원들은 다 뱃멀미로 간주했다. 고프리는 그러한 하인들을 쉬도록 해주었는데 마스지드는 그러한 모습을 볼 때마다 그 검고 아름다운 눈을 초롱초롱 빛내며 감격했다.

"주인님은 정말 훌륭하세요. 이렇게나 젊고 아름다운데 자애롭고 현명하시니 알라께서 주인님을 무척이나 편애하시나 보군요."

"글쎄. 별로 동감은 못하겠는걸."

고프리는 마스지드에 대한 욕망 때문에 고통받고 있었지만 그러는 한편으로 이 여성의 다양한 표정에 감탄했다. 마스지드는 원래 옛 페르시아 변방의 농촌 마을에서 살고 있었는데 안티오키아 공국의 기사들에게 마을을 습격당하고 일족이 몰살당했다. 그녀 자신도 군인들에게 겁탈당하고 노예로 팔린 것을 아낙스가 사들여서 하인으로 쓰고 있었던 것이다.

겁탈당하고 노예로 팔렸을 때가 10살이었다고 하니 꽤나 끔찍한 인생을 살아왔을 텐데도 그녀는 담담하게 예전에 겪었던 일들을 말하곤 했었다.

"두 번 다시 떠올리기 힘든 일이지만 그래도 고향으로 다가간다는 생각이 드니 설레는 것은 어쩔 수 없군요."

"그래? 끔찍한 기억이었을 텐데? 떠올리는 것조차 고통스럽지 않나?"

"끔찍한 과거를 떠올리는 건 분명히 싫은 일이죠. 하지만 노예의 삶도 끔찍하긴 마찬가지였으니까요. 끔찍한 현실과 끔찍한 과거가 연달아 펼쳐져 있다면 과거를 돌이키는 것도 그다지 나쁘지 않지요. 모든 건 상대적이니까요."

그녀는 그리 말하면서 웃었다.

"그럼 지금도 끔찍한 현실인가?"

"아니요. 지금은 행복한 미래이지요. 물론 앞으로 계속될지는 알 수 없지만."

"그래?"

참 재밌고 특이한 정신을 가진 여자다. 이미 정신이 망가진 것일 수도 있겠지만 미쳐도 이렇게 미치는 거라면 본인에겐 낫겠지. 미치지 않았다면 그것은 그것대로 존경해 마지않을 강한 마음을 가지고 있다는 것이니 어느 쪽이든 마스지드에 대한 호감은 더해졌으면 더해졌지, 깎아먹을 것이 못 된다.

그리고 그녀에 대한 호감이 강해질수록 그녀에 대한 흡혈 욕구도 걷잡을 수 없이 강해졌다.

고프리가 그렇게 내면의 갈등을 겪고 있는 걸 아는지 모르는지 마스지드는 계속 고프리에게 다가와 말을 걸었다.

"주인님, 이 여행이 끝나고 나면 절 사주실 수는 없나요?"

현재 그녀는 아낙스의 소유물이다. 이 여행은 어디까지나 아낙스가 그녀를 그에게 붙여준 것이지, 그녀를 고프리에게 넘긴 건 아니다. 물론 아낙스의 성격상 그녀를 다시 돌려받으려 할 확률은 희박하지만 노예인 그녀는 아낙스의 성질에 대해서는 잘 모르는지 자신을 아낙스에게서 사달라고 조르고 있었다.

"이미 날 주인님이라고 부르고 있군."

"에헤헤. 그야 주인님이 제 목소리에 익숙해지면 익숙해질수록 저를 사주실 확률이 높아지지 않겠어요?"

"마스지드, 나는 네가 생각하는 만큼 좋은 사람이 아냐."

정확히 말하면 사람도 아니지. 고프리는 속으로 그렇게 중얼거렸다.

"그러나 미래에 대해서라면 걱정하지 마라. 적어도 이번 여행에서 살아남는다면 말이지."

"예? 잘 못 들었는데요?"

"못 들었으면 됐고."

고프리는 능청을 떠는 마스지드를 보며 선실로 들어갔다. 내일이면 곧 안티오키아 공국에 도착하게 된다.

아낙스의 타락을 목도한 이래 고프리는 오히려 하루하루 충실함을 맛보고 있었다. 마스지드의 존재가 특히 컸다. 그녀는 실성했든가 아니면 정말 강한 마음을 가진 여성이었다. 그리고 흡혈귀라면 저항하지 못할 만큼 강렬한 생명의 열기를 뿜어내고 있었다.

고프리의 인내력이 조금이라도 부족했다면 벌써 마스지드를 물어뜯었으리라.

고프리는 안티오키아 공국에 자신들의 교역소를 설치하고 싶다는 명분상의 방문 이유를 밝히고 실제로 교역소 설치에 들어갔다. 안티오키아 공국의 공왕 보에몽 6세는 막대한 부를 소유한 상인 가스통 리비레르의 입국을 듣고 뛸 듯이 기뻐했지만 가스통 리비레르의 무수한 호위병 앞에서 기가 죽었다. 만약 호위병이 없었다면 진짜 억지로 억류하고 몸값이라도 뜯어낼 수 있었겠지만 그러려면 많은 희생을 감수해야 한다는 걸 알게 해준 것이다.

고프리가 제노바에서 데려온 사람은 코그 범선 두 척에 불과했고 그들 중 군인은 반도 되지 않았다. 나머지는 하인이나 노예가 대부분이었지만 잦은 내전으로 쇠약해진 데다가 맘루크 왕조와 일한국 사이에 끼어 쇠약해진 안티오키아 공국에서는 무시할 수 있는 병력이 아니었다.

그리하여 보에몽 6세는 고프리, 아니, 가스통 리비레르를 정식으로 초청하고 입국의 이유를 물어보았다. 가스통 리비레르는 교역소의 설치와 운영이라는 표면적인 이야기를 꺼냈고 보에몽 6세에게 교역소 설치에 대한 물자 구입이란 명목 하에 2,000플로린의 은화를 그 자리에서 지불했다.

보에몽 6세는 바로 교역소를 설치하는 허가를 내주고 교역소 건물을 짓기 위한 자재와 인부를 구하는 데 편의도 봐주겠다고 호언장담했다.

그러나 다음 날, 예상한 대로 보에몽 6세는 받아먹은 돈값을 할 생각이 없는 듯했다. 교역소를 설치할 부지만 내어줬을 뿐 약속한 자재의 편의나 그런 건 쥐뿔도 없었다.

고프리도 애초에 그런 호언장담에는 별 기대를 하지 않았기 때문에 범선으로 실어 온 자재와 하인들, 그리고 안티오키아에서 피폐해진 민중들을 일용직으로 고용해 교역소 건축에 들어갔다. 그러는 한편으로 조사에 착수했다.

안티오키아 공국은 맘루크 왕조의 위협에서 자신들을 지키기 위해 몽골제국과 동맹을 맺고 있었다. 중국을 복속시키고 서방으로 뻗어온 몽골은 폭풍 같은 기세로 바그다드를 점령하고 압바스 왕조를 전멸시켰다. 안티오키아 공국은 그러한 몽골과 손을 잡아야만 성지 예루살렘을 장악한 이슬람 세력과 싸울 수 있을 것이라 믿고 몽골제국에서 분화된 일한국과의 동맹을 맺었다. 말이 동맹이지, 사실상 속국이나 다름없는 상황을 자처한 것이다. 그리고 그건 안티오키아 공국과 같은 소국이 거대한 이슬람 세력들 속에서 독립을 유지하기 위해서 필요한 일이었을 것이다. 하나 명분은 이슬람교도로부터 성지를 탈환하기 위해서라지만 그들과 손잡은 일한국 역시 크리스트교를 섬기지 않는 이교도의 나라다. 이래서야 안티오키아 공국이 내세우는 교권 수호의 명분이 빛이 바래지 않겠는가?

'뭐, 덕분에 일한국 정보는 손쉽게 얻을 수 있어서 다행이지만.'

고프리가 교역소를 설치하기 위해 준비하는 그날 오전에 이미 필요한 자료를 얻을 수 있었다. 이미 일한국의 속국이 되어버린 안티오키아에서는 일한국에 대한 정보를 얻기 쉬웠다.

플레이그 로드 구아르는 원래 중국 금나라의 개봉 출신으로 본명은 구지청(邱支廳)이다. 몽골인이나 여진족이 아니라 하북 화족(華族)이던 그는 날 때부터 신비한 기운을 받았는지 주위 사람을 놀라게 하더니 신기를 제어하지 못하고 많은 사람을 살해했다고 한다.

많은 사람, 심지어 부모마저 죽여 버린 그의 잔혹함에 모든 관아가 혈안이 되어 그를 찾았지만 중국을 지배한 몽골인들은 관원 수십 명을 홀로 물리친 구지청의 무예에 감탄하고 있었다. 그들은 구지청에게 충성을 맹세받고 그 죄를 사한 뒤 자신들의 군에 뽑아 갔다.

물론 라이칸스로프인 그에게 인간의 군대와 싸우는 전쟁 일은 그다지 어려운 일이 아니었을 터, 게다가 라이칸스로프임에도 불구하고 인간 상관들을 두고 전쟁을 벌이는 게 적성에 맞았던지 그는 매번 전투에서 초인적인 성과를 올리며 쾌속 승진해 현재는 훌라구 칸 휘하의 대장군 키트부카를 도와 중동 토벌의 최전선에서 싸우고 있었다.

그의 전과가 어찌나 초월적이었던지 그는 화족의 몸으로 단 2년 만에 천부장의 자리에 올랐다. 천부장이 된 구지청은 그 후로도 계속 전장의 최전방에 나서서 많은 이를 죽이고 학살해 악명을 드높였다. 게다가 그가 공격을 진두지휘한 곳에서는 반드시 극심한 역병이 퍼져서 피해를 더 확산시켰으니 이는 구지청이란 장수에 대한 공포감을 더욱더 키우는 효과가 있었다. 덕분에 그들은 최근 압바스 왕조를 무너뜨리고 다마스커스까지 점령하는 기염을 토했다.

이대로 계속 라이칸스로프인 구아르가 장수로서 일한국을 돕는다면 그들의 손에 의해 이슬람과 유럽 문명 전체가 파괴될지도 몰랐다.

이토록 중대한 일이 벌어지고 있는데 흡혈귀들은 다들 자기 몸 하나 지키느라 손 놓고 있고 이들 중 일을 처리하겠다고 자처하고 나선 이가 고프리 한 명뿐이라는 건 확실히 문제다. 이대로 가면 다른 진마들도 분명히 파멸을 맞이할 텐데 아무도 나서지 않다니, 아낙스가 흡혈귀들에게 정이 떨어질 만도 했다.

· 시리아의 밤 ·

고프리는 후드를 눌러쓴 채 거리를 걸었다. 안티오키아 공국의 치안 사정은 형편없기 때문에 수행원 없이 그 혼자 움직일 경우 몸값을 노린 납치범들이 덤벼들지도 몰랐다. 그래서 그는 신분을 숨긴 채 오직 마스지드만을 데리고 움직였다. 플레이그 로드 구아르, 유럽 전역의 흡혈귀들에게 위협을 가하는 그 라이칸스로프를 죽이기 위해 직접 다마스커스로 여행을 떠날 참이었다. 그래서 그는 마스지드와 함께 무장과 말, 마구를 챙기고 안티오키아의 거리로 나왔다. 여기서 말을 달리면 하루나 이틀 정도면 다마스커스에 도착할 수 있으리라.

안티오키아의 거리는 어수선했다. 각지에서 부를 얻기 위해 몰려든 기사들과 그들을 상대하는 작부, 상인들로 들썩이고 있었다. 이곳은 강대한 맘루크 왕국과의 국경으로 절대 안전한 곳이 못 된다. 하지만 종교적 열정과 각지의 냉해, 그리고 일확천금의 꿈이 이 위험한 땅을 붐비게 했다.

"성지를 수복하라! 신께서 말씀하셨다! 성자와 성부와 성령의 이름으로 예언하노라. 곧 그리스도를 섬기는 만국의 왕이 단결하여 천상의 군대를 이끌고 노도와 같이 밀려오리라! 새롭게 일어나는 십자군이 저 이교도들을 물리치고 천년왕국의 초석을 새롭게 다질 것이다!"

미치광이로 보이는 백발의 남자가 장창 하나를 들고 광장에 서서 눈을 희번덕이며 게거품을 물고 외쳤다. 그런 그의 옆에는 약탈품들을 매입하는 상인들과 기사들이 있었다.

"마치 지옥 같군."

고프리는 눈살을 찌푸리고 그들 사이를 지나쳤다. 십자군 전쟁이 수세기간 계속되었지만 저 종교적 열정은 도저히 식지 않는다.

"성왕 루이가 군대를 이끌고 곧 예루살렘을 수복하기 위해

올 것이오! 모두들 믿음을 저버리지 마시오. 지금 저 사악한 이교도들의 무리가 두렵다고 성전을 저버리는 자들은 모두 이후 지옥의 유황불 속에서 고통받을 것이오!"

선지자가 고함을 지르며 시장 바닥을 미친 사람처럼 뛰어다닌다. 저자를 미친 사람이라고 하지 않으면 또 누구를 미쳤다고 할까?

"프레스터 존이 일만의 기사들을 이끌고 예루살렘을 수복하기 위해 합류할 것이오! 예루살렘을 수복하자! 성지를 수복하자!"

먼지구덩이 위를 구르며 발작을 일으키는 여성도 있었다. 그들은 신비한 기독교 교국인 프레스터 존에서 일만의 기사라는 말도 안 되는 원군이 와서 이 성전을 유리하게 이끌어줄 것이라고 믿어 의심치 않는 모양이었다. 하긴 그렇게 믿을 구석이라도 있어야지 그렇지 않으면 지금 이 상황은 도저히 견딜 수 없을 정도로 암울하다. 고프리가 보기에 안티오키아 공국의 운명은 이제 얼마 남지 않았다. 일한국이란 변수가 안티오키아 공국을 지탱해 주고 있긴 하지만 몽골인들은 도저히 믿을 수가 없는 족속이다. 만약 칭기즈 칸의 사후 그들이 자신들끼리의 권력 다툼에 몰두하지 않고 칭기즈 칸과 비슷한 강력한 황제 앞에 일치단결했었다면 세계를 다 제압하는 것도 꿈은 아니었을 것이다. 그러나 지금 그들은 각자 쪼개져서 권력투쟁을 벌이고 있었다. 그렇다고는 해도 그들 하나하나가 여전히 이들에겐 위협적이다.

일한국과 맘루크 왕국의 대결은 이제 곧 머지않았다.

"여기는 늘 이렇군요."

마스지드는 고프리의 뒤를 따라오면서 몸을 떨었다. 그녀는 바로 이러한 광신도들과 탐욕스러운 기사들에 의해서 희생되어 노예가 된 장본인이 아닌가. 그런 그녀에게 이들의 모습은 끔찍한 기억을 떠올리게 하는 것이리라.

"그 옛날 로마 시대 때보다 지금이 훨씬 더 야만적이라는 이야기가 사실인가요?"

"누구에게 그런 말을 들었지?"

고프리는 갑자기 그런 말을 물어오는 마스지드에게 깜짝 놀랐다. 마치 그가 흡혈귀라는 사실을 알고 있는 듯해서였다. 그러나 그녀는 고개를 가로저었다.

"주인님… 아, 그러니까 그 주인님 말이죠."

아마도 아낙스에게 들은 모양이었다. 고프리는 안도의 한숨을 내쉬었다.

"사실이지. 이전 시대에 비해서 지금은 오히려 퇴보라고 할 수 있어. 몇 가지 기술이나 도구는 발전한 게 있을지도 모르지만 전반적으로는 오히려 나빠진 게 맞지."

"그래요? 하아, 그러면 앞으로도 계속 나빠지기만 할까요?"

"글쎄, 그건 잘 모르겠군. 나는 예언자가 아니니까. 하지만 지금 이 안티오키아가 일한국과 손을 잡고 맘루크 왕국이라도 쓰러뜨린다면 더 나빠질 건 명약관화지."

고프리의 말을 들은 마스지드는 놀랍다는 듯 눈을 크게 떴다. 그동안 고프리가 기독교도로서는 좀 느슨하다는 걸 알고 있었지만 대놓고 기독교 국가인 안티오키아의 패배를 바란다는 건 그녀로서도 의외였던 모양이다.

"의외로군요, 주인님."

"공식적으론 기독교도지만 장사꾼에겐 신이 없지."

고프리는 아낙스가 마스지드에게 얼마나 많은 것을 가르쳤는지 궁금했다. 흡혈귀라는 걸 모르는 건 확실하지만 일한국의 장군을 암살해야 한다는 것은 알고 있는 것 같다. 그렇다면 그 이유는 알고 있을까? 대체 아낙스는 뭐라고 했길래 그녀는 아무런 질문도 없이 자신의 임무인 길 안내에 충실한 것일까?

되레 고프리가 마스지드에게 물어보고 싶을 정도였다. 그러나 참았다. 마스지드에 대한 흡혈욕 때문에 그녀에게 말을 걸거나 뭔가 다른 것을 하는 게 곤혹스러웠다.

"음?"

인파의 사이를 지나 성문으로 향하던 고프리는 누군가의 시선을 느꼈다. 깜짝 놀란 그가 고개를 돌렸을 때 처마 위에 올라가 있는 쥐를 한 마리 발견했다. 나무를 세워 만든 상점용 간판 지붕 위에서 한 마리의 쥐가 뚫어지게 고프리를 바라보고 있었다.

'벌써 정보가 샌 건가?'

저 쥐는 보통 쥐가 아니라 구아르의 눈일 것이다. 적국인 맘루크 왕국뿐만이 아니라 그들의 협력자인 안티오키아 공국에도 감시의 눈을 풀어놓다니 구아르가 인간을 그만큼 의심하는 것일까? 아니면 구아르를 죽이기 위해 흡혈귀나 마법사들이 손을 쓸 것을 예상하고 있는 것일까?

고프리는 후드를 눌러쓰고 마스지드와 함께 인파에 섞여 성문으로 빠져나갔다.

구아르의 종복인 쥐가 그를 눈여겨보았는지 어떤지는 모르지만, 더 이상 누군가의 기척을 느끼지는 못했다. 고프리는 안티오키아를 떠나 다마스커스를 향한 길에 올랐다. 나무와 수풀들이 우거지게 자란 길을 따라 두 사람은 말을 몰고 걸어갔다.

휘영청 밝은 달이 모래질의 땅에 반사되어 하늘과 땅의 경계도 없는 것 같았다. 마치 밤하늘 위로 말을 달리는 것 같다.

차가운 밤바람이 불어온다. 고프리는 바람을 꿰뚫고 달리다 문득 뒤를 돌아보았다.

마스지드는 몸을 떨며 그를 따라오고 있었다. 고프리는 인간이 아니니 이 한기를 견딜 수 있지만 그녀에게는 꽤 괴로운 것이리라.

"이걸 써. 밤은 아직 길다. 쉴 틈이 없어."

고프리는 담요를 꺼내 뒤따르는 마스지드에게 건네주었다.

"괜찮습니까, 주인님? 저는 괜찮습니다만."

"그게 괜찮은 걸로 보일 만큼 눈이 멀진 않았어. 네가 버텨야 내가 산다. 길 안내나 잘해."

고프리는 담요를 사양하는 마스지드를 무시했다. 마스지드는 그런 고프리를 보며 다시 감격한 모양이다. 노예로서 살아온 그녀는 누군가에게 이렇게 은혜를 받은 적이 없었다. 노예 출신으로서 노예에게 혹독하게 굴지 못하는 고프리의 태도가 그녀에게는 신선한 것이겠지.

"그렇지만 정말 많이 변하는군."

고프리는 이전 인간이던 시절 몇 번이나 이 지역을 여행한 적이 있었다. 그러나 10년이면 강산도 변하는 법, 계속된 변화로 인해서 길을 찾기는 더욱 힘들다. 다마스커스와 안티오키아는 예전부터 있는 도시였고 그들 사이를 잇는 길 역시 천년 이상 된 오래된 고도였다.

오래 살아온 고프리는 정신이 황폐화되어 있었다.

뇌는 한정되어 있는데 기억이 많이 쌓이면서 불필요한 기억을 압축하고 최적화한다. 검은 신의 비의가 가르쳐 준 가르침에 의하면 그러하다. 고프리의 뇌는 검은 신들이 가르쳐 준 비의로 인해서 보통 인간의 몇 배, 몇십 배나 더 뛰어나게 최적화되어 있지만 고프리가 살아온 시간은 1,300년에 달하고 있다. 아무리 뛰어난 지능을 가지고 있다 하더라도 정신적으로 한계에 도달하고 있었다. 그래서 그는 하루하루가 지나면 지날수록 현실감을 잃고 흐린 과거의 기억과 희미한 현실 속에서 몽유하는 것이다.

'아낙스가 그렇게 망가진 것도 당연하다.'

아낙스에 비하면 한참 어린 흡혈귀인 고프리도 이렇게 망가졌는데, 아낙스가 파멸을 피할 수 없는 것은 당연하리라. 더구나 그는 예지자. 가만히 있어도 어마어마한 정보가 밀려드는 그는 보통 인간보다 더 빨리 뇌를 소모하게 될 것이다.

"이쪽입니다, 주인님."

길을 안내하는 마스지드의 목소리가 고프리를 일깨운다. 그녀를 따라 길을 달리고, 거리에 서 있는 관문들을 지나며 고프리는 정신을 차렸다. 일한국과 안티오키아가 설치한 관문들을 위조된 신분증과 허가서를 가지고 통과하면서 고프리는 주위를 둘러보았다.

일한국이 안티오키아 공국의 협조를 얻어 다마스커스를 함락시키는 데는 성공했지만 아직 이 지역을 완전히 제패한 것은 아니다. 치안은 불안하고 강도나 다름없는 군인들이 탐욕에 눈이 멀어 돌아다니고 있는 것이다.

관문을 몇 차례나 넘었을 때, 고프리와 마스지드의 앞에 몽골인들의 순찰대가 나타났다. 솜과 비단으로 만든 누비 갑옷을 입은 이들 몽골인들은 활을 들고 방패를 등에 멘 채로 맞은편에서 다가오고 있었다.

"음."

 고프리의 초감각으로 누군가의 접근을 사전에 느낄 수 있었다. 그럼에도 불구하고 그들은 갑자기 나타난 것처럼 느껴졌다. 그렇다면 저들은 보통 인간이 아니라는 것이다.

 하지만 그들은 마치 고프리와 마스지드가 보이지 않기라도 하는 것처럼 자신들끼리 몽골어로 떠들며 다가오고 있었다. 고프리는 말 위에 올라타서 마스지드를 바라보았다.

 몽골어를 알아듣는 그녀는 그들의 이야기를 듣고 파랗게 질려 있었다.

"…뭐라는 거지?"

"저희를 잡아먹으려고 한다는데요?"

"더 볼 거 없군."

 그렇다면 기습을 가하는 게 좋았을 텐데 왜 이놈들은 이렇게 노골적으로 말하는 것일까?

 고프리는 의문을 품으며 검을 뽑았다. 그가 움직임을 보인 바로 그 순간 몽골 기병들이 달려오며 활을 쏘기 시작했다.

"음!"

 고프리는 화살을 피하기 위해 뒤로 몸을 젖혔다. 그는 화살을 피할 수 있었지만 말은 화살에 무방비로 노출되었다. 그러나 고프리는 말고삐를 잡고 말을 휘둘러 방벽으로 삼았다. 그리고 마스지드를 말에서 내려 화살을 맞은 자신의 말 뒤에 숨겼다.

"꺄악!"

"말을 지켜라! 마스지드! 그리고 눈을 감아!"

"예?"

"시키는 대로 해!"

고프리는 말의 시체를 뛰어넘어 달렸다. 활을 들고 있는 몽골군들은 고프리에게 달려들며 몸을 변형시키기 시작했다. 역시 이놈들! 구아르의 종복들이다! 정보가 샌 것일까? 아니면 설마 안티오키아의 출구에서 그때 잠깐 본 것만으로 고프리의 정체를 꿰뚫어 본 것일까? 그러나 그때 사람들을 관찰하고 있던 쥐는 구아르의 본신이 아니라 영향을 받는 것에 불과했다. 그런 하급한 생물에 깃들어서도 고프리를 한눈에 꿰뚫어 볼 만큼이라면 이 라이칸스로프는 대체 얼마만큼의 힘을 가지고 있는 것일까?

"흡!"

고프리의 왼손에서 검은 바람이 휘몰아쳤다. 그는 그 검은 바람으로 날아드는 화살을 어둠 속으로 집어삼켰다. 그리고 검은 바람은 채찍처럼 몸부림치며 날아가 몽골군이 타고 있던 말을 덮쳤다. 이미 변이를 끝마친 몽골군들은 말안장에서 뛰어내려 지상에 착지했다. 그 일련의 과정에서 고프리의 사법에 격중당한 이는 아무도 없었다.

"흡!"

고프리는 바닥에 검을 꽂고 인을 그어 마법을 걸었다. 달려들던 몽골리안 서러브레드 두 마리가 몸을 뒤틀더니 방금 전까지 자신들의 등에 타고 있던 몽골군에게 돌아섰다.

푸르르르륵!

투레질을 하는 말의 몸통, 그 피부의 안쪽에서 뭔가가 맥동하기 시작했다.

"킥!"

몽골인들은 뭐라고 알지 못할 말을 하며 달려들었다. 검은 신의 세례를 받은 말이 광란을 일으키며 몽골인들에게 덤벼들었지만 선두에 선 몽골인은 자신에게 달려드는 말의 앞발을 한 손으로 받아냈다.

콰직!

말의 몸통이 순식간에 두 동강 났다. 이들 몽골인들은 이미 완벽히 괴물로 변해 있었다. 사람의 몸에 길게 늘어난 뒷다리, 그리고 채찍 같은 꼬리와 길게 매부리처럼 휘어진 코에는 털이 잔뜩 돋아나 있었다. 실제로 쥐와는 많이 다르지만 그들을 동물과 연관시킨다면 쥐밖에는 달리 없었다.

하지만 쥐라고 해도 무시할 것은 못 된다. 일반적인 인간에 뒤처지지 않는 체격에 그 근골을 이루는 건 훨씬 더 뛰어난 반사 신경과 수축력을 가진 근육이다. 뼈가 부러져도 순식간에 재생하는 그들은 무서운 적이다.

"와라."

고프리는 그런 그들의 앞에서 사법의 힘을 펼쳤다. 검은 신의 폭풍이 그의 손아귀 안에서 소용돌이치며 무서운 기세로 울부짖고 있었다. 몽골군인들, 아니, 구아르의 종복들은 그러한 고프리의 기백에 눌려 함부로 접근하지 못하고 있었다. 그들은 몇 차례 화살을 쏘아 날렸지만 그때마다 고프리의 손아귀에서 소용돌이치는 폭풍이 일어나 날아드는 화살을 공중에서 집어삼켰다.

이들은 더 이상 접근할 생각이 없는지 신중히 움직이기 시작했다. 그리고 그중 일부는 동료들을 부를 셈인지 하늘을 올려다보고 울부짖었다.

"찌이이익! 찌이이익!"

그릇을 긁는 듯한 시끄러운 고음의 소리가 하늘로 울려 퍼진다. 동료를 부르는 것일까? 그렇다면 대체 이들의 수는 얼마나 되는 걸까? 고프리는 다급해졌다.

사법을 제어하는 데는 그도 많은 정신력을 집중해야 했다. 사법을 사용할 때는 그의 의식이 검은 신들과 연결되어 있는데, 그때 잘못하면 검은 신에게 정신을 완전히 제압당하게 된다. 그러한 정신 제압을 면한다 하더라도 검은 신의 강력한 사유에 접속되고 난 뒤는 고프리의 정신도 병들어가게 마련이었다. 때로는 이게 그 자신의 의지인지, 아니면 검은 신들의 의지인지 모를 모호한 감성에 휩싸이게 된다. 그러한 상태가 길게 지속되면 검은 신의 의지가 흘러들어 와 고프리라고 하는 개체의 개성을 말살하게 된다.

파즈즈와 에아

고프리가 다루는 사법의 힘은 지난 천 년간 압도적으로 강해졌다. 그러나 그만큼 그 사법의 반동도 강해졌다. 함부로 써서는 안 되는 힘이지만 적이 많다면 쓸 수밖에 없다.

구아르의 종복들은 좌우로 나뉘어서 고프리를 에워싸고 달려들었다.

칵!

고프리는 즉시 시미터를 뽑아 자신에게 칼을 휘두르는 자들의 공격을 막았다. 불꽃이 튀기며 고프리의 몸이 뒤로 붕 떴다. 선두에 달려든 자가 그렇게 고프리를 위로 띄운 순간 좌우에서 라이칸스로프들이 달려들어 공중에서 고프리를 난도질했다. 아무리 강력한 힘을 가진 이라 하더라도 허공에 떠서 공격을 방어하는 데는 한계가 있다.

그러나 그 순간 갑자기 고프리의 몸이 폭발했다.

그리고 시뻘건 핏물의 안개가 그들을 뒤덮었다.

"카악?!"

안개에 휘말린 라이칸스로프들은 이 상황을 이해하지 못했다. 그들의 공격은 분명히 맹공, 어떤 강력한 이라도 견디기 힘든 것이었다. 그렇지만 그렇다고 사람이 폭발할 정도는 아니다.

콰직!

그때 안개 속에서 붉은 검광이 나타났다. 그 붉은 검광은 순식간에 라이칸스로프의 목을 잘라 버렸다. 선혈이 튀어 오르며 라이칸스로프의 몸통이 털썩 주저앉았다.

"키이이익?"

라이칸스로프들은 당황스러워했다. 그들 중 일부는 안개에서 이상을 느끼고 도망치려 했지만 그때 붉은빛이 날아들어 그들의 다리를 휘감았다.

촤악!

다리가 깨끗하게 잘려 나가며 도망치던 라이칸스로프가 바닥에 쓰러졌다. 이윽고 붉은 안개들 사이에서 검은 폭풍이 일며 검은 신의 정신이 라이칸스로프들의 정신에 접촉, 그들의 정신을 유린했다. 이 붉은 안개야말로 그들이 습격한 흡혈귀였다는 것, 그의 본모습에 가까운 것이라는 걸 라이칸스로프들이 이해했을 때 그들은 이미 전부 다 몰살당했다.

"후우."

고프리는 긴 한숨을 내쉬었다. 능력을 쓰고 나면 피를 마시고 싶은 마음이 너무나도 절실해진다.

"맙소사."

고프리의 뒤에서 마스지드가 걸어온다. 그녀는 바닥에 쓰러져 있는 이형의 시체들, 그리고 역시 기괴한 형상으로 변했다 원래대로 돌아온 자신의 주인을 보고 있었다. 그녀는 말 뒤에 숨이 있지 않고 처음부터 끝까지 그 모든 것을 보았다.

"주인님은… 진이었군요."

그녀는 고프리의 정체를 보고 망연자실해서 서 있었다.

진. 이슬람 문명에서 말하는 악령들로, 흡혈귀나 라이칸스로프, 모두 다 그들의 문화에서는 일종의 진이라고 할 수 있을 것이다.

"그래."

고프리는 그녀에게 다가갔다. 마스지드는 아무런 저항이 없었다.

"싫으면 싫다고 말해."

"모르겠어요."

마스지드는 싫다고는 하지 않았다. 고프리는 그녀를 모래 바닥 위에 눕히고 발목을 잡은 뒤 그녀의 허벅지 안쪽을 깨물었다.

천 년간 고프리는 회한을 곱씹어야 했다. 검은 신이 자신을 완전히 침범하고 지배하던 날, 클라우디아의 어린 몸을 유린하면서 검은 신을 영접한 고프리는 죄책감과 회한, 그리고 그 어마어마한 열락을 잊을 수가 없었다.

긴 밤, 조금이라도 숨을 돌릴 때가 되면 그는 그 지독한 회한을 떠올려야 했다. 인간의 피를 빨아서 얻어지는 쾌락도, 다른 그 어떤 것도 그때의 열락을 능가할 수는 없었다.

그러나 마스지드의 피는 그에 못지않은 열락을 주었다.

그녀의 피는 마치 아편처럼 강렬하게 고프리를 도취시켰다. 모든 것을 잊고 몰아의 경지에 들어서는 듯한 느낌, 자신의 의식이 육신을 벗어나 무한히 확장되는 듯한 느낌에 고프리는 자아를 잃었다. 만약 마스지드가 애처로운 신음을 토하지 않았다면 고프리는 그녀를 죽여 버렸을 것이다.

깜짝 놀란 고프리는 도중에 그녀의 생명을 빨아들이는 것을 그만뒀다. 양으로는 얼마 되지 않았지만 마스지드는 몰려드는 한기에 덜덜 떨고 있었다. 고프리는 그녀를 담요로 감싸고 끌어안은 채 말 위에 올라탔다.

자신에 대한 혐오감이 밀려들었다. 흡혈귀의 습성이니 뭐니 아무리 변명을 해도 무력한 여자를 힘으로 제압하고 자신의 욕심을 채웠다는 것은 그 옛날 클라우디아 때와 다를 게 없었다.

고프리는 다마스커스 외곽에 도착했지만 성내에 들어가지 않았다. 상대는 이미 그의 존재를 알고 있을 터, 적진 한복판에 직접 들어갈 수는 없었다. 고프리는 마스지드와 함께 인근 마을에서 머물렀다.

마스지드가 깨어난 것은 그날 오전 중이 되어서였다.

마스지드가 깨어났을 때 고프리는 꿀 먹은 벙어리가 되어서 그녀의 얼굴을 바라보고만 있었다. 고프리는 마스지드에게 뭐라고 말해야 좋을지 몰랐다. 자신의 정체가 들통 났고 자신이 그녀를 습격해 피를 뽑았던 것에 대해서 뭐라고 해야 할까? 물론 그녀의 신분은 노예고 그는 한시적이나마 주인, 사실 무슨 짓을 한다 해도 그녀에게 선택지는 없다.

"마스지드, 나는 흡혈귀다."

"예, 주인님. 알겠습니다."

마스지드는 무덤덤하게 고프리의 고백을 받아들였다. 어젯밤 그녀가 본 것은 고프리의 고백을 합당하게 만들어주었다. 이제 와 그 말의 진위를 의심할 필요는 없으리라.

"시작부터 이렇게 말을 하니까 어색하네."

"그러게요. 보통이라면 미친 소리라고 들었을 거예요. 아, 주인님을 미쳤다고 비난하는 게 아니라……."

"됐고. 목마르고 피곤할 테지? 식사는 준비해 뒀다."

"아, 예."

마스지드는 침상 옆에 마련된 탁자 위에 접시가 놓여 있는 것을 보았다. 그녀는 그걸 보고 고프리에게 물어보았다.

"설마 직접 준비하신 거예요?"

"그래."

"재주가 많으시군요. 하지만 이러한 일은 귀족이 할 것이 아니지 않습니까?"

"처음부터 귀족이었던 건 아니야. 그리고 오래 살다 보면 이것저것 많이 익히는 법이지."

고프리는 마스지드를 바라보며 고개를 숙였다.

"다음부터 내가 누군가와 싸우고 나면 피해 있도록 해. 전투의 흥분이 극심하면 극심할수록 자제가 잘되지 않거든. 잘못하면 죽일 수도 있어."

"알겠습니다, 주인님. 그런데 그렇다면 구지청이란 장군 역시 주인님과 비슷하게 진인가요? 그리고 제 원주인님 역시?"

"그래."

이왕 이리된 거 숨길게 없다고 생각한 고프리는 차분히 자신들의 임무를 설명했다. 위험성에 대해서 알리지 않으면 인간인 마스지드가 이곳에서 살아남기 힘들 것이다. 그렇게 생각하고 모든 것을 말해주었는데 그녀는 왠지 담담하다.

"별로 놀라질 않는군?"

"어머? 아니에요. 처음엔 엄청 놀랐다고요."

"그런데? 도망이라도 치지 않나?"

고프리의 말에 마스지드는 깔깔 웃었다.

"제 다리로 어떻게 진이신 주인님께 도망치겠습니까? 그리고 주인님이 흡혈귀든 뭐든 간에… 달라질 건 없어요. 다른 주인들이 인간이라고 해서 흡혈귀보다 나을 건 요만큼도 없으니까. 뭐, 설령 도망칠 수 있다 치더라도 대체 어디로 도망치죠?"

"이곳은 네 고향 아닌가? 원한다면 얼마든지……."

그렇게 운을 뗀 고프리지만 지금 이곳의 치안이 얼마나 엉망인지는 그도 잘 알고 있었다. 십자군 전쟁으로 인해 예루살렘 일내의 시역은 상노나 다름없는 군인들로 연일 성시를 이루고 있었다. 이런 곳에서 그녀가 살아갈 방법은 없었다.

"도망친다고 해도 결국 저희같이 힘없는 자들은 언제나 노예랍니다. 상황과 권력과 시간의 노예이지요. 세상 어디에도 도망칠 곳 따윈 없어요."

마스지드는 그리 말하고 자리에서 일어났다.

"저 때문에 시간을 많이 허비하셨군요. 구지청 장군에게 발각이 난 것이라면 그날 바로 처리하는 게 좋았을 것을… 이제는 어찌하시겠습니까, 주인님?"

"뭐, 별로 바뀔 게 있나? 구지청을 암살한다."

고프리는 마스지드의 반응에 놀랐다. 지난 천 년간 흡혈귀를 대면한 사람 중 그녀와 같은 반응을 보인 이는 없었다. 다들 도망치거나 패닉을 일으켜 비명을 내지르거나 하는 게 고작이었다. 그녀처럼 마치 모든 것을 체념한 듯 가만히 서서 운명을 받아들이고 고프리를 대하는 인간은 한 번도 본 적이 없었다.

아마도 노예로 살아오면서 그녀 나름대로의 처세술이라는 걸 익혔으리라. 절대로 주인의 심기를 거스르지 않고, 주어지는 모든 것을 받아들여 순응하는 모습, 그렇지만 그것은 포기라기보다는 통찰로 보였다.

그녀는 웃고 있었다. 모든 것을 알고 나서도 그녀는 웃음 짓는다.

'제길.'

방금 그녀의 피를 빨았음에도 불구하고 다시 욕망이 활화산처럼 타오른다.

· 구지청 ·

  구지청은 일한국의 천부장으로 이미 많은 전투에 참가해 악명을 떨쳐 왔다. 원래 몽골족은 기마민족이라 평원의 전투에는 일가견이 있지만 공성에 있어서는 취약했었다. 그러한 취약점을 보강하기 위해 칭기즈 칸 시대부터 몽골인들은 외국인을 장수로 등용하는 것을 꺼리지 않았다. 그러한 몽골제국 내의 문화에 의해서 장수가 된 구지청은 몽골인들이 취약한 공성부분에 혁혁한 공을 세웠다.

  특히나 그는 투석기에 인간의 시체와 쥐들을 태워 적들의 성 안으로 쏘는 전법을 즐겨 썼는데, 그렇게 하여 성안에 질병이 퍼져 대부분의 성이 손쉽게 함락되곤 했다. 이러한 전법을 몽골군 내에 퍼뜨린 그는 빠른 속도로 영향력을 키워 나갔고 그 막강한 돌진력은 다마스커스를 함락하는 데까지 이르렀다. 이제 예루살렘은 바로 코앞에 위치해 있었다.

  예루살렘을 이슬람 세력으로부터 수복한다면 이것은 매우 큰 의미를 가지게 될 것이다. 서방 세력에게 예루살렘을 교섭 대상으로 삼는다면 그것만으로도 많은 것을 얻어낼 수 있었고 행여 서방 세계와 협상이 결렬된다 하더라도 그들이 예루살렘을 간절히 원하고 있다는 걸 알고 있는 이상 미끼로서의 가치가 충분했다.

그러나 구지청은 지금 다마스커스에서 다른 이를 기다리고 있었다.

구지청에게 딱히 흡혈귀들을 파멸시키고자 하는 의식은 없었다. 그는 그저 인간들을 잡아먹는 게 좋았을 뿐이다. 일반 성읍에서 양민으로 살던 때는 사람을 잡아먹는 행위가 곧 그의 목을 조르게 되었다. 그래서 그는 죄인이 되었고 많은 이의 추격을 받는 엽기 살인마가 되어 사람들을 피해 다녀야 했다.

하나 전쟁터에서라면 이야기가 달라진다.

전쟁터에서는 많이 죽이는 자가 영웅이다. 시체를 마음껏 구할 수 있으면 들키지 않게 식인을 해서 욕구를 충족시키는 것은 그다지 어렵지 않다. 그러한 이유로 그는 몽골군의 장수가 되어 이 머나먼 땅까지 전쟁을 찾아오게 된 것이다. 그는 흡혈귀라는 것들의 존재를 알고 있었지만 딱히 그들을 의식하지 않고 자신의 욕망을 채우는 데만 충실했다. 그러나…….

시리아 인근에서 그에게 도전한 흡혈귀들이 있었다. 구지청은 흡혈귀들을 어렵지 않게 격퇴시켰으나 그들을 통해서 흡혈귀들이 자신의 존재를 굉장히 껄끄럽게 여기고 있다는 걸 알게 되었다. 서방 세계의 붕괴를 초래할지도 모르는 재앙의 주인공으로 예언되었다는 말은 구지청을 기쁘게 했다. 그가 몽골을 이끌어 서방 세력 전체를 굴복시킨다면 그 자신의 영달은 확실히 보장될 것이다. 서방 세계에서는 자신들의 파멸에 대한 예언이라 했지만 구지청 입장에서 보면 이는 적들에 의해서 승리를 보장받은 것이나 다름없다.

하지만 상대가 그렇게 구지청의 존재를 꺼려한다면 이대로 가만히 있을 리가 없었다. 그래서 구지청은 각지에 자신의 종복들을 심어놓고 혹시 모를 적의 움직임을 예의 주시했다.

아니나 다를까. 그는 흡혈귀 한 명이 안티오키아에 도착했다는 걸 알게 되었다. 그를 죽이기 위한 암살자로 선택받은 단 한 명의 흡혈귀. 구지청은 그의 존재를 느끼며 다마스쿠스 성벽 위에 섰다.

성벽 아래로는 백성들이 들어오고 있었다. 많은 백성이 다마스쿠스에 진주한 몽골군을 두려워하였지만 다마스쿠스 성은 여전히 이 일대의 요충지. 산업이나 문화면에서 이곳을 들락거리지 않을 수 없었다. 성벽에 선 병사들은 출입자들을 관리하며 만에 하나 벌어질지 모르는 불상사에 대비해 항상 화살을 준비했다. 구지청은 그런 인파를 살펴보며 혹시 적이 섞여 들어오지 않을까 하는 마음에 촉각을 곤두세웠다.

그동안의 흡혈귀들과 달리 이번에 암살자로 선택받은 이는 상낭한 실력자임에 분명했나. 그의 종복들이 멸다른 수를 쓰지 못하고 셋이나 학살당하다니. 이전에는 결코 없었던 일이다.

파즈즈와 에아

"호오?"

구지청은 성문을 통해 들어오고 있는 한 청년에게서 예사롭지 않은 기운을 느꼈다. 그는 하녀 한 명과 함께 사람들 틈에 섞여서 들어오고 있었는데 수많은 사람 속에서도 범상치 않은 기운을 풍기고 있으니 쉽게 알아볼 수 있었다. 일광을 견디기 위해 온통 몸을 천으로 감싸고 있지만 그렇다 하더라도 흡혈귀 특유의 냄새를 숨길 수 없었던 것이다.

"재미있는 자로군."

구지청은 다른 흡혈귀나 이형의 존재와 만난 적이 많지 않다. 서아시아 지방을 넘어설 때 만난 흡혈귀들, 그리고 다른 라이칸스로프들과의 조우 몇 번이 전부였다. 그렇지만 구지청은 이미 그들의 성질을 완전히 파악하고 있었다. 그래서 더욱더 이 흡혈귀 암살자에게 호기심을 느꼈다. 그를 지금 당장 쳐서 제압하는 것도 중요하지만 그보다는 우선 이자의 배후에 있는 다른 흡혈귀 세력에 대해서 알아보는 게 더 좋을 것 같았다.

즉, 현재 구지청은 이 청년이 다른 흡혈귀들과 다르다는 걸 알면서도 전혀 걱정하지 않고 오히려 무시하고 있었다. 흡혈귀가 아무리 발악한다 해도 그의 적수가 되지 못하리라고 여기고 있었던 것이다.

"들켰군."

고프리는 성루 위에서 내려다보고 있는 구지청의 모습을 확인했다. 구지청의 외모에 대해서는 알려진 바가 없었지만 그는 한눈에 저자가 라이칸스로프임을 알아보았다.

그가 그렇게 쉽게 알아본 만큼, 상대도 그를 쉽게 알아볼 것이다. 애초에 웨어랫 형태의 라이칸스로프는 의심이 많고 감각이 뛰어나기 때문에 안 들키고 접근하기란 불가능하다. 게다가 구지청, 질병의 군주 구아르의 능력은 라이칸스로프들 사이에서도 탁월하다. 무수히 많은 쥐와 종복들을 통해서 시리아 지역 일대 전역을 감시하고 있었다니. 아낙스는 이런 놈을 암살하라고 그를 보냈단 말인가?

'흡혈귀들이 다들 꺼려하던 이유를 알겠군. 자, 어쩔 거냐? 아직 난 아무 짓도 안 했다. 설마 장수된 신분으로 먼저 공격할 셈이냐?'

고프리가 촉각을 곤두세우고 구지청의 움직임을 예의 주시할 때였다. 그는 성벽에 손을 대더니 훌쩍 뛰어내려 가볍게 성벽에서 지상으로 착지했다. 보통 사람이라면 다리가 두 동강 날 어마어마한 높이였지만 그는 마치 계단 한두 단 뛰어내린 것처럼 가뿐히 지상에 착지했다.

"어이, 말은 통하나?"

그는 중국어를 써서 말을 걸어왔다. 고프리는 중국어를 어느 정도 알아들을 수 있었지만 아직 말은 제대로 하지 못했다. 그러자 이번에는 몽골어로 말을 걸어왔다.

"통역을 해도 될까요?"

마스지드는 덜덜덜 떨면서도 고프리에게 물어보았다. 이미 고프리를 통해서 이 남자가 라이칸스로프라는 걸 알고 있음에도 불구하고 자신의 임무에 충실했다. 사람을 잡아먹는 괴물의 앞에서 두려움을 이기고 말을 꺼내는 건 보통 사람이 할 수 있는 게 아니다. 고프리는 마스지드의 강력한 정신력에 놀라워하면서 고개를 끄덕였다.

"피를 빠는 괴물이로군. 당신 혼자인가? 당신들의 다른 패거리는 설마 당신 혼자서 나를 위협할 수 있으리라고 생각하는 건 아니겠지? 이렇게 물어보고 있습니다."

"똑바로 대답해 줄 이유가 없잖아?"

이쪽의 정보를 노골적으로 물어오다니 바보 같아서 짜증이 난다. 고프리는 마스지드를 통해서 자신은 그에 대한 정보에 대해 대답할 생각이 없다는 걸 명확히 했다.

"그렇다면 손님 대접을 해줘야겠군. 어이!"

구지청은 병사들을 모아서 고프리와 마스지드를 포위했다.

"그래, 뭐 필요한 건 없나?"

구지청은 고프리와 마스지드에게 다마스커스 성내에 있는 숙소를 제공하고 자신은 갑옷을 입은 채 하인들에게 갑옷을 닦게 명했다. 고프리는 그런 구지청을 바라보며 어이없어 했다.

손님 대접이라고 해서 그를 죽이려는 건가, 혹은 감금해서 고문하려는 건가 했었는데 그게 아니라 정말 손님 대접이었던 것이다. 이자는 고프리가 자신의 목숨을 노리는 암살자라는 것을 알고 있을 텐데도 왜 이러는 것일까?

"회유하려는 건… 아니겠군. 자신이 있는 건가?"

마스지드가 고프리의 의문을 통역했다.

"내가 부하들을 써서 자네를 감금해 봐야 애꿎은 부하들만 죽이는 것 아닌가? 내 종복과 나 자신이 아니면 당신에게 먹혀들지 않을 거란 것쯤은 알고 있지. 그런 데다가 성 앞에 백성도 많은데 굳이 거기서 당신을 잡겠다고 용쓰다 여럿 피 볼 일 없잖나."

구지청은 그리 말하며 대접에 물을 붓더니 벌컥벌컥 마셨다. 그러자 옆에서 하인이 당황스러워하더니 중국어로 말했다. 고프리가 들어보니 갑옷 닦은 걸레를 빨 물인데 마셔 버렸다고 난처해하는 것이었다.

"괜찮아. 안 빨았으면 됐지."

구지청은 그렇게 투덜거리며 고프리를 위아래로 훑어보았다.

"언제가 좋나? 역시 피를 빠는 괴물이니 밤이 좋겠나? 아님 낮이라도?"

이렇게 나오면 참 고프리도 곤혹스럽다. 죽일 각오야 이미 되어 있었다. 그러나 예상외로 상대가 너무 신사적이고 시원해서 외려 걱정이다.

"지금 시작하면 낮이라 그쪽이 백 번 불리할 테고. 밤이 되면 좀 나아지겠지만 난 달이 차오를 때는 힘이 넘치더라고. 오늘이 만월이던가? 하지만 만월을 피하겠다고 시간을 늦추면 내 부하들도 마음껏 부를 수 있으니 뭐 늦으나 빠르나 자네가 죽는 건 변함이 없다. 어때? 이왕 이렇게 된 거 투항하는 것은? 혼자 오고 다른 흡혈귀들은 없는 걸 보니 자네가 특별히 용감한 자거나 그게 아니면 다른 놈들에게 이용당하고 있다고 보는데."

"투항한다면? 뭘 보장해 줄 거지?"

고프리가 쓴웃음을 지었다. 아마도 구지청은 그런 고프리의 태도로 그가 쉽게 꺾이지 않을 거라는 건 알아차렸을 것이다. 고프리가 구지청, 그러니까 구아르를 꺾기 위해 자청한 것은 남들에게 핍박을 받아서도 아니고 그 자신이 특별히 용감하거나 아둔해서도 아니다.

"그런 태도로 물어보면 정말 대답할 맛이 안 나는군. 뭐 일단 몸의 안전, 그리고 앞으로의 지위, 이 정도가 아니겠나? 설마 내가 서방 세계 전역을 파괴할 거라고 생각하나? 그렇다면 너무 날 과대평가하는 거야. 나는 필요한 만큼 부순다."

그는 자신만만하게 말했다. 확실히 그가 다른 흡혈귀들의 걱정처럼 야만스러운 몽골인이 아니라는 건 알겠다. 하지만 그래도 걱정은 남는다.

"당신이 예상보다 그렇게 야만적인 인물이 아니라는 건 잘 알겠어. 하지만 당신이 퍼뜨리는 역병은 당신의 제어도 초월하지 않았나?"

"아아, 그거 말이지. 흠. 뭐 나야 솔직히 사람이 팍팍 죽어나가는 게 전쟁 기분도 살고 좋다고 생각하지만 먹이라고 생각하면 역병이 도는 게 그다지 바람직하지 않겠지. 흡혈귀들 입장은 이해가 가는구만."

"뭐?"

"이해가 간다고 양보할 생각은 없지만 말야. 그럼 교섭 결렬이군. 원하는 시간과 장소를 정하게, 암살자. 주위 인간들에게 피해 끼치지 않고 우리끼리 승부를 내자고."

너무 깔끔하게 나와서 고프리가 당황스러워졌다. 무슨 함정이 있는 게 아닐까? 아니, 함정을 파서 처리할 셈이라면 그냥 지금 해치워 버리는 게 나을 것 아닌가?

"잠깐만. 당신 너무 날 무시하는데."

"미리 말해두지만."

둘이 동시에 말을 꺼냈다. 통역 역인 마스지드가 사이에서 숨을 헐떡이며 이야기를 통역하다 무엇부터 통역해야 할지 몰라서 망설여했다.

"가서 흡혈귀들 데려올 수 있을 만큼 자안~ 뜩 데려오는 게 좋을 거다."

"하아."

살아온 세월로 치면 고프리의 십분지 일도 못 살았을 이 라이칸스로프 남자는 아주 자신만만했다. 그러나 그럴 만하다. 그가 염을 불어넣은 쥐들이 시리아 전역을 장악하고 있다는 걸 감안하면 그의 능력은 절정에 달해 있다. 게다가 그 수하들까지 몰려들게 되면 분명히 고프리 혼자로는 감당하기 힘든 강적이다.

하나 그렇다고 다른 흡혈귀들에게 도움을 청한다 해서 도와줄 이가 있는 것도 아니다. 굳이 찾아보자면 아낙스 정도? 그 외에 다른 흡혈귀들은 오히려 고프리가 죽게 되는 것을 더 바라고 있을 것이다.

• 역병의 군주 •

고프리는 마스지드에게 편지를 써주고 전하라 명했다. 물론 실상 그가 누군가에게 편지를 보낼 필요는 없었다. 그저 마스지드를 안전한 곳으로 피신시키고 자신의 힘으로 구아르와 담판을 짓기 위해서였다. 흡혈귀들은 검으로 갑옷을 찢을 괴력을 가지고 있었지만 고프리는 그래도 사슬 갑옷을 꺼내 웃옷 위에 입고 검과 단검들을 준비했다. 물론 그가 직접 만든 아퀴버스는 이번 싸움의 승패를 가르는 치명적인 무기가 될 것이다. 아직까지 세상에 드러나지 않은 이 무기는 몽골군으로 전쟁터를 누벼왔던 구아르의 상상을 초월한 무기였다. 누군가와의 결투에서, 상대방의 상상을 초월한 무기가 있다면 적의 허를 찔러 절대적 성능보다 훨씬 뛰어난 전과를 올릴 수도 있었다.

"너무 크군."

문제는 너무 크다는 것이다. 크기가 크면 완력이 아무리 뛰어나다 하더라도 다루기 힘들어진다. 게다가 흡혈귀의 힘이 아무리 세다 해도, 그 힘을 행사해야 하는 몸은 바로 그들 자신의 체중을 중심으로 삼고 있었다. 만약 자신의 체중의 몇 배를 들 수 있다 하더라도 그것은 자신의 몸에 밀착되어야지, 멀어서는 오히려 자신의 몸이 들리게 된다.

쓰기가 불편하긴 하지만… 고프리는 아퀴버스에 승부수를 걸기로 결심했다.

"정말 혼자서 괜찮으시겠어요?"

마스지드는 고프리의 편지를 받고도 자리를 떠나지 않았다.

"빨리 가. 중요한 편지다."

"그럴 리가 없잖아요."

"마스지드, 너무 봐줬더니만 기어오르는구나. 노예인 너에게 내 명령을 거역할 선택지 따윈 없다."

고프리는 검을 빼 들었다. 여차하면 그녀를 베어버리겠다는 뜻을 보인 것이다. 그러자 마스지드는 오히려 웃었다.

주인이라고 해서 노예를 함부로 벨 수는 없다. 법률상으로는 그렇지만 세상살이가 그렇게 올바르게 잘 돌아가는 게 아니라 세상에는 종종, 노예를 홧김에 살해하는 멍청한 주인이 많이 있었다. 마스지드처럼 주인이 검을 빼 들었을 때 웃을 수 있는 노예는 어디에도 없다.

"죽고 싶나?"

모욕이라고 느낀 고프리의 눈이 날카로워졌다. 그가 마스지드에게 매력을 느낀 건 사실이지만 매력을 느낀다고 해서 이런 모욕을 견딜 이유는 없다. 만약 그녀가 고프리를 마음껏 다룰 수 있다고 생각해서 이렇게 웃는 것이라면 크게 착각하는 것이다. 고프리는 필요하다면 얼마든지 그녀를 죽일 수 있다.

"아뇨, 그럴 리가 있나요. 정말 죽고 싶었다면 이미 아득히 옛날에 목숨을 끊었겠지요. 다만 주인님께 한 말씀 드리고 나서는 기꺼이 죽겠습니다."

마스지드는 고프리가 분노하는 것을 보면서 자신의 각오를 보였다. 고프리는 그녀의 태도를 보고 잠시 손을 멈췄다.

"저는 주인님께 별 도움이 되지 못합니다만, 주인님 혼자 아무런 도움 없이 싸우시면 죽임을 당할 거예요."

"그래서? 다른 흡혈귀들에게 부탁한다고 해서 들어줄 리도 없고. 결판은 당장 내야 하고."

"결투를 피하고 도주하는 건 안 되겠습니까?"

"주제를 넘는구나."

마스지드의 간섭은 노예로서는 지나친 참견이다. 그러나 그녀가 말하는 답안은 고프리 자신도 알고 있는 답, 그녀는 고프리에게 최선을 다해서 자신의 생각을 말하고 있었다. 고프리의 정체가 흡혈귀라는 걸 알면서도 고프리를 위해서 그런 조언을 하는 것을 보면 함부로 그녀의 목을 벨 수가 없었다. 고프리는 검을 거뒀다.

"여기서 도주하게 되면 어차피 다른 흡혈귀들이 나를 그냥 놔두지 않을 것이다. 그리고 예루살렘을 몽골인들이 함락하게 놔둘 수는 없어. 구아르가 역병을 뿌려서 전쟁을 수월히 한다면… 유럽 각국에서 몰려들 십자군과 몽골인들 간에 예루살렘을 두고 항쟁이 벌어질 때 그의 역병이 십자군들에게 퍼질 거다. 그렇게 역병에 감염된 십자군들이 자기 땅으로 돌아가게 되면 그들로 인해서 유럽 전역에 역병이 퍼져서 삽시간에 유럽 전역이 병에 시달릴 거다. 그때가 되면 너무 늦어."

고프리는 아낙스가 꿰뚫어 본 미래를 예측했다. 지금은 안티오키아와 일한국이 동맹을 맺고 있지만 예루살렘이 일한국의 손에 떨어지게 되면 동맹은 끝난다. 서방 세계는 이교도인 일한국이 예루살렘을 차지하는 것을 가만히 보고 있지 않을 터, 다시금 십자군이 결성되면 구아르가 퍼뜨리는 역병이 서방 세계 전체를 파괴할 것이다.

"싸워야 한다. 다행인지 불행인지 모르지만 상대는 나를 깔보고 있어. 이 기회를 살리지 않으면 안 돼."

고프리의 혈인 능력은 매우 특이하며 그것을 그렇게 쉽게 깰 수는 없다. 능력 면에 있어서 거의 무적이라 할 수 있는 그다. 아무리 구아르가 자신만만하다 하더라도 싸워보지도 않고 도망쳐야 할 만큼의 차이가 난다고는 생각지 않는다.

"예. 그렇다면 주인님, 이렇게 하는 건 어떻겠습니까?"

"음?"

고프리는 마스지드가 꺼내는 방안을 듣고 의아해했다. 그녀가 말하는 건 분명히 일리가 있었지만 그녀 자신을 위해서라면 그냥 고프리의 심부름을 하면서 이 자리를 떠나는 게 이득이다. 그런데도 그녀는 고프리와 함께 남아서 이 무시무시한 싸움에 한자리 끼려고 한다. 얻을 것은 아무것도 없고 오로지 위험만이 기다리고 있는데도 그녀는 물러나지 않았다.

"대체 이유를 모르겠군. 위험하기만 할 뿐인데."

"어차피 노예의 인생, 어딜 가나 지옥이라니까요. 여기서는 주인님이 살아남는 게 무엇보다 이익이랍니다."

마스지드는 넉살 좋게 중얼거렸다. 그런 그녀를 보고 고프리는 쓴웃음을 지었다.

구지청, 흡혈귀들 사이에서는 플레이그 로드 구아르라고

불리는 라이칸스로프 보스는 고프리를 얕잡아 본 것은 아니다. 그는 고프리가 안개로 변해 부하들을 난도질했던 장면을 보고 기억하고 있었다. 게다가 사법을 사용하는 것도 눈여겨 보고 있었다. 확실히 그는 구지청이 지금껏 싸워왔던 어떤 이형의 존재보다도 강력한 자다.

"이건 좀 대단한 능력이군."

구지청은 솔직히 고프리의 능력에 감탄했다. 그러나 그는 자신의 힘과 기술을 믿고 있었다. 게다가 무수히 많은 수하도 있지 않은가. 그는 부하들을 둘러보았다. 다마스커스 성의 성벽에 매달려 있는 이형의 존재들, 웨어랫이 사방에 가득하다. 그들의 눈이 붉게 빛나며 어둠 속에서 마치 붉은 은하수가 생긴 것 같다. 언제부터인가 헤아리기를 그만뒀지만 대략 70여 명 정도 되는 것 같다.

"자, 그러면 어디 어떻게 나올까나? 이 정도 능력을 가지고 있는데 도망치진 않겠지."

구지청의 부하들이 으르렁거리며 다마스커스 성벽을 기어 어둠 속으로 사라졌다. 구지청도 장창과 활을 챙기고 성벽에 섰다.

"저기군."

다마스커스 외곽, 오아시스 근저의 농장 위로 붉은빛이 감돌고 있었다. 구지청은 활시위를 당겨 시전(示箭)을 쏘았다. 피리 소리를 내며 날아가는 화살을 따라 붉은 눈들, 구지청의 부하들이 달렸다. 다마스커스 성하 마을의 건물들을 박차고 무수한 웨어랫들이 화살처럼 쏘아져 나갔다.

오아시스 마을 위에 빛나던 적광이 그 순간 일변했다. 그 적광은 대지로부터 검은 기운을 빨아들이더니 새카만 어둠의 채찍을 휘둘러 날아드는 웨어랫들을 후려쳤다. 검은 채찍에 격중당한 웨어랫들의 몸이 부풀어 오르더니 삽시간에 붕괴되었다. 웨어랫들의 피부와 근육 조직이 변이되어 새로운 다른 생명을 만들어내기 시작한 것이다. 하나 웨어랫의 재생력이 빠른 만큼, 검은 신이 침범하여 새로운 생명을 창출하는 속도도 빨랐다.

콰직!

몇몇 웨어랫은 완전히 붕괴되어 검은 마물로 변했다. 그렇게 태어난 마물들이 웨어랫들을 향해 달려들었다.

"대단하군! 뭔지 몰라도 대단한 재주인걸! 그러나!"

구지청 역시 쏜살처럼 성하 마을을 지나 질주하며 공중에서 활을 잡았다. 그 외에는 아무도 당기지 못하는 복합철궁 다섯 개를 앞으로 집어 던진 그는 양팔을 펼쳤다.

"이럴 땐 닥치고 힘으로 때려 부순다!"

우드드드득!

어깨로부터 새로운 팔들이 돋아나 철궁을 각자 잡았다. 그리고 수십 발의 화살을 쏘아 날렸다. 화살들은 어둠 속에서 스스로 빛을 발하며 유성처럼 날아가 검은 신의 채찍을 끊었다. 검은 사법이 흐트러지고 농장 여기저기서 불이 피어올랐다.

고프리는 당황스러워했다. 네크로폴리스의 대도사까지 올라갔던 그는 마법사로서도 수위를 다투는 자다. 동방인인 구아르에겐 사법에 대한 이해가 없을 것이라 여기고 그가 자랑하는 사법을 펼쳤다. 상대방은 사법에 대해 경계하기는커녕 무작정 힘으로 부딪쳐 왔고, 그게 놀랍게도 고프리의 사법을 약화시키고 파훼했다.

"각오는 했지만 예상보다 훨씬 강하군!"

게다가 웨어랫의 수도 엄청나다. 과연 서방 세계를 절멸시킬 재앙의 라이칸스로프라고 불릴 만하다.

그러나 고프리 역시 네크로폴리스의 대도사까지 했던 몸이다. 마법사로서 그의 능력은 극에 달해 있었고 더해서 흡혈귀 진마이기까지 한 그가 구아르의 적수로서 부족하다면 서방 세계의 흡혈귀 중 부족하지 않은 자는 없을 것이다.

고프리는 흙과 싸릿대로 만든 토담벽을 종잇장처럼 뚫고 날아오는 화살을 피해 창밖으로 몸을 날렸다. 밖에는 이미 마물들을 도륙한 웨어랫들이 기다리고 있었다.

"캬아아아아!"

괴물들에겐 괴물들끼리 통하는 만국공통어가 있었다. 말이 필요 없는 고함 소리에 고프리는 칼을 빼 들었다. 다마스쿠스 시미터를 쥔 고프리는 자신에게 달려드는 웨어랫에게 검을 휘둘렀다.

캉!

웨어랫도 칼을 들고 있었다. 그가 충돌해 와서 고프리의 검을 막는 사이 뒤에서 다른 웨어랫이 달려들어 검을 휘둘렀다. 건틀릿으로 등 뒤에서 습격하는 웨어랫의 공격을 막아냈지만 그의 앞에 붙어 있던 웨어랫이 그 틈을 타서 고프리를 발로 걷어찼다.

고프리의 몸이 뒤로 붕 날아가 불타는 농가 헛간을 부수고 들어갔다.

"하! 이거 참 만만치 않네!"

고프리는 헛간 벽을 부수고 나왔다. 이놈들은 군인 출신이라 그런지 만만치 않다. 게다가 월령도 만월이라 웨어랫들의 신체 능력이 더더욱 늘어나 있었다.

'확실히 라이칸스로프들이 흡혈귀들보단 빠르군.'

진마인 고프리는 다른 흡혈귀들보다 더 뛰어난 신체 능력을 가지고 있지만 라이칸스로프들은 그와 대등할 정도였다. 고프리는 뛰어드는 웨어랫의 검을 받아넘기고 그의 몸통을 검으로 후려쳤다.

촤악!

갑옷이 찢어지며 웨어랫의 몸통이 뒤로 꺾여 나갔다. 그러나 다른 웨어랫이 고프리에게 투망을 던졌다.

"음!"

투망을 피한 고프리의 몸에 화살이 꽂혔다. 이 녀석들은 접전이 벌어지고 있는데도 아랑곳하지 않고 화살을 쏜다. 깜짝 놀란 고프리가 잠깐 굳은 사이 웨어랫이 뛰어들어 고프리의 머리에 발차기를 날렸다.

텅!

그 순간 고프리의 머리가 사라졌다. 고프리의 몸이 붉은 안개로 변해 자신의 머리를 공격한 웨어랫의 다리를 집어삼킨 것이다.

안개 안에서 붉은빛이 번뜩이더니 순식간에 웨어랫의 다리가 잘려 나갔다. 안개 속에 떠 있던 다마스커스산 시미터도 허공에서 회전하며 웨어랫을 난도질해 나간다.

그러나 웨어랫들은 아랑곳하지 않았다. 몸이 썰리고 잘려 나가는 것은 고프리가 시전한 검은 마법에 비하면 가벼운 상처다. 그들은 부상당하면 뒤로 물러나 자신의 잘려 나간 육신을 이어 붙이고, 그동안 다른 웨어랫이 투입되어서 그들을 보호했다.

게다가 이들의 공격 방법은 매우 무식한 것이었는데, 안개 그 자체에 대해서 입을 벌려 안개를 들이마시고 삼키려고 하는 것이었다. 깜짝 놀란 고프리는 안개화를 거두고 다시 몸을 결성시켜 물러났.

"젠장!"

흡혈귀나 라이칸스로프는 모두 신의 적자로 각각 다른 계통으로 발전한 존재다. 흡혈귀나 라이칸스로프나 인간의 피를 빨거나 그 고기를 먹으면 자신의 힘이 회복되고 신체 능력이 활성화된다. 그러나 흡혈귀와 라이칸스로프가 서로서로를 잡아먹는다면 되레 안 좋은 영향을 미치게 된다.

저들은 그걸 각오하고도 고프리에게 거침없이 달려들었다. 죽음을 두려워하지 않는 광전사들, 그들의 광기에 고프리는 쓴웃음을 지었다.

"내 각오가 부족했군. 사죄하마!"

검은 사법이 다시금 공간을 질주했다. 검은 신의 손길, 진화와 변화, 생명의 창조를 관장하는 그의 손길이 닿으면 웨어랫의 육신이 붕괴되고 새로운 생명, 마물이 태어난다. 재생자인 흡혈귀나 라이칸스로프를 일격에 죽일 수 있는 것은 마법이나 병장기, 성유물을 다 헤아려 보아도 얼마 없다.

하지만 이 사법을 광범위하게 펼치는 것은 고프리 자신에게도 극심한 부담을 주었다. 그 자신도 접촉하게 되면 죽진 않더라도 종양이 생기거나 농창이 생기고, 살이 썩어 들어간다.

게다가 시전하는 동안의 정신력 소모도 크다. 검은 신과 직접 접촉하는 것으로 인해서 갖가지 기적을 사역할 수 있게 되지만 그만큼 고프리의 영혼과 정신이 파괴되는 것이다.

사법을 펼쳐 웨어랫들을 물리치는 고프리의 눈앞에 이번엔 쥐 떼가 보였다. 고프리의 약점을 알아챈 구아르는 물량 공세로 고프리의 진을 빼놓기로 작정한 모양이었다. 고프리가 휘두르는 힘은 다 양날의 검, 막강한 위력을 지니고 있는 만큼이나 사용 시의 폐해도 크다.

"설마 그사이에 시리아 전역의 쥐를 모아 왔나?"

아니면 쥐 떼가 원래 이렇게나 많은 것인가? 고프리는 오아시스 농원을 가로질러 밀려드는 쥐 떼를 보며 수인을 맺었다. 하지만 검은 사법 정도의 마법이 아니면 쥐들과 구아르를 연결하는 정신적 연결을 끊거나 침해할 수 없다는 절망적인 사실만 알게 될 뿐이었다. 쥐들 그 자체는 아무리 광폭화되어 있다 해도 위협적이지 못하지만 그들이 옮기는 역병은 만만치 않다. 게다가 작기 때문에 일일이 때려잡자면 끝이 없고 그러기엔 지금 고프리가 너무 많이 지쳐 있었다.

아직 구아르는 모습조차 드러내지 않고 있었다. 그저 멀리서 예사롭지 않은 화살이 날아오는 것으로 구아르의 존재를 느낄 수 있었다.

고프리는 숨을 몰아쉬며 몰려드는 쥐 떼를 향해 안개화한 팔을 쏘아 보냈다. 붉은 안개가 창처럼 허공을 가르며 날아가 쥐 떼를 관통했다. 고프리는 그렇게 쏘아 보낸 안개를 휘둘러 쥐 떼의 몸에서 피를 뽑았다. 구아르나 웨어랫과 달리 이들의 피는 흡혈귀에게 독이 아니기 때문에 쉽게 뽑혀 나왔지만 역병이 걱정되었다.

고프리가 쥐 떼를 물리치고 종복들과 싸우고 있던 중 갑자기 농장의 헛간이 폭발했다. 폭풍이 뒤에서 덮쳐 고프리는 앞으로 내던져졌다.

"잘했다. 대단하군."

구아르가 드디어 모습을 드러내었다. 철궁을 거두고 검과 도끼, 철퇴를 손에 든 그는 거대한 쥐 인간의 형상을 하고 고프리 앞을 막아섰다.

"그 검은 요술은 확실히 위험해 보이더군. 하지만 이젠 더 쓸 수 없겠지?"

한어로 중얼거리는 그를 본 고프리는 자신을 채찍질하며 검은 사법을 일으켰다. 일부는 역류하여 고프리의 손을 종양과 농창으로 뒤덮었지만 그래도 검은 신의 채찍은 아직 웨어랫들을 즉사시킬 만한 위력이 있었다. 검은 신의 채찍이 날아들어 구아르의 몸을 강타했다.

구아르의 몸에서부터 마치 도롱뇽의 배아와 같은 작은 태아가 무수히 생겨나더니 빠른 속도로 자라나며 구아르의 몸을 잡아먹으려 했다.

"후후후후."

그러나 구아르는 자신의 몸에 검을 대고 쓰으윽 그어 태어나려 하는 마물들과 자신의 몸을 동시에 절단했다.

"미안하군. 내 부하가 좀 많지? 그냥 낮에 덤비지 그랬어? 아, 내 말 못 알아듣던가? 그 여자 노예가 통역해 주지 않으면 못 알아듣는 것 같던데."

그는 한어로 중얼거리며 고프리를 향해 철퇴를 겨누었다. 고프리는 쓴웃음을 지으며 몸을 일으켜 세웠다.

지금까지 그가 나오길 얼마나 기다렸는지 모른다. 만약 구아르가 직접 모습을 드러내지 않고 끝까지 부하들을 앞세워 공격해 왔다면 고프리 입장에선 지옥과 같았을 것을, 이렇게 직접 모습을 드러내 주니 고맙기까지 하다.

고프리는 허공에 손을 뻗었다. 그노시스 계열의 마법이지만 엄청난 효용성 때문에 그도 익혀두었던 마법, '기하학 공간의 유예'를 시전한 그는 옷자락 안에서 큼지막한 아퀴버스를 꺼냈다.

"어?"

구아르가 의아해하는 사이 고프리는 즉시 아퀴버스를 겨눴다. 이미 장전은 되어 있다. 불을 붙이 붙은 심지가 달린 약실 뚜껑을 닫고 잠그면 2초 뒤 발사된다. 고프리는 손을 쓰지 않고 염력으로 아퀴버스의 약실을 잠갔다. 그러나 발사에 2초가 걸린다는 게 문제다. 라이칸스로프나 흡혈귀 사이에서 2초라면 그건 무슨 짓이든 할 수 있는 시간이다.

"음."

구아르는 순간 당황했다. 이 당시 이미 중국에서는 화약을 사용한 화포가 있었기 때문에 그가 이 아퀴버스의 정체를 모를 리 없다. 그러나 갑자기 소매에서 이런 커다란 것을 꺼냈기 때문일까? 구아르는 잠깐 멈칫하다가 철퇴를 휘둘렀다.

고프리는 그 순간 몸을 안개로 바꾸어 구아르의 철퇴를 피했다. 구아르가 허우적거리는 순간 고프리는 이미 안전거리로 물러나 아퀴버스를 발사했다.

퍼엉!

그것은 정말 상상을 초월한 장면이었다. 거대한 화룡이 아퀴버스의 입으로부터 튀어 나갔다. 화룡은 순식간에 구아르를 덮쳤다.

"크아아아악!"

예상치 못한 무시무시한 공격에 구아르가 비명을 질렀다. 몸통의 약 80% 정도가 단 일격에 날아갔다. 속을 파먹히고 겉껍질만 남은 썩은 과일처럼 산산조각 난 구아르의 몸이 쓰러지자 모든 라이칸스로프가 놀랐다.

더 놀라운 건 그다음의 일이었다. 구아르를 관통한 화룡이 지면에 떨어진 순간 지면이 폭발을 일으킨 것이다.

그릭파이어는 펠로폰네소스 전쟁 시절에 위용을 떨치던 일종의 화염병이다. 비록 천 년 전의 무기이긴 하지만 여전히 쓸모가 있어서 이곳 시리아의 유목민들 사이에서도 그릭파이어는 전쟁 도구로 쓰이고 있었다. 마스지드는 바로 그러한 그릭파이어를 긁어모아서 결전지가 될 농장에 묻어두고 있었다. 고프리는 바로 그쪽으로 구아르를 유도한 뒤 아퀴버스로 구아르를 관통시키는 것과 동시에 발화시킨 것이다.

원래는 지푸라기를 잡는 심정으로 해본 것이지만… 놀랍게도 효과가 너무나 뛰어났다. 아퀴버스의 위력이 고프리의 예상을 초월한 덕분에 단발에 구아르를 저지했고 그렇게 해서 쓰러진 구아르의 몸이 화염에 그대로 노출되고 있는 것이다.

이 아퀴버스는 이전에 시범 발사를 안 했던 것은 아니지만 당시에는 화약을 매우 조금 넣었었다. 화약이 비싸기도 했거니와 당시 고프리가 이 아퀴버스를 만든 곳이 제노바 시내였기 때문이었다. 시내에서 이런 걸 쏘았다가는 그날로 난리가 났을 거다.

"캬아아아!"

웨어랫들은 고프리의 일격에 혼절한 구아르의 몸을 화염 구덩이에서 빼내려 했다. 그러나 고프리는 그들을 그냥 내버려 두지 않았다. 아퀴버스의 압도적인 위력이 있다 하더라도 구아르 정도 되는 라이칸스로프가 일격에 죽진 않았을 것이다. 지금은 은독이 올라서 재생이 멈춰져 있을 뿐, 곧 재생력을 발휘해 소생할 것이다. 하지만 불구덩이에서 끌어내게 하지 못하고, 이대로 기절한 채로 태워서 죽일 수 있다면 좋으련만. 그러기 위해서는 주변의 웨어랫들이 구아르에게 접근하지 못하도록 해야 했다.

"으으윽!"

고프리는 다시 검은 사법을 일으켰다. 이미 그의 정신은 한

계에 부딪혔다. 더 이상 마법을 쓰면 목숨이 위험해지는 상황이었지만 다른 선택이 없었다.

검은 신, 태초의 의식, 미지의 존재가 손길을 뻗어 고프리의 영혼을 산산조각 냈다. 그의 몸을 유린하고 정신을 파괴한다.

눈앞의 모든 것이 검게 물든다. 이러면 안 된다. 마법을 시전하는 자가 시전 중에 혼절하게 되면 갈 길을 잃은 마법의 힘은 반드시 시전자를 먹이로 한다. 그렇지만… 고프리는 더 이상 자신의 의식을 유지할 수가 없었다.

• 파멸 •

고프리는 눈을 떴다. 그런 그의 눈에 전혀 낯선 지붕이 보였다. 지붕에 파리가 덕지덕지 붙어 있고 고프리의 얼굴에도 파리가 기어 다니고 있는 걸 보니 저승 같지는 않았다. 고프리는 고개를 흔들고 몸을 일으켰다.

사법의 사용 중 혼절한 자신이 아직 살아 있다는 게 믿어지지가 않았다.

"아."

천막으로 된 문을 열어젖히고 마스지드가 모습을 드러내었다. 그녀는 고프리가 일어난 것을 보고 기쁜 듯 미소 지으며 다가왔다.

"일어나셨어요, 주인님?"

"아니, 저기… 어떻게 된 거지?"

고프리는 자신의 몸을 살펴보았다. 약간 수척해지긴 했지만 그래도 있을 거 다 있는 온전한 상태였다.

"제가 새벽 무렵에 그곳에 갔을 때 온통 불타 버린 잿더미 위에 붉은 안개가 몰려 있는 걸 보았어요."

마스지드는 자초지종을 설명했다. 아마 사법을 시전하던 중 실신한 고프리는 붉은 안개로 모습을 바꾸었고 그릭파이어의 발화에 의한 상승기류를 타고 하늘로 올라가 웨어랫들의 공격권에서 벗어나 안전할 수 있었던 것 같았다.

구아르는 죽었든가 그게 아니더라도 더 이상 일한국의 장수로 남아 있을 수 없게 되었을 것이다. 다마스커스 성에서는 갑자기 천부장인 구지청이 사라져 혼란스러워하는 몽골군을 볼 수가 있었다. 곧 몰려들 맘루크 왕국의 군대에 대한 소문으로 다마스커스는 어수선하다. 구지청의 힘에 많이 기대온 일한국으로서는 공성전을 잘 수행할 수 없으리라 생각된다.

고프리는 마스지드를 바라보았다. 이 여인은 마치 '알프 라일라(페르시아어로 된 '하자르 압사나크'를 아랍어로 번역한 것:천

일야화)'의 주인공 세헤라자데를 연상시킨다. 지혜로우나 주인에게 순종하고 아름다우며 자상하다. 남자의 이상을 결집시킨 것 같은 그녀는 고프리의 정체를 알면서도 그를 피하지 않고 오히려 기지를 발휘해 돕고 구해주었다.

고프리는 자신의 삶, 1,300년이나 되는 시간을 뚫고 온 삶이 드디어 보상받을 때가 왔다고 느끼게 되었다.

구지청의 죽음으로 인해 일한국은 맘루크 왕국의 공격을 받아 어이없이 다마스커스를 빼앗기고 시리아 일대에 일한국과 맘루크 왕국의 경계선이 만들어지게 되었다.

안티오키아 공국은 그 전쟁의 틈에 멸망했다.

구지청을 암살하는 데 성공한 고프리는 제노바에 돌아갔고 암살에 대한 포상으로 아낙스에게서 10만 플로린이라는 거금을 받게 되었다. 다른 진마들도 이제는 누구도 그의 존재에 대해서 빈정거리거나 험담하는 이가 없었다. 모두들 고프리야말로 진마에 부끄럽지 않은, 당대 최강의 흡혈귀임을 인정한 것이었다.

그것은 의외의 충실감이었다. 고프리는 지금까지 자신이 다른 흡혈귀들에게 인정받기를 원하고 있었다는 사실조차 인지하지 못했었다. 그들의 인정 따윈 필요 없다고 여기고 있었는데 뜻하지 않게 모든 흡혈귀가 그를 인정할 뿐만 아니라 그를 존중하는 게 아닌가? 그건 분명히 나쁜 경험은 아니었다.

하지만 고프리를 가장 기쁘게 한 것은 10만 플로린의 거금도, 흡혈귀들의 존경도 아니었다. 그를 가장 기쁘게 한 것은 바로 아낙스가 그에게 내려준 또 다른 포상, 마스지드의 존재였다.

고프리에게 있어서는 10만 플로린의 거금보다 마스지드를 받은 게 더욱더 기뻤다. 그녀를 알게 됨으로써 고프리의 삶이 비로소 채워졌다. 무엇을 했는지 기억나지도 않는 사이에 휙휙 지나가던 일상들, 그 하루하루가 이제는 너무나 충실하게 와 닿았다.

역병은 구지청의 죽음에도 불구하고 퍼져 나가고 있었다. 고프리의 행복한 일상과는 반대로 시리아와 비잔티움, 게르만의 옛 땅으로부터 페스트가 번져 나갔다. 몽골인들의 끔찍한 선물이 유럽 전역을 강타했고 무수한 시체가 거리에 쌓여 나갔다.

고프리는 그러한 죽음의 손길에서 마스지드를 지키고 싶었다. 그녀를 흡혈귀로 만들어 영원히 자신의 동반자로 삼고 싶었다.

하지만 마스지느는 그 선에 대해서는 분명히 거부의 의사를 밝혔다.

"주인님, 저는 주인님이 생각하시는 대로 강한 사람이 아니랍니다. 그처럼 오랜 시간을 맨정신을 유지하면서 살 자신이 없어요. 그리고 두렵기도 하답니다."

마스지드는 반투명한 나삼을 입은 채 고프리의 위에 올라타 그의 목을 끌어안으며 말했다. 고프리는 그녀의 가슴 위에 난 작은 상처로부터 천천히 피를 빨아들이며 그녀의 말에 의아해했다.

피를 빨며 성행위를 하는 것, 그것이 현재 이들 두 사람이 사랑을 나누는 방법이었다. 흡혈귀는 성욕을 흡혈 욕구로 대신해 느끼는데 그러한 방식으로 사랑을 나누는 것은 고프리가 진심으로 마스지드를 아끼고 사랑한다는 증거이기도 했다. 자신의 욕심만을 채우지 않기 위해 선택한 사랑의 방식이지만 보통 사람들이 알게 된다면 까무러치게 놀라고 두려워할 것이다. 이미 이러한 행위를 하는 데 익숙해진 마스지드가 이제 와서 흡혈귀가 되는 것을 두려워한다는 것은 이해하기 힘들었다.

"왜지? 나와 함께 영원히 사는 게… 괴롭거나 싫은가?"

"아니요. 그런 것은 아니지만……."

"아, 붕괴하는 자들이라면 걱정하지 마라. 이미 적성 검사는 끝마쳤으니까."

마스지드의 피에 자신의 피를 떨어뜨려 본 고프리는 그녀를 흡혈귀로 바꿔도 받아들일 수 있다는 걸 확신했다. 그러나 마스지드는 고개를 저었다.

그런 그녀의 뜻에 맞추어 고프리는 그녀를 흡혈귀로 바꾸지 않았다. 하지만… 역병이 다가오면 다가올수록 고프리는 초조해져 갔다. 몇 차례나 마스지드를 설득했지만 그녀는 넘어오지 않았으니… 이제는 강행밖에 남아 있지 않았다.

고프리는 몰래 마스지드의 음식에 자신의 피를 섞어놓았다. 극히 미량이라 맛의 이상함을 알긴 힘들겠지만… 고프리는 그 정도의 피로도 사람을 흡혈귀로 바꿀 수 있었다. 그리고 하루가 지난 다음 고프리는 기대 반 걱정 반이 뒤섞인 두근거리는 가슴을 끌어안고 숙소로 향했다.

"아!"

하지만 그를 기다리고 있는 건 끔찍한 참극이었다. 침실은 부서져 있었고 많은 하인이 침대 주위에 산산조각 나 있었다. 그리고 침실 구석 천장에는 길게 늘어난 혀를 드리우고 있는 도마뱀과 같은 생물이 있었다. 다만 이 도마뱀은 신기하게 머리 쪽에 골반이 위치해 있고 혀라고 생각된 것도 알고 보니 길게 자라난 음핵이었다. 그 얼굴은 길게 일그러져 등과 몸통, 팔 쪽으로 뭉개져 이어져 있었는데 피부에선 비늘이 자라고 있었다.

그 끔찍한 모습을 보며 고프리는 저것이 바로 마스지드임을 직감했다. 비록 일그러져 있다고 해도 그 흉측한 모습은 어딘지 모르게 익숙하다. 마스지드의 얼굴이 남아 있는 것이다.

"마스지드?!"

고프리의 부름에 그녀는 몸을 움찔거렸다.

"이럴 리가 없어. 이럴 리가… 너는 흡혈인자에 저항하지 않았다고. 검사는 완벽했을 텐데?"

고프리는 바닥에 주저앉았다. 마스지드의 앞발인지 뒷다리인지 알기 힘든 사지가 그의 목을 향해 뻗어왔다. 이미 하인들의 피로 물든 날카로운 발톱들이 고프리를 향해 다가온다. 하지만 고프리는 그걸 피하지 않았다. 저 발톱이 그의 몸통을 찢어준다면 좋겠다. 바라는 바다. 누군가가 그에게 고통을 주고, 제발 이게 꿈이라고, 현실이 아니라고 두들겨 깨워줬으면 좋겠다.

하지만… 이것은 현실이었다.

"이럴 리가 없어!"

흡혈귀로의 변이가 몸에 맞지 않아 생긴 일인가? 아니, 그건 아닐 것이다. 그렇게 해서 만들어지는 것과 저것은 다르다. 전자가 무한히 증식하는 암 덩어리와 같다면 후자는 기괴한 이형의 마물이 되어 있지만 이미 안정화되어 있었다.

그래, 고프리는 저러한 모습의 존재를 이미 알고 있었다.

사법의 검은 신이 만들어내는 마물!

아아, 그렇구나. 고프리는 그 순간 모든 것을 이해했다. 구아르와의 싸움에서 고프리는 사법을 펼치던 중 혼절했었다. 그때 그의 몸 안에 남아 있던 사법이 갈 곳을 잃고 방황하다가 저항력이 없는 마스지드를 변이시켜 버린 것이었다.

"아아아악!"

고프리는 비명을 질렀다. 그런 고프리의 비명을 들었는지 괴물은 흠칫 놀랐다. 고프리에게 뻗어오던 손톱을 거둔 그녀는 천천히, 건물 밖으로 스스로 기어 나가려 했다. 쏟아지는 따사로운 햇살이 그녀의 몸에 닿는 순간 그녀의 몸에 피멍이 지더니… 이윽고 멍이 짙은 곳으로부터 불이 붙었다. 몸 여기저기에 비늘이 굽어지고 피부 안쪽에서 돋아난 커다란 물집이 터지며 불이 붙는다.

고프리는 그런 그녀를 멍하니 지켜볼 수밖에 없었다. 말리고 싶다. 하지만 말릴 수가 없었다. 그녀의 의사를 무시하고 그녀를 흡혈귀로 만들려한 그다. 그 결과가 이것이라면… 그녀가 마지막으로 선택한 것을 존중해야 하지 않겠는가?

"아니야!"

이제 와서 무슨 위선을! 고프리는 고개를 가로저었다.

"그만둬! 마스지드! 내가 살려주마! 반드시 살려주겠어! 나는 최고의 사법사다! 내가… 내가 널 돌려놓을 거야! 죽지 마!"

고프리는 햇살을 향해 뛰쳐나가 그녀를 붙잡았다. 하지만 고프리가 잡아당기는 순간 그녀의 몸이 부서졌다. 따사로운 지중해의 햇실이 그녀의 몸을 빠르게 태워 나갔다. 고프리는 마스지드의 육신 일부라도 건지려고 그늘로 향했지만 그늘 정도로는 부족한지 그의 손아귀 안에서도 마스지드의 육신은 타들어갔다.

결국… 고프리의 손에 남은 것은 단 한 줌의 재였다.

고프리는 소리를 질렀다. 배와 폐가 터질 정도로 격렬하게 속 안의 것을 토해냈다. 하지만 그 자신에게는 자신의 비명이, 절규가 전혀 들리지 않았다. 왜냐면 마스지드의 몸이 다 타버린 그 순간 고프리는 이미 죽음을 맞이했기 때문이었다.

그리고 이제 그 자리에는… 차마 죽지도 못한 망령만이 남아 있을 뿐이었다.

· 아낙스의 사도 ·

그 후로도 또 수백 년이 흘렀다. 고프리… 아니, 이제 진마 팬텀이라 불리게 된 그는 악의 흡혈귀로서 그 본연의 임무를 충실히 했다. 충복을 늘리고 인간들을 사들이거나 납치해 남자는 마법의 재료로, 여자는 쾌락의 도구로써 극한까지 학대하고 살해했다. 그러는 한편으로 재산을 긁어모아 거부로 성장한 그는 어둠의 세계에서도 빛의 세계에서도 무시할 수 없는 거물이 되어갔다.

플레이그 로드 구아르를 퇴치한 이래, 모든 흡혈귀에게도 두려움과 존경의 대상이 된 그는 마음이 없는 유령으로서 세계 전역을 방황하고 다녔다. 찾아다니는 것이 무엇인지는 그도 모른다. 그저 쾌락, 즐거움, 미녀와 사치품으로 자신의 공허함을 채우고자 했다.

그런 그를 보기 괴로웠던 것일까?

어느 날 아낙스의 사자 한 명이 팬텀을 찾아왔다.

한때, 팬텀은 아낙스의 애제자였다. 진마 팬텀과 진마 앙리 유이. 무시무시한 악의 마법에 통달한 이 두 명의 진마는 아낙스에 의해 거두어져 흡혈귀가 된 자다.

앙리 유이는 아낙스와 다른 진마의 방침에 불응하고 아낙스의 휘하를 떠났고, 팬텀은 아낙스가 타락하게 되자 흥미를 잃고 그의 자리를 떠나 방황했다. 그러는 사이 아낙스는 또 한 명의 인간을 흡혈귀로 만들었다.

진마 아르곤. 그는 원래 크누트 휄이라는 흔한 이름을 가진 덴마크 호족이었다. 그의 가문은 붉은 머리 롤프의 후예이며 노르만과 프랑크 왕실의 적손이라 주장하고 있었는데 사실 여부는 아무도 모른다.

이 진마는 그 옛날, 팬텀과 앙리 유이가 그러했던 것처럼 다른 흡혈귀들에게 업신여김당하고 있었다. 그는 아낙스, 이제는 테트라 아낙스라 불리는 흡혈귀들의 제자였으며 그 근본을 알기 힘든 자였고, 성격 역시 흡혈귀에 전혀 어울리지 않고 야만적, 즉흥적이었기 때문이다. 진마들이 싫어하는 모든 점을 한데 뭉쳐서 만든 것과 같은 존재라고 할 수 있었다.

아낙스는 바로 그 아르곤을 팬텀에 대한 사자로 골랐다.

"요새 안 좋은 소문이 좀 돌긴 했지만 정말 맛이 갔군."

영국 미들랜드 더비샤이어의 헌팅튼 백작 저택을 바라보고 있던 백발의 청년이 중얼거렸다. 헌팅튼 백작 저택 위를 맴돌고 있는 사령들, 타락한 뱀파이어가 불러들이는 망령들의 군세가 대낮에도 보일 정도인 걸 보면 팬텀과 그의 혈족들이 이 일대에 얼마나 많은 희생자를 불러들였는지 안 봐도 눈에 훤하다.

백발의 청년 아르곤은 혀를 차며 어색한 양복 주머니에 손을 푹 찔러 넣고 걸어갔다.

혈족이 다른 뱀파이어가 영지에 들어서게 되면 이 일대를 지배하고 있던 뱀파이어들은 어렵지 않게 알아차릴 수 있다. 그들이 설치한 마법적인 장치들, 그들이 풀어놓은 무수한 감시자를 통해서 곧 정보가 입수될 테니까. 게다가 지금 아르곤은 사자로서 왔기 때문에 자신의 기척을 죽이지도 않았다. 하지만 아무도 그를 마중 나오지 않았다.

아르곤은 주위를 휘휘 둘러보다가 촌놈 도시 구경하듯 슬그머니 저택으로 다가가 저택 창살 안으로 동향을 살펴보았다.

저택의 앞에는 아무리 보아도 인간으로 보기 힘든 하인들이 무뚝뚝하게 집을 지키고 있었다. 그들이 지키고 있는 저택 안에는 검은 사법으로 만든 게 분명한 송아지만 한 경비견들이 돌아다니고 있었다.

"실례합니다."

"예… 무슨 일이신지?"

"테트라 아낙스의 전령입니다. 안에 들여보내 주시지요."

아르곤은 대뜸 질러 버렸다. 어차피 긴말하는 건 그의 품성에 맞지 않았고 헌팅튼 백작, 그러니까 팬텀의 악명은 이미 익히 들어서 알고 있었다. 그런 자와 긴말을 해봐야 좋을 게 없다.

테트라 아낙스라는 말에 하인들의 눈썹이 움직였다. 그들은 아무런 말 없이 육중한 철문의 위쪽을 손가락으로 가리켰다. 점프로 뛰어넘으라는 것일까?

"손님 대접이 엉망이군."

아르곤은 투덜거리면서 주위를 둘러보았다. 헌팅튼 백작 저택의 주위에는 쥐새끼 한 마리 얼씬하지 않는다. 이곳은 최근 벌어지는 연쇄살인사건과 납치, 실종 사건으로 인해 인심이 극히 흉흉해져 있었다. 그래서 그들은 낮에도 헌팅튼 백작의 저택 근처에는 얼씬도 하지 않았다.

아무도 보는 사람이 없는 걸 확인한 아르곤은 어렵지 않게 저택을 뛰어넘었다. 그 순간 갑자기 주위의 풍경이 급변했다. 끔찍한 사냥개 말고는 멀쩡한 정원으로 보이던 이곳은 지옥에서나 볼 법한 끔찍한 과수를 키우고 있었다. 인간이 열리는 나무와 인간이 열리는 관목이 정원을 장식하고 있었던 것이다. 사법이 창조해 낸 그 끔찍한 생명체들은 땅과 태양에서 양분을 얻어 세포 분열을 일으켜 인간의 모습으로 살덩이를 만들어내고 있었다. 송아지만 한 덩치에 터질 듯한 근육, 충혈된 눈을 하고 돌아다니는 사냥개들은 그러한 초목에서 만들어진 인간, 아니, 인간의 형상을 한 살덩이를 물어뜯는다. 피와 고름, 살점이 쏟아지면서 악취가 사방에 풍겼다.

사법을 절제하지 않고 검은 마법의 연구에 몰두한 미친 흡혈귀 군주, 팬텀.

그의 저택은 과연 그 악명에 걸맞는 지옥의 모습을 하고 있었다.

"어이구. 악취미네."

아르곤은 그런 끔찍한 모습을 보고도 전혀 위축되지 않았다. 그런 그를 이질적인 존재로 여겨서일까? 땅에서 자라나는 육신을 뜯어 먹던 사냥개들이 아르곤을 향해 이빨을 드러냈다.

"그래, 그렇게 나와줘야지. 그러지 않으면 내가 사자로 온 보람이 없지."

아르곤은 손을 까딱였다. 이야기를 전달하는 것뿐이라면

그가 올 필요가 없었다.

크르르릉!

사냥개들이 아르곤에게 뛰어들었다. 팬텀의 부하들, 그 하인들은 손님으로 온 이가 자신들의 사냥개에 습격을 당하는데도 아무도 말리려 하지 않았다. 그들은 정신을 잃은 자처럼 그저 배회하면서 청소나 잡일을 하고 있었다.

콰직!

아르곤은 자신에게 뛰어드는 사냥개들을 순식간에 박살 냈다. 그 움직임이 너무 빨라서 아르곤은 가만히 있는데 사냥개들이 자연스레 폭사한 것처럼 보였다. 피가 사방으로 쏟아졌지만 아르곤의 옷에는 피 한 방울도 튀지 않았다. 무서운 기세로 사냥개를 뚫고 돌파한 아르곤은 단숨에 저택으로 몸을 날려 외벽을 붙잡고 창문을 열었다.

"와우."

저택의 안에 깔린 붉은 융단 위에는 예닐곱 정도의 젊은 여성이 전라의 상태로 누워 있었다. 그리고 그들 사이에 검은 옷을 입은 금발의 마법사가 서 있었다.

"손님 대접이 엉망이군. 아니면 내가 때를 잘못 찾아온 건가?"

"누군가 했더니. 아낙스의 새 개로군."

"이봐."

아르곤은 아낙스의 개라는 소리에 발끈했다. 그렇게 쉽게 도발에 넘어가는 걸 보면 이 흡혈귀는 다른 이들과 성격이 좀 다른 것 같다.

"난 아낙스랑 사귀지 않는다고!"

"……"

아니, 그렇게 이야기한 건 아닌데. 팬텀은 그제야 아르곤에게 반응을 보였다. 이 흡혈귀가 상당히 흥미로운 인물이라는 걸 깨달은 것이다.

"그래, 여긴 무슨 일이지? 내 사랑스러운 애완동물들을 죽이고 들어올 정도면 중요한 일이겠지?"

팬텀은 무표정하게 손님인 아르곤을 맞이했다. 아르곤은 그런 팬텀을 바라보며 쓴웃음을 지었다.

"기대해 주면 곤란한데. 테트라 아낙스의 전언은 간단해. 세피아가 헌터에게 죽었다. 진마를 죽일 수 있는 존재들이 이 세상에 나타나기 시작했으며 다음 사냥감은 바로 당신이라고, 온 세상에 악명을 떨치고 있는 당신을 타도하기 위해 사냥꾼이 나타날 거라 하더군."

꽤나 파격적인 내용이었지만 팬텀은 미동조차 하지 않았다. 별로 감흥이 없는 것 같다. 하긴 구아르를 살해한 이래 그의 실력을 의심하는 자는 없었다. 진마 세피아가 사냥꾼에게 죽임을 당했지만 세피아와 팬텀의 격차는 상당히 크다. 같은 진마라 해도 그 수준이 확연히 다른데 경고까지 할 정도라니. 게다가 그 경고를 위해 진마를 보내다니 그건 있을 수 없는 일이다.

"또 다른 게 있지 않나?"

"그래."

아르곤은 손가락을 풀었다. 그의 손아귀에서 서리가 뿜어져 나왔다.

"나도 당신들처럼 테트라 아낙스를 떠난다. 그렇지만 내가 테트라 아낙스에게 은혜를 입은 것도 사실이거든. 은혜를 정산하기 위해서 내가 할 일은… 세피아 꼴이 나기 전에 팬텀의 오만함을 좀 다스려 줄 것. 이러니저러니 해도 테트라 아낙스는 아직 당신을 사랑스러운 제자라고 생각하는 모양이야."

"호오, 오만하다고? 내가? 재미있군. 애송이 흡혈귀, 어디서 굴러먹다 왔는지 모르지만 갑자기 진마가 된 기분을 내는 건 좋지 않아."

다른 흡혈귀들에게 박대당하던 팬텀이 할 말은 아닌 것 같지만 팬텀은 싸늘한 눈초리로 아르곤을 노려보고 있었다. 하지만 아르곤은 대수롭지 않다는 듯 팬텀의 눈초리를 흘려보냈다. 적 앞에서 어쩌면 이렇게 여유만만일까? 그것도 구아르를 죽인 진마를 앞에 두고서.

"그걸 오만하다고 하는 거지."

아르곤이 웃음 짓는 순간 갑자기 공기가 일변했다.

• 뱀파이어 헌터 •

 은발의 신부가 헌팅튼 백작가를 찾아온 것은 아르곤의 방문 후 일주일 뒤의 일이었다.

 헌팅튼 백작, 아니, 진마 팬텀은 흡혈귀들 사이에서도 공포의 대상이었다. 사악한 마법의 연구를 위해 인간들을 납치하고 자신의 쾌락을 가로막는 모든 것을 파괴하는 그들을 저지할 수 있는 존재는 아무도 없었다.

 영국에 자리를 잡은 팬텀과 그 종복, 판타즈마고리아는 틀림없이 당시 최강의 흡혈귀 집단이었다.

 진마 세피아를 쓰러뜨리는 위업을 달성한 그가 다른 흡혈귀도 아니라 대번에 팬텀에게 도전한 것은 놀랄 만한 일이었다. 세피아도 약한 자는 아니었지만 테트라 아낙스가 제공하는 안락함에 취해 있던 자, 그런 자와 계속 학살과 마도 연구에 몰두한 팬텀과는 격이 다르다.

 그러나 지금 이건 뭐라고 해야 할까?

 은발의 신부는 완전히 박살 나다시피 한 헌팅튼 백작, 팬텀의 저택을 바라보고 혀를 찼다.

 "누가 선수를 친 모양이군."

더비샤이어의 헌팅튼 백작의 저택 위로 겨울비가 내리고 있었다. 헌팅튼 백작, 흡혈귀들 사이에서는 진마 팬텀이라 불리는 흡혈귀는 망연자실 바닥에 주저앉았다. 부서진 지붕 틈바구니를 통해 빗방울이 그의 머리 위로 떨어져 전신을 적신다. 팬텀은 비를 맞으며 고개를 들어 올렸다.

뻥 뚫린 하늘 위로 잿빛의 먹구름이 보인다.

"아낙스, 결국 완성했나!"

오만했다? 그럴 리 없다. 팬텀에게는 자신을 자랑스럽게 여기는 마음이라곤 전혀 없었다. 어느 쪽이냐면 오히려 자신을 경멸하는 쪽이었다. 그러니까 그저 사법에 마음을 빼앗겨 끝없이 마도를 탐하고 쾌락을 탐해왔을 뿐이다. 한시라도 맨정신으로 있다가는 자신에 대한 경멸을 참을 수 없을 테니까.

그러나 타락한 그로서는 도저히 아르곤을 당해낼 수가 없었다. 아르곤의 존재는 가히 태풍이나 지진에 필적할 만했다. 실제로 그의 저택은 태풍과 지진을 맞이한 것처럼 박살 나 있었다. 지붕은 완전히 날아갔고 기둥은 부러지고 지축이 뒤집어져 건물 전체가 기울어졌다. 이건 아무리 괴력의 흡혈귀라도 그렇게 쉽게 해낼 수 있는 일이 아니다.

팬텀은 쓴웃음을 지었다. 아르곤의 존재는 오래간만에 아낙스를 느끼게 해주었다. 지금의 미쳐 버린 아낙스가 아니라 아득히 먼 옛날, 타오르는 세이리오스의 아래에서 정좌한 채 눈을 감고 자신의 꿈을 이야기하던 그때의 아낙스를.

진마 아르곤은 아낙스의 꿈을 이을 자.

아낙스 그 자신은 타락했지만 자신의 타락을 예견하고 모든 것을 안배한 행동은 그의 손을 떠나서 스스로 생명을 가지고 살아 움직이고 있었다.

그러한 아낙스의 꿈을 엿보아서일까? 팬텀도 머리가 맑아진 기분이 들었다. 여전히 그는 자신을 경멸하고 있지만, 그에게도 해야 할 일이 있었다.

"전혀 준비가 되어 있지 않군."

검은 수사복으로 몸을 감싼 은발의 남자가 부서진 저택의 벽을 넘어서 성큼성큼 걸어왔다. 그의 목에 걸려 있는 은의 로사리오가 유난히 빛을 발한다.

팬텀은 쏟아지는 빗줄기를 맞으며 서 있다가 그를 돌아보았다.

"미안, 미안. 온다는 이야기는 들었는데 손님 맞을 준비가 안 되어 있었군."

"표정이 좋군. 뭐 좋은 일이라도 있었나? 아니, 이 바닥에서 좋은 일이 있었다는 것도 말이 안 되는군."

은발의 신부는 부서진 저택을 돌아보며 중얼거리다 문득 자신의 언행에 기이함을 느꼈다. 원래 그는 흡혈귀와 그렇게 말을 섞는 자가 아니다. 그렇지만 왠지 모르게 이 흡혈귀에게는 그냥 말을 걸고 말았던 것이다.

진마 팬텀, 나락의 끝에 떨어진 그 사악한 흡혈귀가 지금 이 자리에 서 있다. 하지만 그의 표정은, 그 모습은 과연 그가 정말 그렇게 사악한 존재인지 의심스럽게 했다.

"그렇게나 오래 살았는데도 배우지 못했던 것을 최근에 하나 배웠거든. 살아 있다는 건 정말 좋은 거야."

팬텀은 웃고 있었다. 진심으로 행복감을 느끼는 듯한 그 표정이 왠지 모르게 거슬렸다.

"…그래. 그럼 긴말할 필요 없지? 시작해 봐."

팬텀은 양손에 강철 괴(塊)를 집어 들었다. 그가 괴에 마법을 걸자 철괴는 순식간에 풀어져 무수히 긴 가닥의 철사로 돌변해 무너진 저택 안을 거미줄처럼 휘감았다. 깜짝 놀란 신부는 즉시 팬텀에게 일직선으로 달려들며 검과 총을 빼 들었다. 하지만 팬텀은 자신에게 찔러드는 칼은 아랑곳하지도 않았다.

화악!

그의 몸이 안개화되며 검을 헛되이 흘려보냈다. 물론 이 검은 보통 검이 아니다. 마법을 걸어서 만들었는지 안개가 된 상태에서도 분명히 타격이 있다.

하지만 진마 팬텀을 즉사시키기엔 어림도 없다.

쉬이이익!

사방에서 철사가 날아들어 신부를 덮쳤다.

"흡!"

신부는 검을 휘둘러 날아드는 철사들을 쳐내고 피스톨을 꺼내 연거푸 사격해 안개를 쏘았다. 법은으로 만든 총탄이 안개를 꿰뚫고 지나갔지만 팬텀에게는 그저 긁힌 상처일 뿐, 제대로 된 타격을 줄 수가 없었다.

"철사는 쳐내는군. 이건 어떨까?"

상대는 분명히 뛰어난 능력을 가지고 있지만 그래 봤자다. 팬텀은 철사를 이용해 지붕을 무너뜨려 은발의 신부를 덮치게 했다.

"하아!"

은발의 신부는 자신의 머리로 무너지는 돌더미들을 피해 몸을 굴렸다. 그렇게 간격이 벌어진 순간 이번에는 그의 주위에서 총격이 퍼부어졌다.

새뮤얼 콜트가 1836년, 회전 약실을 갖춘 리볼버의 특허를 취득했다. 그러나 그보다 1세기나 먼저, 팬텀은 직접 회전 약실을 갖춘 총을 만드는 데 성공했다. 분리형 약실이 콜트의 리볼버와 다른 점은 뇌홍을 사용하는 후장식 격발이 아니라 플린트록과 화승을 사용하는 전장식이며, 약실과 총열을 분리해 전장식임에도 불구하고 편하게 장전할 수 있다는 점 정도였다.

팬텀이 직접 만든 이 총은 그 옛날, 아퀴버스를 만들 때 사용되었던 성유물을 재활용하면서 그 크기를 줄인 마법의 총이다. 이미 수차례 개조에 개조를 거듭한 이것은 아쿼버스에서 핸드캐논, 대포, 그리고 플린트록 피스톨에서 현대적인 리볼버에 이르기까지 갖가지 형태로 변용되었다.

그렇게 만들어낸 피스톨 비스트는 현재 세 자루, 그러나 팬텀에게 남아 있는 건 한 자루에 불과했다. 타락하여 반쯤 미쳐 있던 팬텀을 죽이기 위해 찾아왔던 진마 유다에게 팬텀 그 자신이 직접 비스트 두 자루를 넘겨주었던 것이다.

'보다 많은 흡혈귀를 죽이도록 해라.'

그런 이유로 유다에게 비스트를 넘겨주었기에 현재는 한 자루밖에 남지 않았다. 이 한 자루의 위력은 그래도 충분히 막강하지만, 팬텀이 직접 손에 들고 쏜다면 상대방은 경계해서 맞지 않으리라. 그래서 팬텀은 철사들을 조종해 그의 마총 비스트를 원거리에서 원격 발사한 것이었다.

이건 신부도 예상 밖의 공격이었는지 공중제비를 넘어 피하긴 했지만 팔이 하나 끊어져 나갔다.

"음?"

절단면에선 피 대신 은색의 액체가 잠깐 흐르다 멈췄다. 아무래도 이 남자, 인간이 아닌 건 확실한 것 같다. 마법을 연구한 팬텀은 그가 누구인지, 어떠한 존재인지 곧 알 수 있었다.

'사법이 사악하다 뭐다 해도 그노시스의 놈들도 만만치 않군. 하긴 마법을 추구하는 자들은 다 미친놈이지.'

팬텀은 안개를 풀었다. 상대방은 팔 하나 잘린 정도로 전투력을 상실하지 않는다. 실제로 그의 잘려진 손도 스스로의 의지를 가지고 검을 쥔 채 허공에 떠 있을 뿐이었다.

그러나 팬텀의 힘은 압도적이다. 더 이상 승부를 한다 해도 상대방에겐 팬텀을 위협할 수 있는 무기가 없지만, 팬텀의 공격은 하나하나가 상대를 파멸시킬 만하다. 팬텀의 혈인 능력인 안개화, '크림슨 글로우'를 깰 수단이 없다면 애초에 이건 상대가 되지 않는 싸움이다.

"이런."

"내 능력도 알지 못하고 무작정 세피아를 잡고 나서 나에게 왔나, 사냥꾼? 거참 골치 아픈 친구일세. 의욕이 넘치는 것은 좋지만 순서를 잘 잡았어야지."

"흡!"

은발의 신부는 팬텀을 향해 피스톨을 쏘았지만 팬텀은 몸의 일부를 안개로 바꾸어 그 공격을 흘려보냈다. 팬텀은 난처한 상황에 처했다. 이 신부는 이제 더 이상 그에게 위협이 못 된다. 하지만 지금 죽여 버리자니 그에 대해서 호기심이 생겼다. 그렇다고 그걸 충족시키기 위해 살려둔다면 이 신부는 그를 원수로 여기고 지옥까지 쫓아올 것이다. 이런 타입의 성격은 적이 자신을 동정하기라도 하면 자기혐오로 미쳐 버린다. 팬텀 그 자신도 이러한 성격이었기 때문에 그건 보지 않아도 잘 알 수 있었다.

"어쩔 수 없군."

팬텀은 철사들을 쥔 손을 휙 허공에서 챘다. 그러자 사방에서 돌기둥들이 밀려와 은발의 신부를 에워싸고 그를 짓이겼다. 보통 사람이라면 이 공격으로 박살 났겠지만 돌기둥들이 완전히 맞물려지지 않고 오히려 돌기둥을 제어하고 있던 철사들이 끊어졌다.

"허튼짓을!"

과연 은발의 신부는 기둥을 밀어내고 안에서 탈출했다. 하지만 그를 맞이한 것은 텅 비어버린 저택의 폐허뿐이었다. 잠깐 시야를 가린 사이에, 압도적 우위를 점하고 있던 흡혈귀가 사라져 버린 것이다.

"으음?"

너무나 어이없는 상황이라 은발의 신부는 주위를 두리번거렸다. 혹시 어딘가에 숨어서 급습하려는 것일까? 그렇게 생각하니 확실히 스산한 기운이 느껴지고 있었다. 그러나 적은 대체 어디에 있단 말인가?

은발의 신부는 끊어진 팔을 잡고 상처에 이었다. 은색의 핏물이 흘러들어 와 그의 육신을 수복하고 팔을 연결시켰다. 이것은 인간이라기보다는 오히려 흡혈귀에 가까운 능력이다. 그렇지만 그는 흡혈귀와는 전혀 다른 존재로서 이 자리에 서 있다.

"으음."

저택 주위를 맴돌고 있는 기척 때문에 그는 그 자리에 멈춰 서 있었다. 하지만 상처를 재생하고 있는데도 상대가 가만히 있다는 건 이상하다. 신부는 검을 앞세워 저택 밖으로 뛰쳐나왔고 그제야 자신이 속았음을 깨달았다. 룬이 새겨진 바위 하나가 저택을 완만하게 돌고 있었던 것이다.

"이 자식이……."

은발의 신부는 살아났다는 기쁨보다 농락당했다는 모욕감에 얼굴이 굳어졌다.

· 봉인 ·

팬텀이 자신의 삶을 살기 위해서는 사법과 결별하지 않으면 안 되었다.

네크로폴리스의 노예로 살아온 이래, 그를 사로잡고 그의 영혼을 착취하고 그의 육신을 점거하고 있는 사악한 이형의 신. 그 힘이 팬텀을 타락시키고 그를 파멸로 몰고 갔다.

팬텀은 그 신으로부터 자신의 영혼을 돌려받길 원했다.

그래서 그는 그간의 연구 성과를 모아서 검은 신과 자신의 융합점, 그 핵을 분리하는 작업에 들어갔다. 통칭 마도서라

불리는 이것은 사법사의 목숨줄이나 같은 것이었다.

 마도를 추구하던 자가 마도서를 버린다? 원래대로라면 세상이 두 쪽 나도 있을 수 없는 일이다.

 그러나 팬텀은 그 모든 것에 욕심을 버렸다.

 결국 마도서를 봉인하는 데 성공한 팬텀은 이후 수십 년간, 자신의 몸에 남아 있는 사법의 독을 제거하기 위해 정양에 들어갔다. 그러는 한편 그는 더비샤이어의 헌팅튼 백작이란 신분을 버리고 오스트리아의 희곡 작가이자 자산가인 구스타프 만이란 신분을 새롭게 얻었다.

 구스타프 만은 곧 회화와 음악, 건축과 조각, 연극 등에 전폭적인 지원을 하며 명사로 떠오르게 되었다. 팬텀은 그동안 귀족 행세를 하면서 수차례 문화에 대한 지원을 아끼지 않았지만 그것은 어디까지나 자산가로서의 자신을 연기하기 위함이었지, 그러한 것들에 즐거움을 얻지 않았다. 그러나 지금에 와서 그는 필사적으로 인간들의 문화에 자신을 동조시켰다. 흡혈귀로서의 쾌락에 중독되어 있던 그가 자신의 영혼을 건전하게 하기 위해서는 흡혈귀의 쾌락이 아닌, 순수하고 가치 있는 예술과 유희에 정신을 집중할 필요가 있었기 때문이다.

 그리하여 얼마 후에는 구스타프 만, 즉 팬텀 그 자신이 직접 희곡을 작성하고 자기 자신도 무대에 오를 정도로 일취월장하게 되었다.

그러나 팬텀이 악귀나찰의 길에서 결별하고 자신의 영혼을 재활하기 위해 몸부림치고 있을 때 세계는 그와 반대로 지옥으로 변해가고 있었다.

1914년 사라예보 사건이 발발하면서 제1차 세계대전이 발발했다. 테트라 아낙스의 예지력에 크게 기대지 못한 구스타프 만은 제1차 세계대전에 징집당해 서류상의 전사를 당하게 된다. 팬텀은 자신의 신분을 구스타프 만의 후손, 빌헬름 만으로 바꾸고 전쟁이 끝난 다음 오스트리아에 돌아가 구스타프 만의 이름으로 보존되어 있던 재산을 긁어모아 다시금 재기를 시작했다.

그리고 시대가 흘러… 팬텀은 다시금 이름을 바꿨다. 빌헬름 만의 장남, 프란츠 만으로 이름을 바꾼 그는 제1차 세계대전 때의 사건을 교훈으로 삼아 가문에 재산을 두지 않고 회사와 단체에 재산을 귀속시키고 그 재산들의 행방을 공고히 했다. 그렇게 공식적인 회사를 만들다 보니 이제 더 이상 흡혈귀나 마법사들만으로 조직을 꾸려 나갈 수 없게 되었다.

팬텀은 지역 신문에 구인광고를 내고 사람들을 뽑기로 했다.

오전의 사무실 앞에는 벌써 많은 사람이 모여 있었다. 제1차 세계대전 이후 찾아온 세계적 불황은 전 세계 어디에나 많은 실업자를 만들고 있었다. 그래서 비서 단 한 명을 뽑는다는 광고를 냈을 뿐인데도 사무실 앞에는 백여 명이 넘는 사람이 장사진을 이루고 있었다. 팬텀은 쓴웃음을 지으며 사무실로 다가가 열쇠로 문을 열었다. 그러자 방금 전까지 그가 오너라고 생각지 못했던 행렬의 눈이 확 돌변했다.

"면접을 시작하겠습니다. 천천히 들어오세요."

팬텀이 원하는 것은 법무와 사무에 능숙하고 일정 관리가 완벽한 비서였다. 오랜 세월을 살아왔고 사법에 의해 정신이 황폐화된 그는 잠깐만 정신을 놓으면 시간관념 없이 많은 시간을 낭비하게 되었다. 그러한 자신을 대신해 일정을 관리하고 작업을 챙겨줄 만한 사람, 그리고 흡혈귀의 입장에서는 너무나도 급격하게 변하는 법과 관습에 익숙한 사람이 필요했다.

그러나 대부분의 사람은 그의 기대에 미치지 못했다. 팬텀은 긴 면접 동안 지루함을 이기지 못하고 구직자들의 앞에서 하품을 했다.

"다음 사람."

팬텀이 그렇게 사람을 불렀을 때 젊은 여성 한 명이 걸어 들어왔다. 그녀는 머리 위에 빵모자를 눌러쓰고 있었는데 이런 일은 처음인지 얼굴이 붉게 상기되어 있었다.

"모자 벗으세요."

"아?! 아! 예!"

그녀는 허둥지둥하면서 모자를 벗었다. 순간 팬텀은 자신의 눈을 의심했다.

"클라우디아?"

누미디아의 네크로폴리스에서 팬텀에 의해 죽임을 당했던 제자, 그 소녀의 모습과 똑같은 사람이 지금 앞에 서 있었다. 물론 완전히 똑같지는 않았다. 그때는 10대 중반의 어린 소녀였지만 지금 팬텀의 앞에 있는 여성은 10대 후반이나 20대 초반으로 보였다. 시대도 벌써 1900년 이상이 흐른 뒤였다.

"아? 예? 저를 아시나요?"

그녀는 놀랍게도 이름마저 클라우디아였다.

"으음. 아니, 뭐, 흐, 흔한 이름이니까요."

팬텀은 당황스러워했다. 심장이 야생마처럼 펄펄 뛰기 시작했다. 불사자들 사이에서도 두려움의 대상이던 그가 사춘기 소년처럼 흥분하고 있었다.

이제 사람 따윈 어찌 되어도 좋다. 물론 단지 외모만 보고 사람을 뽑는다면 공정하지 못한 거지만 공정하지 못하면 뭐 어떠한가? 팬텀은 클라우디아를 자신의 비서로 전격 채용했다.

다행히 클라우디아는 상당히 유능한 젊은 여성이었다. 당시의 여성들이 귀족이 아니면 대부분 교육받지도 못하고 공장에서 일해야 했던 것과 달리, 그녀는 신문사에서 일하며 스스로 읽고 쓰기, 셈을 공부하고 법과 역사를 전공했다. 물론 그래도 팬텀의 요구치에는 부족한 능력이었지만 앞으로도 계속 발전할 가능성을 보고 팬텀은 그녀에게 만족했다.

클라우디아도 이 잘생긴 청년 사업가, 프란츠 만에게 반하지 않을 수 없었다. 프란츠 만이 그녀를 채용한 덕분에 그녀는 어려운 살림살이 속에서 고생하는 가족들을 부양할 수 있었고 또 그의 배려로 인해 일하는 와중에도 자신의 공부를 계속해 나갈 수 있었다. 게다가 프란츠 만은 유머 감각이 있고 예술과 학문에도 조예가 깊은 진정 귀족적인 남성이었다. 더해서 그 용모까지 아름다우니 결국 둘이 사랑에 빠지는 것은 정해진 수순이었다.

상황이 이렇게 되자 팬텀은 다시금 그녀에게 집착하게 되었다. 그녀에게 자신의 정체를 밝히고 인생의 동반자로 맞이하고 싶었다. 그러나 그의 인생의 동반자로 맞이한다는 것은 그녀를 흡혈귀로 만든다는 뜻이었다. 보통의 흡혈귀들이라면 간단히 상성과 체질을 검사한 뒤 자신의 피를 그녀에게 먹이면 되겠지만… 팬텀은 상대가 상성과 체질이 맞다 하더라도 함부로 그렇게 할 수가 없었다.

그의 몸에서 사법을 제거하긴 했지만 그래도 아직 역류한 사법에 의한 오염이 남아 있을 수 있었다. 이미 그는 그 오염 때문에 사랑하는 이들 사신의 손으로 파멸시킨 적이 있지 않은가.

그런 일이 다시 일어나는 것을 바라지 않았기에 팬텀은 신중할 수밖에 없었다.

"프란츠 씨? 무슨 생각을 하고 있어요?"

팬텀의 비서가 되어 이제 제법 연륜이 붙은 클라우디아는 딴생각에 빠진 팬텀의 볼을 손가락으로 꾹꾹 눌렀다. 팬텀은 그제야 정신을 차렸다.

"아… 클라우디아?"

"가져오라는 대로 병원에서 제 피를 뽑아 왔어요. 여기 두면 되지요?"

그녀는 고무로 밀봉된 바이얼을 팬텀의 탁자 위에 두었다. 팬텀은 그녀의 바이얼을 집어 들었다.

"응, 그래. 고마워."

"왜 피를 뽑으라고 하셨어요?"

"그냥 간단한 건강검진이야."

"흐음. 아, 그보다 프란츠 씨. 뮐러 씨가 또 편지를 보냈어요."

"나치에 정치헌금을 바란다고? 그 사람은 참 뻔뻔하군."

"그래도… 그 나치에 정치헌금을 주지 않으면 이후 보복당할지도 모르는걸요? 이렇게나 안 내도 불이익당하지 않고 버티는 것도, 다 뮐러 씨가 뒤에서 봐주고 있기 때문이에요."

클라우디아는 나치 선전부의 프랭크 뮐러가 보낸 전보를

보며 혀를 찼다. 그녀의 아버지는 열성 나치 당원으로 나이 차이가 많이 나는 그녀의 어린 남동생도 유겐트 대원이 되었다고 알고 있었다. 하지만 클라우디아는 나치에 대해서 좋은 감정을 가지고 있는 것 같지는 않았다.

다만 그 아버지는 이미 프랭크 밀러를 클라우디아의 남편감으로 점찍어두고 있는 것 같았다. 프랭크 밀러도 그 사실을 알고 있기 때문에, 또한 클라우디아에 대하여 연모의 감정을 가지고 있기 때문에 그녀의 직장 상사인 프란츠 만의 투자회사를 내버려 두고 있는 것이다. 과격하고 멍청한 자칭 우국지사를 많이 거느리고 있는 나치는 자신들의 의견에 반대하는 자들이 있으면 그 우국지사들을 이용해 공공연히 폭력을 행사하고 있었다. 프란츠 만처럼 노골적인 정치헌금 요구를 거절하고도 아무런 피해도 당하지 않은 이는 극소수에 불과했다. 하지만 팬텀 역시 클라우디아를 사랑하고 있는 몸, 프랭크 밀러가 이쪽의 편의를 봐주고 있다 해서 팬텀이 프랭크 밀러를 좋게 봐줄 수 있을 리 없었다.

"그럼 먼저 퇴근해."

팬텀은 클라우디아를 퇴근시키고 조심스레 사무실을 빠져나가 자신의 연구실로 향했다.

"이 짓도 오래간만이군."

팬텀은 화학연구실에 들어와 외투를 벗었다. 마도를 벗어났지만 그래도 마법사인만큼 연구실을 만들어두긴 했다. 그러나 그가 이 연구 시설을 사용하기 위해 들어온 것은 정녕 오래간만의 일이었다.

대량생산 체계가 완성되어 공산품의 품질이 믿을 수 없을 정도로 향상되었다. 연구실에 놓인 유리 도구들, 증류기와 여과기 등의 품질이 향상되어 있고 냉장고라는 것까지 만들어져 설비를 냉동시킬 수도 있게 되었다. 팬텀은 그 냉장고에서 다른 흡혈귀종들의 피를 꺼냈다.

그리고 미리 준비한 클라우디아의 피를 나눠서 각 흡혈종의 피와 섞어보았다. 물론 자신의 피와도 결합해 보았다.

사랑하는 자를 흡혈귀로 만드느라 결국 파멸하는 흡혈귀들을 많이 보아왔다. 팬텀도 그러한 흡혈귀들이 어리석다고 여기고 있었다. 그렇지만 자신의 입장이 되고 나면 역시 안 할 수는 없다.

'뭐, 나는 흡혈귀로 만든 이의 수가 적으니 관리가 되겠지.'

팬텀은 흡혈귀들의 피와 그녀의 피를 섞어보고 반응을 살펴보았다. 그러나 반응은 기대 이하였다.

클라우디아는 어떤 흡혈종의 피와도 거부 반응을 일으켰다. 흡혈귀가 될 수 없는 체질의 인간. 그 결과를 보고 팬텀은 치를 떨었다.

그의 오염이 마스지드를 파괴한 것을 떠올리며 두려워했었다. 차라리 아예 상성이 맞지 않아서 클라우디아를 그저 인간인 채로 내버려 둘 수 있었으면 좋겠다고도 생각했었다. 하지만 정말 이런 결과가 나오니 아쉬워 미칠 지경이었다.

그래도 이런 결과가 나온 이상 팬텀이 신이 아닌 이상은 어쩔 수 없는 것, 팬텀은 아쉬운 마음을 뒤로하고 연구실을 떠났다.

클라우디아는 흡혈귀로 변이할 수 없는 체질임이 확인되었다.

팬텀은 그녀를 사랑했지만 그녀를 자신의 것으로 할 수는 없었다. 설령 그녀가 팬텀의 정체를 알고도 그를 받아들여 준다 하더라도 곧 잔혹한 시간이 흘러서 그녀는 늙어갈 테고 죽음을 맞이할 것이다. 그럴 바에는 흡혈귀의 존재를 알지 못한 채로 그녀를 사랑해 주는 다른 인간을 만나 행복하게 사는 게 낫지 않을까? 팬텀은 그러한 마음에 클라우디아의 구애를 거부했다.

결국 프란츠 만과 결별하게 된 그녀는 아버지의 중매를 받아들여 그녀를 사모하던 프랭크 밀러와 결혼하게 되었다.

그리고 제2차 세계대전이 발발했다.

· 빌헬름 마이어 ·

팬텀은 다시 전쟁터로 돌아왔다. 전쟁은 흡혈귀에게 있어서 항상 익숙한 것이었다. 피를 마시는 자가 남들의 눈을 의식하지 않고 살인을 할 수 있는 곳이니까.

그러나 지금의 팬텀은 포식자로서 등장한 것이 아니었다. 클라우디아를 무사히 외국으로 탈출시키기 위해 자신이 직접 찾아온 것이었다.

비록 지금은 독일이 연전연승하고 있지만 이러한 총력전에서는 후방에 있는 민간인이라 해도 무사할 수가 없었다. 팬텀은 그러한 판단하에 클라우디아를 구하기 위해 독일로 입국했다.

독일에 입국한 그는 즉시 사람들을 풀어 클라우디아의 행방을 찾았다. 팬텀이 지니고 있는 돈의 힘은 막강해서 혼란스러운 전쟁통 속에서도 그는 어렵지 않게 클라우디아의 행방을 찾을 수 있었다.

클라우디아는 오스트리아 빈에서 남편의 뒷바라지를 하며 주부로서 살고 있었다. 프랭크 뮐러는 오스트리아의 나치 선전당원에서 지속적으로 승진, 현재는 독일군 정보부 중위로 근무하고 있었기에 전쟁터에 직접적으로 투입되진 않았다. 그리고 클라우디아의 남동생, 빌헬름 마이어도 히틀러 유겐트의 대원으로 아직 오스트리아에 남아 있었다. 팬텀으로서는 그들이 전쟁에 본격적으로 뛰어들기 전에 구출할 수 있는 절호의 기회로 보였다.

팬텀은 클라우디아의 집을 찾아가 그녀를 만나려 했다. 그러나 집의 문을 열고 나온 클라우디아는 갑작스러운 팬텀, 아니, 프란츠 만의 방문에 어리둥절했다.

"프란츠?"

"클라우디아, 오래간만이군. 잘 지냈어?"

"아니, 왜 이렇게 갑작스레 오신 거예요? 무슨 일이죠?"

클라우디아는 프란츠 만을 안으로 안내하면서 의아해했다. 팬텀은 그녀의 안내에 따라 응접실로 들어서며 집 안의 사진을 바라보았다. 여기저기에 클라우디아와 프랭크 뮐러의 행복한 삶의 모습이 새겨져 있었다. 팬텀은 그 행복한 분위기를 느끼며 안도의 한숨을 내쉬었다. 그녀를 포기할 때는 가슴이 아팠지만 그의 선택은 옳았다. 클라우디아는 행복하게 살아왔구나 싶어서 팬텀은 위안을 얻었다.

하지만 클라우디아는 그런 프란츠 만을 기이하게 여기고 있었다. 오래간만에 나타난 그가 반갑지 않은 것은 아니지만 그녀에게 있어 프란츠 만은 냉혹하고 잔인한 사람이었다. 처음에는 따뜻하게 그녀를 대하다, 어떤 일이 계기가 되었는지는 모르지만 의도적으로 그녀를 밀어냈다. 그녀가 자존심을 버리고 간절히 호소할 때도 프란츠는 단호하게 그녀를 거부했었다. 그런데 왜 이제 와서 그가 이곳에 나타난 것일까?

파즈즈와 에아

"미국으로 회사를 옮겼다고 들었는데 어째서 여기에 오신 거죠? 사업 때문인가요?"

"클라우디아, 아니, 뮐러 부인. 지금 당장 짐을 싸서 이 자리를 떠나도록 해. 내가 입수한 정보에 의하면 곧… 영국군이 공습해 올 거야. 이제 더 이상 후방에서 안전하게 전쟁놀이나 하고 있을 때가 아니야."

팬텀은 그리 말하고 금화들을 꺼냈다.

"이걸 자금으로 삼아서 미국으로 탈출하도록 해, 뮐러 부인. 그러지 않으면……."

그 순간 갑자기 클라우디아는 팬텀의 따귀를 때렸다. 물론 팬텀 입장에서는 그녀의 손길 따위 느리디느린 것이었지만… 그녀가 팔을 휘두르는 것을 보고도 팬텀은 그 행동의 의미를 깨닫지 못하고 멍하니 있다가 맞고 말았다.

"다, 당신은 늘 그렇게 갑작스럽군요. 오래간만에 모습을 드러내서 무슨 소리를 하나 했더니만."

"클라우디아?"

"왜… 왜 이제 나타나서 갑자기 그런 소리를 하는 거예요? 폭격이 시작된다고요? 왜 생판 남인 당신이 전한 그런 소리를 믿고 도망쳐야 한다는 거지요? 내 남편은 군인이에요! 그가 도주하는 건… 그것만으로도 치욕이고 상실이에요. 당신의 말을 믿고 설령 도망친다고 해도 그러면 우리에게 뭐가 남나요?"

"그 모든 걸 내가 보상하겠어! 죽어버리면 모두 끝이잖아!"

팬텀도 클라우디아의 말을 이해하고 있었다. 그렇지만 그런 건 거부인 팬텀의 입장에선 사소한 문제였다. 군인으로서의 명예? 그런 건 돈의 힘 앞에서 얼마든지 굽혀질 것이다. 명예를 지키기 위해서 죽을 수는 없는 일 아닌가?

하지만 클라우디아는 팬텀의 말에 분개했다.

"대체 나는 당신이 왜 그러는지 모르겠어요! 프란츠! 부자의 유희인가요? 가난뱅이 소녀였던 날 동정해서 키우는 게 그렇게 즐거웠던가요? 내게 은혜를 베풀고… 내가 당신을 사랑하게 만들고 나서 날 버려 버리는 게 그렇게 즐거워서 이제 결혼해서 행복하게 잘사는 내 앞에 나타나 다시 그런 소리를 하나요?"

클라우디아의 어깨가 흔들리기 시작했다. 팬텀은 그런 그녀를 보고 문득, 끌어안고 싶다고 느꼈다. 하지만 막상 안게 되면 그녀는 격노하겠지. 그녀가 말한 대로 팬텀은 그녀를 버렸었다. 그런데 이제 와서 신이라도 된 양 은혜를 베풀기 위해 나타났으니 그녀가 저렇게 격노하는 것도 당연하다.

"날 버렸으면! 철두철미하게 버려요! 왜 이제 와서 생각해주는 척 다시 나타난 거예요?"

"……"

팬텀은 할 말을 잃어버렸다. 그녀가 옳다. 자신의 정체를 밝히지 않는 이상 팬텀은 그녀에게 도저히 변명할 수가 없었다.

"나… 나는……."

팬텀은 자리에서 일어났다.

"실례하지. 내가 너에게 무슨 입이 있어서 변명을 하겠나? 그러나 클라우디아. 이게 내 진심이라는 걸 알아다오. 나는 네가 죽는 걸 원하지 않아. 공습은 반드시 일어난다."

팬텀은 그 말을 남기고 그녀를 떠났다. 그리고… 그가 말한 대로 영국군의 공습이 시작되었다. 팬텀은 그 후, 그녀를 만나지 못했다.

소년은 피를 흘리며 죽어가고 있었다. 클라우디아 뮐러 부인의 남동생, 히틀러 유겐트의 어린 소년 빌헬름 마이어는 유겐트 대원들의 군사 보조 활동인 총포 공장에서 총열을 만드는 작업을 하고 있었다. 그러던 중 갑자기 폭발이 일어나 소년은 의식을 잃었다. 이대로 놔두면 곧 너무나 많은 피를 흘려 죽을 수밖에 없을 것이다.

팬텀은 그런 소년을 내려다보고 있었다. 금발 벽안의 이 소년은 바위 더미에 깔려 많은 피를 흘리고 있었다. 곧 죽어가는 소년에게서 나는 향긋한 피가 팬텀을 자극하고 있었다.

하지만 팬텀은 가만히 서서 그 소년을 내려다보고 있었다.

클라우디아를 쏙 빼닮은 이 소년을 발견했을 때, 팬텀은 그가 클라우디아의 동생인지 아닌지 확인할 필요조차 느끼지 않았다. 이 소년 말고 달리 누가 있단 말인가?

그는 나이프를 빼 들어 자신의 손가락을 그었다. 새빨간 핏방울 하나가 소년의 피 웅덩이 위로 떨어져 잠겼다.

피는 순조롭게 융화되었다. 거부반응은 없다.

다만 팬텀의 몸 안에 남아 있을 오염이 걱정될 뿐이다. 하나 팬텀은 결의를 다지고 자신의 생각을 강행하기로 했다.

"살고 싶은가, 소년?"

"ㅇㅇㅇㅇㅇㅇㅇ."

소년은 뭐라고 말하기 위해 입을 열었다. 하지만 너무나 많은 피가 빠져나가서일까? 제대로 말문을 열지 못했다.

"말을 못하는군. 그렇다면 행동으로 선택해라. 이 피는 나의 피며 곧 악의 영생이다. 마신다면 너는 현세의 신을 등지고 미친 달의 아래를 걷는 괴물로서 살지만… 악의 영생을 얻을 것이다."

팬텀은 거기까지 말했다.

더 이상은 그도 차마 입이 떨어지지 않는다. 가슴속에서 뭐라 형언하기 힘든 격정이 치밀어 올랐다.

클라우디아는 죽었나.

그녀가 사랑하는 남편과 함께 자택에서 폭격을 받아 최후를 맞이했다. 시체조차 찾을 수 없을 정도로 산산조각 난 집을 본 팬텀은 즉시 그 남동생을 찾아 히틀러 유겐트들이 작업하고 있는 공장을 헤매고 다닌 것이다.

조금이라도 늦었다면, 이 소년도 역시 누나를 따라 저승으로 갔을 것이다.

하지만 이제 와 이 소년을 살린들 무엇할까? 그것도 그를 흡혈귀로 만들어가면서.

이게 정말 남에게 추천할 만큼 행복한 삶이었나? 흡혈귀로서 살아가는 게 정말 행복했었나?

그러나 팬텀은 자신의 피를 소년에게 넘겨주었다. 비록 그의 삶은 비통과 회한, 고통으로 점철되어 있었지만 그래도 모두가 다 나쁜 것만은 아니었다. 앙리, 클라우디아와 마스지드, 그리고 아낙스… 그가 인연을 맺어온 이들, 그가 사랑했던 이들과의 만남은 지금 떠올려도 그의 심장을 뜨겁게 달아오르게 했다.

행복보다 불행이 더 많았지만… 그래도 다시 선택한다면 팬텀은 기꺼이 흡혈귀가 되었을 것이다. 그리고 그것은 이 소년도 마찬가지겠지.

소년 빌헬름 마이어는 사력을 다해 피 웅덩이에 입을 맞추고 흡혈귀의 피를 빨아들였다.

• 에필로그 •

"마스터… 마스터!"

어디선가 몽롱하게 들리는 소리에 팬텀은 눈을 떴다. 그의 앞에는 먼지털이개를 들고 앞치마를 두른 클라우디아가 새침한 표정을 짓고 서 있었다.

"클라우디아?"

"앙? 갑자기 그건 무슨 잠꼬대예요?"

눈앞의 클라우디아가 머리 수건을 풀자 짧지만 단정하게 다듬은 화사한 금발이 드러났다.

"뭐야, 빌헬름이잖아? 더 잘래."

팬텀은 상대가 빌헬름이라는 걸 알자마자 휙 몸을 돌렸다.

"잠깐! 마스터! 그 반응은 뭡니까? 이제 곧 파티가 시작된다고요. 주지사 자선 파티 메인 게스트이신데 이제 두 시간밖에 남지 않았다고요."

"졸려."

"벌써 열다섯 시간 이상 주무셨어요! 이 이상 더 주무실 겁니까? 그러면 곰이 되세요! 겨울잠은 실컷 잘 수 있을 테니."

"너무 긴 꿈을 꿨어. 자도 잔 것 같지 않단 말야."

"그럼 서서 주무세요."

빌헬름은 먼지털이개를 내려놓고 장갑을 벗더니 맨손으로

팬텀의 머리를 휘휘휙 매만지며 젤과 왁스로 가볍게 세팅했다. 전문가 뺨치는 능숙한 손길로 팬텀의 머리를 정리하는 데 걸린 시간은 3초, 스프레이까지 뿌려서 세팅을 종료하는 데 10초가 걸렸다. 빌헬름은 그렇게 팬텀의 머리를 세팅하고 아직 비몽사몽인 그를 일으키더니 드레스 룸 앞으로 보냈다.

"일 분 내 정리!"

빌헬름의 구호와 함께 드레스 룸 관리자 두 명이 나타나 팬텀을 붙잡고 그의 옷을 휙휙 벗겼다. 팬텀이 심드렁한 표정으로 가만히 있자 이들은 아예 팬텀의 옷을 작은 가위로 쓱 잘라서 벗겨 버리고 새 셔츠를 입혔다. 한 번 입은 옷을 세탁해서 다시 입을 필요가 없는 부자다 보니 귀찮으면 종종 이러한 만행을 저지른다.

"이 셔츠는 아르마니인데……."

"아르마니 따위, 상표만 그럴듯하지 싸구려예요. 진짜 명품은 오직 마스터를 위해 방직, 직조부터 재단까지 모든 과정에서 배려하지 않으면 안 되지요. 공장에서 나온 게 무슨 얼어 죽을 명품?"

빌헬름은 아르마니 셔츠를 아쉬워하는 팬텀에게 일갈을 가했다. 팬텀은 그렇게 시어머니처럼 잔소리를 늘어놓는 빌헬름을 보며 쓴웃음을 지었다.

"정말… 잔소리가 대단하구나."

"듣기 싫으시면 평소에 잘하시면 되잖아요. 오케이, 이제 일 분. 그럴듯하네."

빌헬름은 언제 열다섯 시간 이상 처잤냐는 듯 말끔한 모습으로 거울 앞에 선 팬텀을 요모조모 살펴보며 합격 표시를 냈다. 팬텀은 그런 빌헬름을 바라보며 피식 웃었다.

"뭘 보고 웃어요, 마스터?"

"아니, 아무것도. 그냥 옛날 생각이 좀 나서."

"오늘의 파티에 집중해 주시면 감사하겠습니다. 주지사가 많이 삐져 있었어요. 로우 깁슨의 고향이 공식 설정에선 필라델피아라고 되어 있었는데 펜실베니아주의 기부금이 많이 미달되었단 말이죠. 가서 잘 달래주세요."

"예예. 이거 참, 내가 어디서 이런 상전을 자초해서 모셨담?"

"이제 와서 반품은 불가입니다, 마스터."

빌헬름은 팬텀의 코트를 가지고 그의 뒤를 따랐다.

"열다섯 시간 동안 처주무셨으니까 잽싸게 씻읍시다. 아무리 신진대사가 조절 가능해서 노폐물 배출이 적은 흡혈귀라지만 사람이 양심이 있어야지."

"오래 자서 그렇다니까. 평상시엔 잘 씻어."

"그럼 샤워실 달린 리무진을 타고 가지요."

"아니, 그건 또… 차가 너무 병신같이 생겼어."

"오죽하면 그런 걸 준비했겠어요?"

빌헬름은 가기 싫어하는 팬텀을 질질 끌고 저택 밖으로 걸어 나갔다.

흡혈귀로서의 삶은 아직도 많이 남아 있다. 어쩌면 인류의 문명이 끝날 때까지도 이 생명은 지속될지 모른다. 하지만 지금은 앞으로 두 시간 뒤에 다가올 주지사의 자선모금 파티에 무사히 참석하는 것에만 신경 쓰자. 과거의, 그리고 미래의 이천 년의 시간보다 지금 눈앞에 닥친 두 시간을 충실히 하는 것. 그것이 지금 그에게 남겨진 과제였다.

"아, 귀찮아."